少年屠龙传5

一个平凡少年成长为屠龙英雄的热血传奇

管平潮 著

ZHEJIANG UNIVERSITY PRESS
浙江大学出版社

目录

第七十六章

风中魔语

原来，皎洁的月光中，回头的女子不是别人，正是沧雪；沧雪显然也根本没想到尾随自己之人，竟是苏渐！

“沧雪！你怎么在这里?”苏渐率先惊声叫道。

“什么叫‘你怎么在这里’?”沧雪没好气道，“我还要问你呢！这可是我们圣龙帝国，你一个人族战将来这里干什么?”

“呃!”苏渐闻言一惊，忙道，“你别搞错了，我可不是什么战将，只是个微不足道的小卒子罢了。对对！是我搞错了，我不该惊诧的，我这就告辞了。”

说罢，他转身便想走。

“哈？想走?”沧雪见状，立即冷笑一声，随手一挥，苏渐的双脚周围顿时冰棱丛生，就像一座冰牢般将他牢牢困住。

“别、别冲动!”苏渐蓦然想起上回将少女撞入冰窟之事，此刻她困住，禁不住惊恐万分。

“哼!”沧雪见状，立时冷哼道，“看你这惊慌的模样，果然有鬼！我真要好好审审你了。说——”

还没等她问，苏渐立即焦急道：“沧雪大人啊，我来龙国，实在是有苦衷，不是来做探子的，是因为我——”

正当他想紧急编个谎话儿先蒙骗过去时，没想到沧雪立即打断他，道：“谁要听你的苦衷？我要审问你的是，刚才鬼鬼祟祟跟在我后面，显然没认出我来。那我就要问你，在黑夜荒野中，你尾随一个单身女子，究竟意欲何为？”

“啊？我、我没想干什么啊……我只是……”苏渐没想到沧雪会问出这样的问题，不免手足无措，回答得支支吾吾。

“哼！”沧雪见状更恼，一张俏脸如罩寒霜，大声叱道，“好个苏渐，色迷心窍，刚才定是以为碰到落单的龙女，又身材姣好，便偷偷尾随，然后择机扑倒，欲行奸骗！”

沧雪越说越恼，最后竟挥手召出冰潮法杖，作势要朝苏渐打来。

“住手！快住手！”苏渐见势不妙，立即大叫道，“沧雪，亏我不惜背负叛国罪名，千里迢迢来寻你！”

“什么？”沧雪闻言，顿时一愣。

“对啊！就是来找你的。”苏渐眼见现编的惊人之言果然有效，立即大受鼓舞，继续说道，“你也没想到我会出现在这里吧？告诉你吧，因为战后清算中，我被查出竟对你心生情愫，眼见就要被抓，幸亏我见机得快，脚底抹油溜之大吉了。

“逃了几天后，我一想既然如此，索性‘一不做二不休’，就来龙境中找你了。”

“真的假的？”沧雪满脸怀疑地看着苏渐。

“当然是真的！”苏渐拍着胸脯，赌咒发誓道，“这不刚才赶夜路，我瞅着前面之人很像你，又不敢贸然上前搭话，只好尾随了两三里。

“刚才冲过来，也是因为忽然看见野地里冒出黑影，怕你有危险，这才着了急。”

“算你讲得有几分道理。”沧雪点点头，想了想道，“你说得对，像我这样姣好的身形，就算在龙族中也是少见，你肯定认得出来——啊，我说这个干吗？”

沧雪有些羞恼，忙看着少年急声说道：“苏渐，幸亏你还有良心。告诉你，刚才那黑影不是什么妖魔怪兽，是我早就察觉到有人跟在后面，想引他过来，所以便随手在野地里召唤出一头冰熊。”

“太好了太好了！”苏渐立即抚胸欢呼雀跃道，“刚才真是担心死我了！

唉,如果你出了什么事,我就什么希望都没有了!”

“哼!别甜言蜜语了。”看着少年这副一往情深的模样,沧雪却是冷然说道,“我现在已经想通了,你我是敌族,不可能在一起的。况且现在我要专心做别的事,哪有闲工夫弄这些情情爱爱的?我看你还是趁早打消念头吧!”

“那好啊,我也觉得是。”刚才还情根深种的少年,立即道,“不好意思,打扰了,那我就告辞了!”

说完他拔剑挥舞一圈,削断周围冰棱,转身就走。

“回来!”沧雪叱喝一声。

“啊?还有什么事?”苏渐心不甘情不愿地回过身来,一脸的无奈。

“也没什么事。”沧雪淡淡道,“本龙女念你一心爱我,此心甚诚,就格外开恩,允许你左右随行。来,你把这包裹拿上。”

说着话,她随手一掷,就把她一直提着的包裹扔给了苏渐。

苏渐见状,不敢怠慢,连忙探手将包裹接住。

本来他以为女孩儿随身带的包裹,无非是饰品衣物之类的,能有多重?没想到这一入手,他却“哎呀”一声,手臂一沉,差点没抓住。

“什么东西,这么重?”苏渐有些惊讶地看着这只包裹。

“机密。”沧雪冷冷地道。

“哦,对啊,”苏渐面容顿时一肃,郑重说道,“原来是机密,那作为敌国之人,这样的机密之物,我不宜久拿,还是还给你吧。”

说着话他就要把沉重包裹塞回给沧雪。

没想到沧雪这时一振手中冰潮法杖,顿时杖头一片寒光灿然,然后便听得她语调森冷地说道:“苏渐,给我听着,你若不老老实实地拿着,我包你变成冰棍。”

“哪里话?就不该让女孩子拿重东西!”苏渐立即正义凛然地说道,同时把拿着包裹的双手迅速缩了回来。

“这才乖嘛,”沧雪冷笑道,“你们人族不是有个故事说,西行买什么书的几个英雄,其中有一个就是专门负责挑担子的吗?现在给你重担,是你的荣幸!你放心,回头我就给你买个扁担,让你和你们的挑担英雄一样!”

“那太好了……”苏渐一脸尴尬地道谢。

“那就这样了。我们继续赶路吧。”沧雪手一挥，收起冰潮法杖，便自顾自地往前走了。

苏渐跟在她后面，也往前走，表面一团和气，内心却无比悲凉。

他在心中哀叹：“究竟怎么了？我今年真是时运不济啊。被奸臣陷害，流落异乡，有国难回也就罢了，怎么没事走走夜路就能碰上这女魔头？还被她拉了当壮丁？我的命怎么这么苦哇！”

这样满怀悲怆地跟着走了一阵，当某次沧雪不放心地回眸看了他一眼时，苏渐忍不住问道：“我们这是往哪儿走啊？”

“魔语海渊。”沧雪答道。

“魔语海渊！”绝望中的少年，一听此言，立时忍不住喜动神色！

“怎么回事？”天才龙巫女捕捉到他这一抹转瞬即逝的笑容，立即逼问道，“魔语海渊怎么了？你为什么笑？是不是在打什么坏主意？”

“怎么可能！”苏渐叫道，“魔语海渊，虽然不知道干嘛的，但听着名字就害怕啊，我能笑得出来吗？哦，可能笑了，那也是苦笑啊！”

“不过呢，沧雪大人，”苏渐一脸真诚地说道，“其实，能和你一路同行，我真的特别有安全感。”

“那倒是。”沧雪展颜一笑道，“我可是最强大的冰龙巫女，你跟着我，除了我，没人能杀死你，当然不用怕了。”

“嗯！”苏渐重重地点了点头，心中却道：“我当然不害怕了，因为世界上最可怕的女人就在我身边，还承诺暂时不害我，哪还会有比这更让人有安全感的呢？

“不过呢，沧雪这魔头，还真给我带来了好运呢。本来那魔语海渊，在狂风巨浪的远洋中，我还不知道怎么过去。现在有她这么个龙族高手在，正巧可以带我到那去了。

“当然她不可能是去销毁永寂之矿的，看样子应该是去研究的。但我可以见招拆招啊，等她松懈之时，我就找机会把永寂矿洞毁掉！”

心中打定主意，苏渐对沧雪的态度，立即变得更加讨好。

魔语海渊的精确位置，苏渐并不清楚，所以弄明白沧雪也奔那儿去后，苏渐便老老实实地跟着她走。

本来按苏渐的走法，肯定溜边儿走，根本不敢靠近大城，但现在跟着沧雪，这冰龙巫女却满口打包票，说只要跟着她，完全没问题。

于是这一日下午，苏渐便跟在沧雪后面，朝东北方向的雷龙国大城敦煌而去。

敦煌城，本是华夏古国的西北边城，但这时已经属于雷龙国，成了圣龙帝国的内陆城池。

对苏渐这样的人族来说，最感伤的时刻，莫过于看到异族占领下的故国城池。

虽然从小并不能见到，但看了那么多怀想故国风物的诗词篇章，苏渐不免对神州故土的城池充满了怀念与伤感。

当终于要亲眼见到故国之城时，这种感受变得格外地强烈。

还没等走近敦煌，苏渐路过它西南方的阳关旧址时，情绪已变得黯然。

阳关，华夏强极一时的西北关隘，今日已成了风沙掩埋下的断壁残垣。

曾传递了多少紧急军情的烽火台，此时已坍塌成破碎的黄土堆；千百年流传的丰功伟绩，也早已风化成一捧捧流沙。

苏渐见到阳关时，正是夕阳西下，大漠苍凉；此时再回想起当年的名句，“劝君更进一杯酒，西出阳关无故人”，心情就变得更加地伤感。

看到他情绪不高，沧雪哪还不知道为何？但以她的身份和立场，这时候不仅不可能劝慰，反而忍不住流露出胜利者的傲慢与快慰。

阳关过后，再往东北数十里，便到了敦煌城。

遥望雄伟的城关，沧雪想起了苏渐路过阳关时的伤感，便忍不住道：“苏渐，你有什么好难过的？现在你们华夏国已经不要你了，你就安安心心地跟我走吧。

“你不是说奸臣诬陷你叛国吗？那你就快意恩仇，索性坐实，以后跟着本龙女，当我的助手。

“等哪天圣龙帝国再打过去时，我一定帮你抓住奸臣仇人，让你手刃仇人报仇。”

“不可能。”面对她的好意，苏渐却摇了摇头，执拗地说道，“你不知道，我苏渐什么都可以变通，唯独这个不可变通。”

“你！”沧雪闻言气道，“你真是个榆木脑袋！这是‘愚忠’，你懂吗？”

“我懂啊。”苏渐淡然一笑，“愚就愚吧。人生在世，总有些事情，要傻一些。沧雪，我觉得，换了你，也一定会这么选择的。”

“我？不可能！”沧雪立即挺起胸脯，傲然说道，“我们圣龙帝国，政法昌明，绝不可能发生这般荒唐之事；如果有龙族之人被定罪，那他一定就是有罪了！”

“我不信。”苏渐撇着嘴道，“你们从海外而来，侵占神州，哪是讲理之人？对了你看——”他手一指道，“你看前面城墙边，贴着几张画影图形；我们过去看看吧，看看有没有被冤枉的人。”

“好啊！”沧雪不以为然道，“根本不用想，一定不会错的。不过既然你是榆木脑袋，那就去看看吧，今天一定要让你心服口服！”

本来，这只是旅途中偶然说起的一个赌约，苏渐只是拿来解解闷而已。只是，当他俩走近敦煌城西门洞边时，苏渐眼尖，立即觉得有点奇怪。

“你先等等。”大概离着通缉告示还有二十来步的时候，苏渐忽然停了下来，扯了扯少女的衣袖。

“怎么了？”沧雪也停下来，转身奇怪地看着他。

“喏，你看那边，”苏渐努努嘴，示意沧雪看那些龙族特色的牛皮告示道，“你看，左边那张，你难道不觉得，通缉之人的样貌很像你？”

“是吗？”沧雪回过头朝他指示的方向看去。

“咦？”这一看，还真让她吃了一惊。

“怎么回事？”她低声叫道，“怎么那画儿很像我？不可能啊！”

“我觉得也不可能。”苏渐也不信这样的事会发生，“对了，你有没有什么孪生姐妹在世间？”

“怎么可能！没有。”沧雪斩钉截铁道。

“那就怪了。”苏渐又瞅了那边几眼，最后看着沧雪道，“你可别怪我乌鸦嘴，真的很像你。”

“我不信！”沧雪恼道，“不行，我要过去看看。”话还没说完，她就要往那边走。

“别急！”苏渐将她一把扯住，“你先别着急过去，我先过去看看吧。”

“有必要吗？”沧雪奇怪地看着他，“肯定不可能是抓我的。”

“怎么不可能？”苏渐抬杠道，“一个月前我也是这么想的。怎么样？我现在还不是跟你这种人在一块儿。”

“什么叫我这种人？”沧雪大为不满道，“苏渐，你给我说清楚，我是哪种人？”

“你是龙族人啊，”苏渐道，“现在也不是吵嘴的时候，你听我的，别忘了我可是华夏最精锐的玄武卫，这种事我最懂行了。这样吧，你先待在那边棚巷的阴影里，我不叫你过来，你千万别过来。”

“好吧。”沧雪不太情愿地说道，“就听你一回，看你搞什么鬼。”

“这就对了。”苏渐点点头，转身就朝城门洞那边去了。

沧雪此时也依言闪到一边，在不起眼的角落里目视着少年往城门边去。一边看，她一边在心里想道：“苏渐，若是你想借机逃走，就打错了主意！”

此时红日西斜，暮色降临，苏渐在夕阳的余晖中朝城门口走去，修长的身形在地上拖出细长的暗影。

在走过去的途中，他从街边顺手捡了一顶破旧的笠帽，戴在头上掩饰行迹。

“这家伙，真鬼。”沧雪见状，在心里评价。

很快，苏渐走到通缉告示那边，根本没有凑到告示近前，只是抬头扫了几眼，便又不动声色地转身走回来。

“怎么样？”还没等他走近，沧雪便忍不住上前问道。

“快走！”苏渐低低说出这两个字，便停也不停，径直往西边荒野中快步走去。

“啊？”沧雪吃了一惊，连忙跟了上去。

“苏渐！”追上他后，沧雪不满地叫道，“你在弄什么鬼啊？难道那张告示真是通缉我的？”

“当然！”苏渐压低声音道，“我还能骗你？那上面写得分明，说你无君无国，以锻造奇兵利刃为名，私自吞没珍贵宝矿，要抓你回去训问呢！”

“什么?!”沧雪大吃一惊，立即停下脚步叫道，“这怎么可能??”

“就知道你不信。”苏渐也停下来，无奈地看着她道，“还是你自己过去看一眼吧，不然你不会相信的。”

“那当然。”沧雪立即道，“你这惫懒家伙，为了赢我，就编谎话骗我；骗就骗了，偏偏还编得这么离谱，真是可恶！”

说着话，她便足下生风，返身朝城门洞而去。

冰龙巫女的身形，淡若冰风，快如疾电，在城门口一闪而回，那些看守的雷龙士兵还以为一阵冷风拂过，根本没能察觉。

飘然而去，倏然而回，虽然身形还是那样优雅飘逸，但情绪已经完全不同。

回返的少女，神色变得十分沮丧，刚才的傲气消失不见，现在满脸都是迷惑、愤怒，还有沮丧。

“看，我没骗你吧?”看着垂头丧气的龙巫女，苏渐想了想，忽然吃惊道，“沧雪！难道你真的私吞宝矿了?”

“当然没有！”沧雪瞪着他道，“难道你觉得我会吗?”

“谁知道呢，知人知面不知——”话没说完，苏渐猛然就见少女双眸森冷如雪，眨眼间一阵无形杀气弥漫周围。

“你确实不会。”苏渐立即改口道，“虽然咱是敌国，我还是要说，罗织这个罪名的人，脑子肯定有问题！”

“就是！”沧雪怒气冲冲道，“要是让我知道是谁干的，我就把他冻成冰块，从山顶上扔下去！”

“真狠……咦？对了，”苏渐乐呵呵道，“忽然想起来，某人先前好像说了一些话，很有道理的样子。所以呢，沧雪啊，你也别难过了，现在龙国已经不要你了，你就安安心心地跟我走吧。

“他们不是说你无君无国吗？你就快意恩仇，索性坐实，以后就跟着我干，当我的助手吧。哪天我一高兴，封你当个铁徽卫也说不定。等将来咱华夏国再打回来，我就替你做主，帮你抓住诬陷你的小人，让你手刃仇人报仇。”

好不容易抓住机会揶揄少女，苏渐只觉得心情极为痛快。不过说这番话时，他手握血歌剑柄，全身灵力运转，时刻防备沧雪的暴怒突袭。

苏渐如临大敌之时，一直低头不语的沧雪，忽然抬起头来。

苏渐下意识地猛然往后一跳，却见到冰丽无双的少女并无任何动作，只用一双晶莹闪烁的明眸，静静地看着自己。

沉默良久，好似有万语千言要说的少女，只是轻轻地说道：“苏渐，我们走吧。”

说罢，她便朝西边走去。

暮霭沉沉，戈壁无垠。

雪衫白裙的少女走入其中，情景极为苍凉萧索。

见得如此，苏渐对着她的背影，张了张嘴，想说些什么，最后却只是一声叹息。

“等等我。”叫了一声，他便迈步追了上去。

跟随沧雪往北走，虽然再也不能走通衢大道，但总比他自个儿瞎撞要强。

没过多少日，他们这两人就越来越接近北方的大洋了。

跟随心目中的魔头行走，苏渐的心情自然十分煎熬；但随着离魔语海渊越来越近，苏渐又发现了另外一件怪事。

一路向北而行，也不知从哪一刻开始，苏渐总觉得冥冥中，有什么声音在脑海中不断地盘旋呼唤。

开始他以为是自己幻听，但当他静下心来时，发现本来若有若无的声音，变得更加清晰。

而当他仔细倾听脑海中的这一缕声音时，他有些羞涩地发现，这声音竟然是女声。

能让他羞涩，自然不是一般的女声。

这声音语调柔媚，略带沙哑，回响时若隐若现，余音缭绕，甚至要比青楼中招徕客人的女子的声音更加妖媚诱人。

发现这一点，苏渐先羞后惊。

“怎么回事？我脑子里怎么会有这样的靡靡之音？”

对这样的情况，苏渐十分惊恐，因为他觉得不管自己再怎么不拘小节，还算大好少年，等将来平反之后，还要继续搏个好前程呢。

本来发现了怪状，有了苦恼，最应该跟身边的人说一说，只可惜苏渐现在身边只有一个冷傲无双的天才冰龙巫女。

别说沧雪不太善解人意，就算她是温良贤淑的女子，苏渐又能跟她怎么说？

难道说“自己脑子里整天盘旋着女人诱惑呻吟的声音”？这种话苏渐打死也不会说的。

“唉，”最后他只得叹道，“真是‘屋漏偏逢连夜雨，船迟又遇打头风’，遭人陷害、碰上女魔头也就罢了，怎么还被邪魔入侵，得了这样难以启齿的荒唐病呢？”

在这样的郁结之中，苏渐强打着精神，继续跟随沧雪往北而行。

在这之后，他便发现，越往魔语海渊而去，脑子里这怪异声音便越清晰，出现的频率也越来越高。

到了最后，他还十分吃惊地发现，原来这怪声不止一个，而是一大一小，一强一弱，两缕声音交缠在一起，不断地在脑海中回旋。

当他快靠近北方大洋时，苏渐终于区分清楚了这两缕怪声。

他十分惊悚地发现，这两缕女声，竟还分属于不同的人！

最先听到的那缕女声，相对响亮，依然如妖媚呻吟，充满了挑逗和诱惑；后来才分辨出的轻柔语声，却是低回婉转，哀婉清冷，风格和另一缕截然不同。

当苏渐仔细辨别之后，忽然有了个很奇怪的想法：

如果说妖媚女声，能激发人的原始欲望，那么那个清冷哀婉的声音，却能让他产生爱情的感觉……

这样的感觉，当然非常奇怪，苏渐立即联想到了“魔语海渊”的“魔语”二字。

只是，当他旁敲侧击，试探询问沧雪有没有听到奇怪的声音时，却被少女当白痴一样看着。

见得这样，苏渐彻底没了办法，只能在难以描摹的煎熬中，随沧雪一步步接近北方大洋。

越往北行，沿途所见的景物就越加荒凉。而且随着离北方大洋越来越近，陆上的气候也变得越来越寒冷，到最后，苏渐甚至在夏季之时看见了雪地冰原。

他们这一路本来不需要特别投宿，但在这样的雪地冰原里，到了夜晚，便不得不寻找能够栖身的温暖场所。

毕竟，沧雪出身高贵，又一直高高在上，被人捧着，所以到了冰天雪地里，便不能再忍受露宿荒郊野外。

而这一晚，临近傍晚时，北方的冰原里还刮起了风，下起了雪，这让饥寒交迫的龙巫女，更渴望有个栖身之所。

当他们再往前走了两三里地时，沧雪忽然看见远处的荒原中，竟矗立着一座高大整洁的客栈，便忍不住欢呼起来。

“苏渐，”她立即转头跟少年说道，“天气寒冷，我再也不想卧冰尝雪了，你看前面有那么好一家客栈，今晚我们就住那里吧。”

“这……”和少女毫无心机不同，苏渐显然想得更多。

顺着少女的目光，他看了几眼，便忧心忡忡地道：“沧雪，不是扫你的兴，我族中老人有言，‘事出反常必有妖’，你想想，这冰原方圆上百里，都没什么村镇人家，这儿突然来这么一家上好的客栈，你不觉得很可疑吗？”

“可疑什么？”沧雪不以为然道，“苏渐，你太多心。正因为没有村镇人家，在这儿开家客栈生意才好呀。这么浅显的道理你都不懂，真是笨啊！”

“但是……”苏渐还想再争，却不防少女转身看着他，蛾眉倒竖，冷若冰霜地说道：“苏渐，你还没弄清楚，现在到底是谁做主！别忘了，你的奴仆身份，本龙女可还没取消呢，我说要住哪儿，就住哪儿，你个随从少瞎操心！”

说罢，也不等苏渐辩驳，她便一转身，衣带当风地朝那客栈奔去了。

见她这样，苏渐无法，也只得跟了上去。

“应该不会有事吧？”一边走，苏渐一边安慰自己，“也许，真是我多心了呢，毕竟沧雪对龙境之内的风土人情，更加了解吧。”

很快他们两个就走到了那客栈门前。

一到这里，苏渐便上下打量。

他发现，这家客栈名为“冰葭舍”，名字取得还算有文化，光这个就不像黑店。而他家门头和墙壁，还都十分古朴，无论是斑驳暗绿的冰苔，还是风雪冰雹留下的痕迹，都昭示着这家客栈年代已经不短。

不管如何，一家老店总能让人心生信任，于是苏渐放下心来，安心地随沧雪走进客栈。

刚进客栈，便有个掌柜打扮的中年龙族人迎了上来。

“打尖还是住店？”这掌柜身形修长、长相憨厚，一脸殷勤笑容地发问。

听他相问，沧雪却是一脸傲然，并不作答，回头看了苏渐一眼。

苏渐立即会意，忙上前跟掌柜道：“是住店。我们俩在这儿要住一晚。”

“住店啊，没问题。”掌柜笑容可掬道，“你们是小夫妻俩吧？那应该要一间房，行吗？”

“啊？”本来一脸矜持的沧雪，一听此言，脸儿顿时微微一红，羞涩地低头不语。

见她如此，刚才被她的态度弄得有些生气的少年，心中一动，顿时促狭一笑，故意大声说道：“掌柜你这是说哪里话？你不知道吧，这妮子一直爱慕我的人才，一心想嫁给我；但我岂能这么容易让她得逞？两间房！”

“你！胡说！”沧雪一听此言，气得脸色通红，扭头朝他怒声呵斥。

“啊？”苏渐立即一副惊慌失措的样子，连连说道，“是我胡说，是我胡说，那就一间房吧。”

“好嘞！”掌柜答应一声，转身就要去安排。

“……回来！”直到这时，沧雪才反应过来，含羞带愤地说道，“两间房，两间房。”

“行嘞。”这时候掌柜也听出味儿来，连忙按照沧雪的意思，上楼安排去了。

外人离开后，沧雪立即转过身，直盯着苏渐，正是“面似寒霜，眸如冰剑”。

苏渐被她看得发毛，连忙举手讨饶：“算我不对，算我不对。不过你也别恼，别忘了你现在还被通缉着呢，在外面伪装一下也好，免得被人发现异常。”

“哼，你倒都有理，”沧雪恨恨道，“就算要伪装，也不能趁机……算啦，不跟你多计较。”

当他们二人，终于安顿下来，用过晚餐后，便发现客栈外的风雪也渐渐停止了。

下过一场雪的冰原，空气更加澄净清凉。

苏渐和沧雪都住在客栈的三楼，凭栏远望，便看见苍穹的东方明月高悬，如一抹雪亮的银钩，四射着水银般的灿烂光华。

冰原之中，水泊也是星罗棋布，此时都结上了坚冰，在灿烂如银的月光照射下，反射着闪亮的光华，使得广袤的冰原好像散落着无数发光的镜片，景象梦幻而壮观。

冰原夜晚的空气，寒冷、澄澈，好像本身就闪着水晶的光，让人的思绪变得更加清醒灵澈。

沧雪想起了一些往事，便跟身边的少年说道：“苏渐，现在我觉得，其实，我们圣龙帝国不都是好人，你们人族也不都是坏人。”

“咦？”苏渐有点惊奇地道，“你终于能这么想了？那你倒说说，我是好人还是坏人？”

“坏人！”沧雪毫不犹豫地恨声道，“别以为我不知道，你总是想骗我，我不会再上当了！我现在只是利用你，总有一天，你会付出代价的！”

“我没有……”苏渐想反驳，但口角嗫嚅半天，最终他还是什么都没说。这时他发现，无论自己是不是从大义出发，面对少女的指责时，他都很难辩解得出口。

“其实……”看着少女怒气冲冲的样子，苏渐心中有些不安地想道，“要是你知道，我现在跟你走，也是要利用你，要毁掉你珍视的宝矿，你知道了，会怎么样？”

想到这里，苏渐的情绪变得有些低沉。

看到他这样，沧雪不明所以，以为是威吓成功，她的脸上浮现出胜利者的微笑。

不过很快,她的心里,泛起一阵莫名的酸楚。

为了排解这种情绪,她忽又说道:“苏渐,你们那个什么怒雷神剑,不是好人。”

“嗯?”苏渐一愣,脱口道,“你说承天大哥?他怎么不是好人了?”

“当然不是好人了!”沧雪有些生气道,“我跟他交过两次手,一次在泪原,一次就是几月前的大战。我知道他仗着晶海神器‘怒雷神剑’,就大肆屠杀我们龙族军民。苏渐,你不知道吧,他的残暴之名,传遍了整个龙境,有好多龙族的母亲,拿他的名字来吓唬小孩呢。”

“哦。”苏渐想了想,这次没再隐藏自己的看法,“沧雪,你错了。你说承天大哥是残暴坏人,不过是视角不同;对我们来说,杀龙族越多的人,越是我们的大英雄。”

“哼!随便你怎么说。”沧雪一脸冷漠地看着他道,“轩辕承天,他那些残暴罪行,我们永远不会原谅!”

对她这句话,苏渐有心继续反驳,但他突然意识到,自己身在龙境,正是“人在屋檐下,不得不低头”,此话题不宜太过纠缠。

于是他立即“哈哈”一笑,打岔道:“沧雪啊,你可小心了。我们人族的那些话本故事里,都说开始不对付的两个男女,最后肯定成了姻缘呢。”

“呸!”沧雪怒啐一口道,“成你个大头鬼!要跟那什么大屠夫成姻缘,我、我还不如嫁给你这个大骗子呢!”

“啊……”听到这里,苏渐终于意识到,自己无论哪个话题,都不宜多说了。

于是他伸了个懒腰,语调昏沉地道:“哎,今天赶路太累了,都困了,我们早点回房睡下吧。”

“哼。”见他这样,沧雪心道,“看,真的被试出来了,他对我是没太多情意了;一听话茬就装困,唉,我以前,也是太傻了……”

想到这里,她便冷冷地说道:“不用你说,我也知道困了。都回房睡觉去吧。”

于是他们两个,也就各自回房睡去了。

不过苏渐回到房里后,一时并没有睡着。

虽然耳濡目染了这么多明争暗斗，但刚才一番对谈，让苏渐想起了少女那表面恼怒、暗中纠结的模样，便头一回开始反思自己对她的所作所为。

纠结之时，窗外传来远方冰原野狼的嚎叫，时高时低，时短时长。

不过和前几日不同的是，冰原夜晚常见的狼嚎，今晚却只持续了很短的时间，之后便完全销声匿迹了。

纠结心事的少年，并没有留意这一点异常。过了一些时候，他便沉沉地睡着了。

也不知睡了多久，睡梦中的苏渐，忽然间觉得有些不对。

“怎么回事？这屋子怎么在变小？”苏渐揉揉眼睛，还有些不敢相信，喃喃自语道，“是我看错了，还是没醒又做梦了？”

但很快，他发现这完全不是自己的错觉！

借着窗外照来的皎洁月光，他赫然发现，不仅墙壁在移动，屋顶在沉降，连窗户都开始缩小了！

这样奇特的变化并不算快，但很显然已经持续了很长时间，因此当苏渐惊醒时，整个房间已经缩小到原来的四五分之一，就剩下他的床位没受影响了。

“不好！”见此情景，苏渐的睡意一扫而空，他立即披衣起身，仗剑就往外闯。

只是当他刚刚碰到门时，这奇异的屋子就好像有灵性般，猛地一阵剧烈抖动后，就开始加速收缩了！

很快，别说想从门闯出去了，整个屋子都好像不复存在，原先的客房转眼就变成一只大口袋，将苏渐囫囵装在袋里！

“哎呀不好！”苏渐大吃一惊，立即挥剑朝袋壁砍去，想将它砍破。

没想到以血歌剑的锋芒，砍到袋壁时，只是“扑扑”几声，如同砍在坚韧牛皮上，急切间竟然根本砍不开来。

苏渐顿时冷汗直冒！

到了这一刻，他忽然什么都明白了。

原来自己之前的怀疑，根本不是多虑；突兀出现在冰天雪地的客栈，果然有问题!

生死时刻,他的神志变得格外清晰,先前所有的蛛丝马迹,全都在眼前浮起。

这时他终于知道,为什么前几夜常见的冰原狼嚎,今晚会这么快就变得安静。不用说,一定是出现了更凶猛之物,吓得冰原的王者们噤若寒蝉。

“会是什么东西呢?”苏渐惊惧地想道。

很快,一个更严重的问题浮现在他的心头:

暗中设下这圈套之人,目标究竟是沧雪,还是自己?

“不会是我!”他很快做了判断,“这一路我并没有泄露身份,就算泄露了,甭管我在京华城折腾得怎么风生水起,在他们高傲的龙族看来,我还只是个小人物,他们绝对不会弄出这么大的阵仗。

“如果没猜错的话,困住自己之物,绝非凡品,竟然能变幻成偌大的客栈模样,还苔痕宛然,能在一夕之间缩小成坚韧的口袋。所以这等奇物,他们一定是拿来对付极难对付之人!”

分析到这里,隐藏暗中的敌人想对付的是谁,已经呼之欲出了。

转念至此,苏渐立即大叫道:“喂喂!你在哪里?你没事吧?”

大喊之时,苏渐根本不敢提沧雪之名。

“我在这里,”沧雪的声音,忽在近旁闷闷地传来,“苏渐,这是家黑店!”

“是黑店……我知道了。”苏渐苦笑一声道,“不管怎样,咱们先冲出去吧!”

话音未落,他便挥剑奋力朝原来窗口的位置刺去。

苏渐想得很好,不管那客房的窗口现在缩得多小,总归算个漏洞;从它入手,应该能撕扯开囚牢。

只是无论他怎么砍,那已缩成小孔的窗户,丝毫不见扩大。

而这时候,这奇异的囚牢还在慢慢缩小,苏渐发现自己的立身之处越来越小,连呼吸也变得越来越困难。

第七十七章

沧雪之心

见得如此，苏渐不再迟疑，立即催动灵力，周身霎时火焰升腾，金霞四射，焰羽飞扬——他竟在这狭窄黑暗的空间里，一下子将“神焰朱雀”星流术施展了出来！

这时候，他不仅周身金焰飞腾，血歌剑上也覆盖了一层灿耀的金色光芒，这时再劈刺出去，威力与之前绝不可同日而语。

很快，只听得“呲啦”一声，那不知是何材质的囚笼霎时破灭，苏渐破壁而出，重又立在清寒阴冷的冰原之中。

一出牢笼，苏渐立即收起星流术，生怕被敌人看出他的人族身份。

刚脱险境，他立即环顾四周，想看看沧雪有没有事。

“真慢！”这时候，沧雪不屑的声音忽然在旁边响起，“你怎么才出来？等你半天了。”

苏渐闻声看去，只见沧雪已经俏立在前方，旁边青色的碎片散落一地，上面沾满了冰碴。

“哪有你法力强？”苏渐见状，苦笑一声道，“你别忙笑我了，此地有古怪，我们快走吧！”

说话间，他转身就想朝来路方向跑。

谁知就在这时，四周荒野中忽然浮现无数黑影，将他俩团团围住！

“想跑？做梦！”伴随着一声刺耳的叫嚣，先前客栈掌柜的身形，在黑暗中悄然浮现。

苏渐闻声一看，却见先前的客栈老板已经大变模样——他哪里还是和气生财的小老板，分明是全副武装的龙族战将！

这龙族战将，手持一柄尖刺黑铁鞭，浑身覆盖青黑色奇形铠甲，甲面上长满倒刺，犬牙交错，造型十分狰狞可怖。

见他这模样，苏渐忍不住倒吸一口冷气。

“你到底是谁？”沧雪愤怒叱问。

“我？哈哈！”神秘龙将仰天一笑，然后阴恻恻道，“我是谁，不重要。你只要知道，今天你们俩都要埋在这里了！”

话音刚落，他一挥手中尖刺黑铁鞭，朝沧雪劈头盖脸打来。

见他这一动作，四周那些神秘武士全都一哄而上，朝苏渐二人猛攻而来。

见得如此，苏渐心都凉了半截。

不过这时秦玉老师那句话突然浮现心头：

“勇气或许不能所向披靡，但胆怯根本无济于事。”

一念及此，他立即左手飞火，右手挥剑，将全身灵力运转到极致，和这些神秘的敌人拼死战斗。

就在他奋力抵抗时，沧雪急挥冰潮法杖，召唤出漫天的冰刀霜剑，也和敌人奋力相抗。

本来苏渐整个心都凉了，但和敌人交手了几个回合，他有些惊讶地发现，这些伏击他们的敌人并不太强；如果不是这样，这么多敌人潮水般涌来，他早就被吞没了。

以苏渐的战力还能拼死抵抗，沧雪那边就显得更加轻松了。

随着她冰潮法杖奇光闪华，霎时间周围冰雪狂舞，阴风怒号，任何想逼近的敌人，都被劈头盖脸的冰风雪雨打得鬼哭狼嚎。

见此情形，为首的龙将暗暗吃惊，心中转念想道：“不得了，姐姐交代我来杀她时，说她十分厉害，我还不信；这一看，姐姐真没骗我。唉，可惜刚才那幻灵蛇龙蜕没能将她困住，否则也无需这番苦战了。”

原来，这龙将正是翡蕊唑的弟弟，名叫翡莽。翡莽的真实身份是蛇龙国的将军，这回受了姐姐之托，带着亲信家将在这里设伏截杀沧雪。

当然，虽说翡莽对沧雪暗自惊惧，但直到这时，他也没把苏渐放在眼里。

眼看久攻不下，自己的人却躺倒了不少，翡莽再无迟疑，立即退后几步，一声呼哨，霎时那些蛇龙将士们阵型一变，全体向后退却。

见他们退去，苏渐和沧雪还有些高兴，以为他们知难而退；谁知转眼间，竟听弓弦之声响成一片，无数利箭带着凄厉的呼啸破空而至，直朝他俩站立处射来！

暗夜中，这些箭矢都闪耀着碧油油的异光，看来一旦有谁被射中，必然要中奇毒。

见得如此，苏渐躲闪之余，心中连连叫苦："哎呀，这些都是什么人？怎么安排下这么大阵仗要杀沧雪？平心而论，沧雪虽然是我族仇人，却是你们龙族的功臣啊，怎么这样下死手？究竟是什么仇什么怨啊？"

刚想到这里，正如回风舞雪般躲闪箭矢的冰龙巫女，忽然间好像想通什么事，立时脱口惊声叫道："幻灵蛇龙蜕、蛇毒碧油箭——你们是蛇龙族！"

"嘿嘿，终于想到了啊？"翡莽闻言桀桀怪笑道，"可惜啊，现在就算看出我们的来历，也没用了。蛇龙蜕没困得住你，碧油箭你还躲得过？小娘们儿，你的死期到了！"

凶狠地说到这里，翡莽却忽然注意到，光影迷离的碧色箭光里，极力躲闪箭雨的少女，姿态比白天还要婀娜百倍。

本来沧雪的风格，缥缈冰灵，宛若女神，但这时腾挪躲闪，不免动作多变，娇躯转折，平添了好几分人间烟火味。

那腾挪之际，沧雪娇躯曲线凹凸有致，婉转曲折，翡莽看见时，竟勾起了无穷欲望。

正是"色胆包天"，一看到沧雪这样，翡莽立时忘了姐姐的嘱托，碧色箭光下，他色迷迷地叫道："沧雪小娘们儿，我不管你脑袋瓜多好使，闯下多少名声，你总不过是个女人。看这毒箭跟下雨似的，要是我不吐口，你一会儿肯定没命。

"啧啧，看你身段这么苗条，眉眼这么清纯，分明还是个雏儿，那死了多可惜啊。怎么样？只要你讨一声饶，从了我，你就不仅死不了，还能跟我过神仙日子！”

“恶贼！”别说答应了，沧雪光听这话，就觉得受到天大侮辱！

于是极力躲避箭雨之际，她于百忙之中挥起冰潮法杖，想唤出强力冰龙，尽力将这奸贼杀死。

这时候，旁边那个一直左蹦右跳的少年，见状却连忙道：“沧雪，别冲动！所谓随机应变，龙在屋檐下，也不得不低头，我觉得你可以使‘美人计’呀！”

“闭嘴！”听他之言，雪发蓝眸的少女，气得几乎把即将唤出的冰龙招呼到他身上去！

按理说以苏渐、沧雪二人的功力，无论单打独斗，还是面对十几人的围攻，想脱身都很容易。但翡莽听了姐姐的千叮咛万嘱咐，乃是有备而来，不仅带的人多，对作为撒手锏的箭阵也下足了心思。

只见暗夜中，蛇龙族箭阵层层叠叠，四散开来，即使部分人一时被解决，也丝毫不影响整体的攻击力。

更何况，所有箭头上还淬了蛇龙剧毒，只要一沾上，不死也残。

苏渐很快就看出门道。

还别说，他刚才想让沧雪使“美人计”，真的不是调侃，只可惜沧雪“不知变通”，不了解他的苦心。

当然他也想过要不要施展星流术，那样的话可能会很快打开局面，但很快他就否定了这念头。

很明显，星流武士是龙族的死敌，要是他在众目睽睽下施展星流术，除非杀死所有在场的蛇龙武士，否则他甭想活着走出龙境。

这也不行，那也不行，苏渐十分着急。

“不行，得立即想办法！”本来还想观望一下，但看看箭雨丝毫不减，苏渐意识到不能再拖了。

“沧雪，”箭雨流光中，他忽朝身畔少女叫道，“既然你死脑筋，不肯施美人计，那我只好投降了。”

“什么？”沧雪几乎不敢相信自己的耳朵。

“我说我要‘投降’了!”苏渐大叫一声,话音未落,便挥舞着血歌剑,打落几根箭,朝翡莽大叫道,“我投降我投降! 别射我了!”

“投降?”翡莽三角眼斜过来,冷笑道,“就你这样还想骗我?”

“真不骗你,我怕死啊!”苏渐张皇失措地叫了一声。

“不行!”翡莽叫道。

“哪不行?”苏渐不服。

“你这家伙笑得有点贼。”翡莽道。

“哎呀!”苏渐心中叫道,“遇到高手了啊。”

他立即道:“将军肯定看错了,光线暗嘛。”

“那好,”翡莽目光闪动道,“你把剑先扔了。”

“扔就扔。”苏渐毫不犹豫,立即把血歌剑往旁边地上一扔。

“苏渐!”沧雪刚才还以为少年在拖延时间,一看他竟把锋锐无比的血歌剑给扔了,她顿时傻了眼。

“苏渐!”沧雪反应过来了,立即蛾眉倒竖,气愤叫道,“算我看错你了,你果然就是个软骨头、没胆鬼!”

“我胆小,你才知道啊?”苏渐白了她一眼,满脸的不以为耻、反以为荣。

“你!”见他这可恶样子,要不是箭雨正急,腾不出手,沧雪还真想给他来一记寒冰箭。

“哈哈,什么没胆鬼?”这时那翡莽忽然大笑道,“美人儿啊,这才叫‘识时务,真英豪’,你真该向他学学!”

说话间,翡莽一抬手,做了个手势;他的下属会意,顿时停了向苏渐发射的毒箭。

“小子,你先到阵后去。”翡莽叫道。

从他这句话就可以看出,虽说他答应了苏渐,想用来瓦解沧雪的抵抗意志,但显然还是有些不放心。

“好吧。”苏渐听了他的话,犹豫了一下,便慢吞吞地朝翡莽身后方向走去。

“臭小子,别磨蹭!”翡莽见状立即朝他吼道,“都已经缴了械,就别再打鬼主意，快点跑！”

“好嘞！”苏渐一听，顿时脚下生风，朝翡莽这边跑来。

苏渐一旦发力，脚力极快，跑到翡莽这边，只不过眨眼工夫。

当然他跑过来的路径，离翡莽还有一两丈距离；如果不是这样，翡莽也不放心让他这么干。

只是谁也没想到，处在重兵包围之中，还扔了唯一武器的苏渐，却在一路奔跑到接近翡莽的时候，突然间变线！

说时迟那时快，苏渐身形一折，还不等众人反应过来，就快如闪电般朝翡莽扑去！

“好小子！”见他如此，翡莽不怒反笑，“你一个瘦弱少年，还想跟本将军拼拳脚不成？”

要知道翡莽在蛇龙国中，乃是一等一的徒手搏击勇士；所以见苏渐突然奔袭，他根本没有任何惧意，反倒是心中一喜，心说正好在美人面前露脸。基于这想法，他还特地扔掉了手中的尖刺黑铁鞭。

很快，急奔而至的苏渐拳头就到了他眼前。

“来得好！”翡莽大叫一声，猛然挥起醋钵大的拳头，朝苏渐对轰而去。

只是，想象中实打实的撞击没有到来，苏渐这一拳竟是虚招！

原来苏渐的力量根本没用实！一见翡莽拳头轰来，他立即收势，拳头只是在翡莽拳头上轻轻一点，便顺着敌人拳头的来势，飞速后退，根本不让对方打实。

“搞什么鬼？”看少年用尽心机，只为了碰触自己的拳头，然后整个人都向后倒飞而去，翡莽实在难以理解。

“难道你想用这种方式逃出去？”翡莽心中冷笑道，“这四周都是我的人，你能逃到哪里去？”

刚想到这里，他却发现少年倒退的身形，如鬼魅般倏然一转，那拳头虽收回，另一只手却一掌劈来，正打在翡莽的左臂左胸交界的胳肢窝处！

“不好！”翡莽立即眼神一缩，面露惊恐之色。

原来，此处竟正是翡莽唯一的命门！

虽然蛇龙族也没什么命门概念，但翡莽在无数次的演练和实战中，知道自己浑身功夫，一旦运起，坚硬如铁，就是左前胳肢窝处，不管怎么练就是经不起打。

本来他觉得自己浑身如同铜墙铁壁，就这一处稍有欠缺又怎么样？真正生死搏杀时，敌手哪会这么巧在第一时间打中这拇指大的地方？

但这样怎么想都不可能发生的事，却在这晚冰原上，发生了，对方还是一个连名字都不知道的少年。

面对早有预谋的苏渐，翡莽根本来不及反应；当苏渐势若雷霆的一掌击中命门后，那样豪勇粗莽的蛇龙战将，顿时浑身酸软，瞬间提不起任何劲来。

高手过招，生死输赢一线间。

更何况，苏渐还是早有预谋！“血瞳心眼”发动后，他就等着这一刻。

于是在翡莽无力的瞬间，少年扑身上前，一招就将他擒住！

刹那间，刚才还“胆小如鼠”的无名少年，气势瞬间发作，在那些蛇龙族士兵的眼里，霎时间就如同顶天立地的枭雄！

苏渐火焰腾腾的手掌，这时已放在翡莽脖子上了。

“快叫他们住手！”他大喝一声道。

“住手！快住手！”翡莽毫不犹豫地大叫——这不是因为他多胆小，而是已经感受到少年毫不作伪的腾腾杀意。

一声令下，漫天箭雨顿时消散。

这变起突然，沧雪甚至还没反应过来；当箭雨消歇时，她还收不住势，左躲右闪了几回，这才堪堪收住了身形。

“掌柜的，”制住了翡莽，苏渐一脸笑谑道，“既然开了客栈，就服务到底吧，麻烦你把我俩送出去。”

“……”翡莽还有些不情愿，没想到苏渐毫不拖泥带水，掌中火倏地一吐，顿时灼得他哇哇乱叫。

“你这是做生意的态度吗？”苏渐翻着眼看着翡莽，“别忘了咱可是付了钱的，送送客人不应该吗？”

“应该，应该！”形势比人强，纵然翡莽气得发昏，到这时也只得点头称是。

于是，苏渐挟持着翡莽，沧雪在一旁警戒，顺手还捡回了血歌剑，很快他二人就穿过了敌阵。

终于逃出重围，苏渐并没立即把翡莽放掉，而是挟持着他多“陪走”了一两个时辰的路程。

在这过程中，苏渐还大放厥词，痛骂今晚龙族的卑劣行径；那言辞之激烈，都让翡莽心中十分诧异：

“咦？这臭小子骂得也太过分了吧？把龙族骂成这样，倒好像他不是咱族人似的。”

心中想时，他偷眼看看旁边的沧雪，却见冰龙巫女面沉似水，虽然明显不愉，但始终没有作声。

对翡莽来说，这一路十分煎熬。

他不仅要面对死亡的威胁，还要忍受少年好像发自肺腑的激烈咒骂。

一直等到最后少年骂累了，一掌击在他脖子上，让他晕死过去，他才终于解脱了。

将翡莽无情地抛在冰原荒野后，苏渐便和沧雪继续往魔语海渊赶去。

一路上，苏渐还抱怨沧雪先前不知变通，没对症下药地施展“美人计”，害他出了这么大一份工，还流了不少汗。

面对他无耻的抱怨，沧雪有心发作，但一想起他先前冒死制住敌酋，心中刚腾起的那股火儿，也很快熄灭了。

当他俩继续往海滨行进时，翡莽这边醒转后，也含羞带痛地回去找姐姐说明情况了。

“什么？”听说他失败了，翡蕊from有些不敢相信地瞪着他，“翡莽！我都替你全部筹划好了，先用幻灵蛇龙蜕困住他们，如果困不住，再来重兵绞杀，实在不行，还有蛇龙毒箭阵，你怎么还让她跑了？”

面对姐姐恨铁不成钢的吃惊样子，翡莽有心辩解，却觉得被一个无名少年制住，实在太丢人，于是口角嗫嚅了半天，还是没好意思说出真相。

看到他这灰心丧气的样子，翡蕊晗的心也有些软了。

“算了，不怪你。”妖媚的蛇龙小妾挥了挥手，“沧雪这贱人，既然能被人捧得这么高，自然有她的门道。这么说来，弟弟你一时让她逃脱，倒也不能完全怪你。”

“是，是……”翡莽听了这话，点头称是时，笑容却十分勉强。

见姐姐这般宽宏，他也冲动地想告诉姐姐真相。

他想说，其实不是因为大名鼎鼎的沧雪才坏事，而一个不知名的少年奸贼耍了手段，自己十分屈辱地被他绑架要挟，这才坏了事。

但最终，他还是没说，因为他怕好不容易原谅他的姐姐，一听这真相，会再发火。

“对了，翡莽，”这时倒是翡蕊嗞心念一动，看着弟弟道，“你倒说说，自始至终，到底是怎么回事——记得每一个细节都要说清楚！”

“好！”听姐姐这么说，翡莽松了一口气，倒好像解脱了一样，要知道从小到大，他都不习惯跟姐姐隐瞒什么。

所以，他立即把整个事情发生的经过，事无巨细地跟翡蕊嗞说了一遍。

毫不意外，当翡蕊嗞听到他竟然被一个无名少年耍手段制住时，惊异之余，变得十分恼怒。

不过，在这样的惊奇和怒火之外，翡蕊嗞总觉得弟弟的叙说中，有什么十分重要的东西被自己忽略了。

蛇龙女人天生的敏感直觉，让她对这种感觉十分重视。于是她苦思了良久，又让弟弟重复描述了一遍又一遍，最后她忽然明白了，自己究竟忽略了什么事。

“原来，你喜欢那个少年啊……”翡蕊嗞注意到弟弟提到两人开一间房时，沧雪那一抹羞涩的笑颜。

想到这里，翡蕊嗞沉默了片刻，那细长的嘴角便露出一抹残忍的笑容。

“贱人，”她充满怨毒地叫道，“你不是一贯装得冰清玉洁吗？好好好，我改主意了！我现在不想杀你，我要让你比死还要难堪百倍！”

“到那时，我倒要让夫君看看，他迷恋的女人，究竟成了什么样！”

“要是现在我把你杀死了，他却会记住你一辈子！”

“姐姐你……”看见她这样疯狂地叫嚣，翡莽十分吃惊。

其实，别说翡莽了，就连狂禅也没想到，自己这位蛇龙小妾对沧雪的嫉恨，已经达到了极点。和狂禅的交代不同，翡蕊嗞这哪是想抓捕沧雪？分明是想将她置于死地！

所有人都不知道，对翡蕊嗞来说，最让她发狂的是，明明自己已经嫉妒得发疯发狂，但还要装作持心公正，为狂禅出谋划策，帮助自己最心爱的男人得到情敌的芳心。

这样的感觉，简直如同深渊的毒蛇咬噬着她的心。

相由心生，翡蕊嗞心中无尽的怨恨表现出来，让她美貌的面容这时也显得无比狰狞。

看到姐姐这样，翡莽心中其实并不大认同。

作为一个男子，他很难理解姐姐为了争个宠，一定要弄到这样的地步。

虽然不认同，但接下来翡蕊嗞跟他交代事宜时，他还是低眉顺眼，言听计从。

翡莽的心里十分清楚，在群星璀璨的龙族之中，自己的资质只算平庸；他能有今天四处横行的局面，完全是靠搭上了巫龙国执政官的亲姐姐。

不过即使这样，接下来翡莽听到姐姐的计划时，依然为其中散发出来的浓重邪恶气息，惊得浑身颤抖。

这时的苏渐和沧雪，对此还一无所知。

当他们一路往北急行时，苏渐也反复问过沧雪有什么仇家，但沧雪一片茫然，完全没有头绪。

见她这样，苏渐觉得有些悲哀，心说真是流年不利，本以为和沧雪同行是找到靠山，没想到居然也招来了仇家。

虽然心中不安，但让苏渐感到既幸运又不解的是，接下来这段路程中，先前闹出那么大一场动静的蛇龙族，居然没有跟过来追杀。

就这样紧赶慢赶，又过了七八天，他们俩终于到了北方大洋。

第一次见到极北之地的大洋，苏渐就被来了个下马威。

刚到大洋边时，正是狂风暴雨。

整个浩大的北地天空阴云密布，如同一口铁锅倒扣下来。

黑暗云空下，整个海面巨浪滔天，激烈动荡，如同无数桀骜不羁的猛兽，不断冲出深海，想要吞噬整个人间。

面对天地之威，即使以沧雪的威能，也只能找海边一座高耸的礁岩临时躲避。

接下来一两个时辰里，沧雪只能和苏渐缩在礁岩的阴影里，听着狂风的怒号、波涛的震荡，看着暴雨在眼前瓢泼如注。

风声雨声里，苏渐和沧雪，渐渐地生出某种奇怪的感觉：

我们居然同风雨、共患难……

也不知过了多久，风停雨住，波息浪停。

见风雨渐止，苏渐和沧雪从礁岩的庇护下走了出来。

他们惊讶地发现，先前如浓墨染黑的云空，这时却青空如碧，白云如画，鲜明得都让人觉得有些刺眼。

对于汪洋大海，苏渐还是第一次亲历，加上又是陌生的龙境，这时便显得有些不知所措。

但沧雪早有准备。她在前面带路，沿着海滩一直往西方走，大概走出七八里地，便寻得那处海湾中的港口。

北海之滨的海港，其繁华程度完全无法和南方相比。

当苏渐第一眼看到这个挂牌名为“黑潮港”的海港码头时，只见到几艘形制简陋的大船，在几座黑松木搭成的码头边摇摇晃晃。无论船上还是码头边，都只有零零落落的几个龙族水手到处闲逛，场面极为凄清。

到了龙族的海港，苏渐身份尴尬，便站得很远，由沧雪上前说话。

站在远处，苏渐也不知沧雪跟那几个水手说了什么，然后便看见她朝自己这边招了招手。

“船订好了吗？”走到近前，苏渐压低笠帽的帽檐，朝沧雪低声问道。

“订好了。”沧雪朝码头外面指了指，“最外面那艘‘黑龙号’帆船，会载我们到魔语之海魔声岛。”

“好。”身处险地，苏渐并不多言，只是老老实实地跟在沧雪后面，随龙族水手们登上了黑龙号帆船。

上船后，又等了一会儿，随着船主的一声号子，水手们便熟练地解开缆绳，扬帆起航，朝北洋的深处驶去。

初次出海，还是这样神秘诡谲的极北大洋，苏渐的心情既紧张又兴奋。

为了低调起见，他把自己关在了船舱的房间里，默默地出神，想着心事，没有出来。

大约过了一个多时辰，他终于耐不住了，便推开舱门，通过扶梯走上了甲板。

出了船舱，他才发现，原来外面已是夕阳西下，黄昏降临。

走上甲板，他发现沧雪已在那里。

他看见，少女此时正伏在船舷栏杆边，看着西天的落日，静静出神。

海风吹拂，雪色的发丝在少女身后飘摇；落日霞光从西天照来，将整个娇躯涂上一层彤红的颜色。

在苏渐的心目中，沧雪法力渊深，傲视人间，撇去国族纷争，客观上沧雪犹如高不可攀的冰雪女神。

但这时候，他看着她趴在栏杆上，两手托着腮，看着海上落日怔怔地出神，便觉得她好像忽然从天上降到人间，变成了一个有着自己心事的小女孩。

“你在想什么？”苏渐走到她旁边，开口问道。

“也没想什么。”沧雪神气恹恹地说道。

“咦？你病了吗？”苏渐关切地问道。

“没有。”沧雪转过脸来看着他，“怎么，你关心我？”

“当然关心了。”苏渐毫不犹豫道，“你看我，有国难回，现在全靠你了。若是你病倒了，不能动了，我可真的无依无靠了。”

“哦……”沧雪沉默了片刻，悠悠地说道，“原来，我还是有用的……”

“当然有用了。沧雪，你到底怎么了？真没生病？”看着她颓然的样子，苏渐真有些焦急了，毕竟他还指着她带自己混进魔语海渊，破坏永寂之矿呢。

“没什么。”面对他的关心，沧雪勉强挤出一丝笑容道，“谢谢你，我真的没事。我现在,只是有点不开心。”

“怎么不开心了?”苏渐忙问道。

“我……苏渐,”沧雪明眸如海,看着苏渐,“你知道吗?我自幼钻研法术,颇有成就,日后便更加醉心于此,一心想着研究出惊天禁术,从此为我族开疆辟土。

“可没想到,我忠心对待的国度,却忽然说我是罪囚;尤其让我不能接受的是,竟然说我无君无国,还私吞宝矿。苏渐你说,我是这样的人吗?”

说到这里时,沧雪心中气愤难平,那耸峙的胸脯一起一伏,犹如船舷外的海浪波峰。

“你当然不是这样的人。”苏渐看着她,斩钉截铁道,“虽然你我立场敌对,但你一心为国,此是我亲眼所见;实不相瞒,为此我还挺恨你的。”

“哈,所以你说,好不好笑?”沧雪看着苏渐,神色如痴如狂,“你看,你一个敌国之人,却知我懂我;我那些国族同胞,却一个个罪我谤我,甚至有的还恨不得要我去死!”

“而苏渐,你不也一样?”沧雪目光灼灼地看着他,“我知道你也是忠心报国,却被人说成是我们的奸细,这可连我都不知道,你说可不可笑?

“这世道究竟怎么了?我怎么觉得,这些事情,比那些神秘高深的上古神术,还要难懂?

“对了,苏渐,还有件事一直想问你。你究竟为什么,要一次次地帮我?上回雪山冰湖,帮我解围;飞天大战,帮我跟轩辕魔头求情;几天前又甘冒奇险,舍命挟持刺客首脑,将我救出箭阵重围。

“你到底,图什么?像蛇龙首领那样,图我的美貌?可你分明不是好色之人!”

“呃,我……”听得沧雪这番话,饶是苏渐作为龙血者、玄武卫,经历过专门训练,必要时脸皮可以极厚,这时也禁不住十分汗颜。

沧雪提到的三次事情,其实只有最后一次,勉强算是苏渐救了沧雪;就算这次,若认真计较起来,还是为了利用她到达魔语海渊,这才出的手,动机十分不纯。

至于前两回,事实真相根本相反,完全是苏渐铁了心要对付她。

所以，当此时面对苦主的真诚言谢，苏渐表情尴尬，一时作声不得。

见他如此，沧雪不仅不恼，反而放松了表情。

彤红的霞光中，只见她嫣然一笑，柔声说道："苏渐，你不必着急回我。照这船行之速，今晚星月交辉之时，我们便能到达琉璃海。

"到那时，你出来，还在这里，你我二人一起观月赏星，把苦恼的事情都抛到脑后去。"

"好……"苏渐擦了擦汗，点了点头。

一个时辰后，海洋陷入黑夜之中。

苏渐依约出得舱门，正见到东方一钩明月，升于海隅，灿烂如银。

月色当空，偶尔回头西望，还能在西边紧挨着海波的天空，看到赭红余晖一缕，在星月辉映下淡若无存。

苏渐登上船首最高处的甲板，发现一身白裳的沧雪已经立在那里。

虽然沧雪是龙族，但此刻阔袖长裙，衣带飘摇，看在苏渐的眼里，就好像月宫的广寒仙子落在船头，飘飘扬扬，随时会御风归去。

"你来了？"听到他的脚步声，沧雪转过身来。

"嗯。"苏渐应了一声，没再说话，只是走上前去，站在她的身旁。

他俩就这样静静地站在船头，看着北方大洋上的夜景。

此时正是戌亥相交之时，夜色渐浓。

明月东升，漫天星辰逐次闪亮。

原本幽邃的苍穹，在这一刻开始变得生动，像一匹镶满水晶的巨大丝绸，又好像无数多情的眼睛一齐闪烁。

星穹烂漫，大海也渐渐变得平静。

只有亲眼看到，苏渐才会明白沧雪所指的这片海域，为什么会叫"琉璃海"。

在经常刮起风暴的北方大洋上，眼前的海域难得的平静。

相比别处苍蓝色的海水，琉璃海之水颜色更加多变，水色更加透明。当黑龙号帆船在琉璃海中航行时，就像在一大块斑斓晶莹的琉璃上浮动，又好似于空若无物的天穹滑行，场面极为梦幻动人。

因为海水能见度极高，即使在夜晚，只借着星月的光辉，苏渐都能看到海底深处一群群海鱼游过。有些鱼群,大得超乎想象,快速游动时好像在海底刮起一阵风暴。

僻处西域的苏渐,还是第一次看到这样的奇景,不由得整个注意力都放在眼前的景物中,一时忘了说话。

到最后,还是沧雪先开了口:"苏渐,这样的景象,你是第一回看到?"

"嗯。"苏渐老老实实地点了点头。

"哦。是很美吧?"沧雪道。

"是的。"苏渐答道。

"苏渐,"沧雪沉默了片刻,忽然语气幽幽地问道,"苏渐,我想知道,你熟识的那些人族女孩,是什么样的。"

"嗯?"苏渐闻言一愣,想了想,便知无不言道,"我熟识的女孩儿,并不多。有一位是学院的教习,表面上性格热烈佻达,但内心沉静贞洁,外人都误解她了。

"有一位是学院的同窗,性格清冷,法技卓绝,和你倒挺像。

"还有个是红晶族的女子,来历奇特,性格和女教习一样热烈,性情无比善良单纯。

"对了还有个小女娃,整天吵吵嚷嚷地要杀我,其实我看得出来,她只是缺少家人的陪伴,这才纠缠着我不放,想想也是可怜。"

"嗯。"听到这里,沧雪点点头道,"你的朋友倒挺多,还都是女的。"

"啊?"苏渐一愣,忙道,"是你问我人族女子情况的啊?要问男的好友,也很多啊,比如——"

"我不想听。"沧雪摆摆手,截住他话头道,"物以类聚,人以群分,和你混在一起的能有什么好人?比如那个轩辕魔头,不就是你的朋友吗?"

"呃!"苏渐有些愕然,想想少女傍晚的话,便道,"沧雪,是你自己说的,我可是救过你好几回的人,怎么就不是好人了?"

刚说到这里,他忽然注意到月光中的少女,神情竟有些落寞。

"嗯?"苏渐心中一动,便问道,"我刚说了一些我的朋友,那你的呢?我对你们龙族的人,也挺好奇——"

他这话只说了一半,还有另一半未尽的意思是:究竟什么样的种族,会这样行事凶狠残暴，侵略别人的家园。

听了他的发问，沧雪想也没想便道："我没有朋友。"

"没有朋友？"苏渐有些惊讶，不过想了想也就释然了。

这时候，沧雪忽然变得有些迟疑地问道："苏渐，你的那些女子朋友，美吗？"

"美！"苏渐毫不犹豫地答道，"我们人族的女子，哪个不美？"

"哦，那——"本来看着月光海洋的少女，忽然转过脸来，一双明眸直盯着苏渐，问道，"那你喜欢过我吗？"

"这！"苏渐张口结舌，没想到她会忽然问出这问题。

这时，沧雪看着他，等着他的答案。她也在心中转念想："沧雪，你问这个问题，不是因为真心喜欢他，而是自幼研究万物义理，凡事都习惯找一个答案……"

第七十八章

万蛛母巢

沧雪在心中为自己排解时，苏渐也十分纠结。

本来看着眼前形势，他觉得为了实现自己的目的，应该暂时讨好龙巫女，因此就应该说喜欢；不仅说喜欢，只要脸皮够厚，还要说“深爱”。

可是，在经历了这么多事后，苏渐忽然觉得，自己已经把少女骗得很惨，如果在这种事上再说谎，简直会遭天谴。

于是踌躇再三后，他迎着沧雪的目光，摇摇头道：“没有。”

此言一出，他却又后悔了。他心说：“苏渐，你怎么了？以前那股子随机应变的劲儿哪儿去了？这可是在海船上啊，海波茫茫的，正宗的‘上了贼船’，要是龙巫女暴怒发狂，把你扔下船去怎么办？”

正后悔时，他却看见沧雪转过头去，只发出一声淡淡的声音：“哦……”

这一刻，正巧一颗流星划过天际。

满天的月光与星空，渐渐相融。

天，显得更高；星，亮得更远；梦，变得渺茫。

转而夜航船驶入一片长满夜光藻的海域，于是整个海面都变得碧莹莹，在船头两个人的眼里，仿佛飘了一层梦境的落英……

两人陷入了长久的沉静，直到沧雪轻轻说了一声：“你，上来。”

“嗯？”苏渐转脸看向她，不明其意，却见少女一振裙袖，转眼间风绕双足，已是飞到船帆桅杆的最顶头。

“原来是上那里去，真危险。”苏渐嘟囔一句，也足下发力，半纵半飘，来到桅杆的顶端，和沧雪并肩坐在桅顶的横杆上。

琉璃之海的夜光藻海域，本就显得如梦如幻；现在坐在摇摇摆摆的风帆顶端，苏渐此时的感觉，就好像快飞升成仙了一样。

正恍恍惚惚之时，他听沧雪指着远处海面渐渐浮现的巨大黑影道："你看那里，是琉璃岛。"

"琉璃岛啊，"苏渐所有的注意力都放在自己会不会掉下去上，便只是随口应道，"琉璃海里的岛屿，自然该叫琉璃岛了。"

"嗯。"沧雪轻轻道，"可是琉璃岛，并不一般，它和琉璃海一样梦幻。"

少女看着远处泛着夜光的岛屿，如痴如醉地说道："琉璃岛上，有琳琅玉树，它的树叶和花朵，都像琉璃美玉一样。被风吹落，花飞叶坠，落地如玉锵然。

"岛上还有琉璃鸟，翎羽发出玉光，叫声也好像金声玉振一样。有人说，琉璃鸟从出生之日起，就只会待在琉璃岛上。它以琳琅玉树之花为食，所以羽毛上才会有琉璃美玉般的光泽。

"苏渐，你知道吗？在整个泛着玉光的琉璃岛上，看海天中的月亮，都会显得特别大、特别亮、特别圆……"

"是吗？"听着少女梦呓般的语气，苏渐忽然觉得有些莫名的心惊，便忍不住煞风景地说道，"也许这是因为琉璃岛上光怪陆离，让人产生错觉了吧。要不咱们还是先下去，这桅杆晃得厉害，我怕再多待会儿，也会跟那什么琉璃鸟一样，永远留在琉璃海了。"

"苏渐，你知不知道，为什么我要让你看琉璃岛？"仿佛没听到他说话一样，沧雪盯着远处的岛屿，轻轻地说道。

"为什么？"苏渐一愣，"难道你想让我去岛上抓几只琉璃鸟？莫非它的肉很美味？"

"你！"沧雪终于忍不住瞪了他一眼。

"哼。"好不容易平息下心情，白衣如雪的绝美少女道，"指给你看琉璃岛，是因为我幼年时听到了琉璃岛的传说，就许下一个心愿，想自己将来长大后，遇上心仪的人时，能和他一起到琉璃岛上看月亮。"

"这样啊……"苏渐想了想，苦口婆心地劝道，"不是我说你，果然是小时候不懂事，胡乱许下的心愿啊。你看琉璃岛离大陆这么远，风急浪高的，船小点就容易翻，我跟你朋友一场，便好心劝你，这心愿听起来美，但不安全啊。”

“……”这一次，沧雪连哼都没哼一声，只是转过脸来，面似寒冰，眸光赛雪，冷冷盯了苏渐一阵，便蓦然翻身坠下，如一朵白云落在船头甲板，转眼便回船舱客房去了。

“喂喂，这就走了？”苏渐看着少女倏然消失的背影，一脸尴尬地道，“我、我只是关心你的安全嘛……”

苏渐对沧雪冷脸的原因，心知肚明。

他有心要追上去，跟少女说两句软和凑趣的话，但犹豫再三后，终究还是硬下了心肠。

最后他只是叹息一声，就也翻下船桅，回客舱睡觉去了。

经历无数风浪的海船，在如丝绸般柔静的海面滑行。

琉璃之海的水波，平和，柔静，无论先前有多少的惆怅和伤怀，都将被抚平。

夜航船上的旅人，在海波的呓语中渐渐睡去，梦里满怀都是星辰……

但美梦只持续到黎明之时。

当海船驶出了琉璃海，那风浪便陡然大了起来。整个黑龙号在惊涛骇浪中穿行，不时有巨大的浪头撞击船体，在船舱中转化成轰轰的雷鸣。

苏渐从睡梦中惊醒，但并不完全是因为雷鸣般的海浪，毕竟这样的声响在琉璃海前，他已经领教和习惯了。

他这时很快醒来，主要是因为脑海中最近才出现的奇怪女声，在刚才忽然变得更强。

无论是娇媚的呻吟，还是哀婉的轻语，此刻应和着风浪，陡然加强；它们就如两条虺，在苏渐的脑子里不断钻营盘旋。

自然界的轰响苏渐还能适应，但这种好像从脑海最深处发出的声音，他完全没法忽略。

魔音入耳之际，他只得披衣而起，想去甲板上待会儿，看看能不能好一点。

当他走上甲板时，惊讶地发现，沧雪已经在那里。

“你怎么也起得这么早？”苏渐趟过海水流溢的甲板，朝少女走去。

“不好了！”没想到刚刚走近，苏渐就听得少女用焦急的语气低声说道，“前面就是灰岩岛了！”

“灰岩岛怎么了？”苏渐有点奇怪地看着她。

“灰岩岛，可是我们圣龙国的北方海路监察点，那里驻守着天风龙骑巡察官。”沧雪低声说道。

“那又怎样？”苏渐看出了少女的担心，不以为然道，“你被通缉的事情，应该没这么快传到这里吧？海路这么远，你们龙族没有能飞这么远的飞龙吧。”

“不对。”沧雪担忧地说道，“我族传递消息，根本不需要飞龙。针对海路关隘，我圣龙帝国专有海风鸟传递情报。我觉得这么多天过去，灰岩岛很可能已经收到消息了。”

“啊？”苏渐暗叫晦气，但还是安慰她道，“你也不用太担心，这大风大浪的，区区一条海船路过，他们未必会发现。”

“一定会。”沧雪看着他，“你以为是你们人族？行事粗疏，只求大概。我族军将最为严谨，别说这么大一条海船，就连可疑的大鱼游过，都会出动天风龙骑侦察呢。”

“天风龙骑……你说是那个吗？”苏渐抬手朝沧雪身后上空一指。

沧雪连忙转身观看，恰看见有几头巨大的双翼飞龙黑影，正从灰岩岛上腾空而起，朝这边飞来。

“不好！他们过来检查了。”沧雪焦急道。

见她这样惶恐，苏渐倒没心情嘲笑她。

现在他可真是和沧雪在一条船上了。女孩儿固然被通缉，他苏渐也好不到哪儿去。就算他在龙境内啥事儿也没犯，光这人族的身份，如果被龙族巡察官抓到，下场可一点不比沧雪好。

见灰岩岛上飞起了天风龙骑，飞翔的方向一点点地修正，最后笔直地朝这边飞来，苏渐的心就一点点地沉了下去。

很明显，如果真被天风龙骑找过来，无论他二人法力如何高强，在这茫茫大海上，也是插翅难逃。

到时候龙族巡察官根本不用做其他任何事，只要摧毁这艘黑龙号，保管叫他们都掉进大海喂鱼去。

这样的绝境，苏渐已经不是头一回经历，因此此时还能保持基本的镇静。但沧雪不同。因为绝高的天赋，超然的身份，她尽管也经历过生死杀场，却并没有碰到过真正的危险。

所以当可怕的危险真正到来时，苏渐还能从容地想办法，她却已是脸色苍白，不由自主地朝苏渐这边靠过来。

一边靠过来时，她还在心中一边想："罢了，琉璃岛一同赏月他不愿，那现在一起葬身大海，也不错。"

就在这生死关头，苏渐忽然发现了一桩怪事。

原来，在面对越来越迫近的天风龙骑，他开始本能地颤抖时，脑海中那缕诡异非常的妖媚女声，却忽然从缭绕的歌声变成了喃喃的低语。

虽然听不清低语的细节，但和之前的妖媚诡秘不同，现在这阵低语，竟好像有一种抚慰人心的作用；本能颤抖的苏渐，竟渐渐平静下来。

"咦？"察觉到这样，苏渐有些迷茫。

正当他低头察看是不是胸前的星降之链起作用时，却猛地听到脑海中的低语，陡然间化作一声刺耳无比的尖笑！

这尖锐的笑声，肆无忌惮，充满邪恶，几乎让苏渐忍不住要抱头撞地，减轻这种深入骨髓的可怕痛楚。

但当他刚要歪倒之时，却忽听沧雪惊奇地叫道："苏渐，你看那边——"

"什么？"苏渐忍着痛，朝沧雪指示的方向看去，发现灰岩岛的方向上，那靠近岛屿的海水忽然间如同沸腾起来！那巨浪如山壁立，就好似奔腾的兽群呼啸着朝灰岩岛扑去。

如果只是巨浪，还可能只是正常的海啸潮汐现象，但很快苏渐二人就发现，从汹涌的巨浪中，竟真的扑出许多诡异的身影，挥舞着巨斧利叉，发出刺耳的尖啸，朝灰岩岛上扑去！

"那是？！"苏渐惊恐地脱口叫道。

“是海魔！是海魔攻打龙岛了！”仿佛回应他一般，甲板上那些黑龙号船长水手们，惊慌失措地尖叫起来。

“海魔？”苏渐还没怎么反应过来。

“就是海里的魔族。”沧雪忧心忡忡地道，“近来耳闻魔族蠢蠢欲动，有不少已经冲破封印，本来还不信，看这样子恐怕真有其事了。唉，难道灰岩岛就要失陷？”

“啥？你还担心灰岩岛会不会失陷？”苏渐叫道，“如何应对天风龙骑巡察官，才是正理——”

刚说到这里，他忽然意识到什么，不由得脱口叫道：“不会吧？运气这么好？！”

一边叫时，他一边朝天空看去，却见刚才朝这边气势汹汹而来的天风龙骑，真个已经掉转方向，回灰岩岛去了。

不用说，这些龙族海路巡察官们，一定是见海魔攻打岛屿，便赶紧回去参加防御了。

见得如此，苏渐十足十地高兴，沧雪却喜忧参半，心情颇有些矛盾。

在她纠结之时，苏渐却蓦地心里一动，惊异地想道：“咦，怎么那些海魔的尖啸声，和刚才脑海里最后那一长声尖锐的狂笑，音调那么像？而且海魔出现的时机也太巧了吧！正好在我脑子里这声怪笑出现时，他们也从巨浪中扑出，难不成……他们之间有什么关联？”

一念及此，苏渐悚然而惊，开始紧张地思索，想弄明白到底为什么会这样。

苦思了一阵，却毫无结果。

正神色愁苦，苏渐忽地哑然失笑。他在心中自嘲道：“苏渐啊苏渐，能脱险就不错了，还想那么多干吗？想不通就想不通，说不定只是因为我苏渐人品好，老天保佑呢！”

心中这般想时，他瞥瞥旁边的少女，便在心中道：“嗯，一定是的！就看这位龙巫女，还算有点姿色吧，言语间好像有点倾心于我，如果我人品不好，早就顺水推舟将她哄骗了，别说洞房入了，说不定连孩儿都怀上了，还会像现在这样？

“嗯，不错啊不错，果然因为我人品大好，感天动地，这才机缘巧合地脱险。”

少年在心中自我点赞，却并没有注意到，就在天风龙骑返回灰岩岛时，那些刚才发出凶猛攻击的海魔们，却如同有着某种默契一般，忽然间撤退。

海魔们返身没入了万顷海涛中，只留下沙滩上双方几具血痕累累的尸体。

如果苏渐注意到这个细节，就不会认为，刚才发生的事情只是某种巧合。

在灰岩岛莫名其妙地脱险之后，苏渐和沧雪乘坐着黑龙号，大概又花了一天多的时间，终于到了目的地魔语之海。

进入魔语海域时，苏渐发现，黑龙号上这个叫“诺恩”的船长，说话挺不着边际。

就在到达魔语之海前，可能取名自“一诺之恩”的诺恩船长，曾跟苏渐二人说，就在近一两年间，魔语之海中开始有越来越多的海魔族出现，就如同他们在灰岩岛看到的那样。

可想而知，本来魔语之海就风波不断，现在有了海魔族兴风作浪，导致整个魔语海域都惊涛骇浪，海况十分糟糕。

听他说得吓人，苏渐还担惊受怕，可当他们终于到达时，苏渐发现这里的情况和诺恩描述的大相径庭。

这里别说惊涛骇浪了，夸张点说，呈现在他眼前的魔语之海，平静得几乎让他以为是琉璃之海。

发现了这一点，鄙视诺恩“龙品”的同时，苏渐也十分庆幸。他开始相信，自己的运气果然好转了起来。

当然，身为玄武卫的精锐，“运气”“人品”“机缘”这样的事儿，苏渐也只不过当个乐子想想，绝不可能当真的。

事实上从灰岩岛开始，他就觉得事情变得有些诡秘起来。当看到平静如琉璃海的魔语之海时，他这种不安感进一步加深了。

他和沧雪踏上魔声岛后，这种不安感还在继续滋长。

传说中充满邪恶魔物的魔声岛，继续呈现出一种诡异的安宁祥和。虽然也有几只魔兽袭击他们，但根本不用沧雪出手，苏渐直接挥舞血歌剑就把它们砍了。

“难道这魔声岛会比寂灭森林还轻松？”苏渐心里的疑团越来越大了。

对于他的疑虑，沧雪完全不当回事。

天才龙巫女轻车熟路地踏上魔声岛，找到岛中央的魔语森林，又轻轻松松地穿越森林，到达森林中央的黑魔沼泽。

到达黑魔沼泽后，沧雪等苏渐挥剑解决了几只不识相的沼泽魔鳄后，便启动机关，打开了隐藏在沼泽中央隐秘处的海渊大门。

当石门在身后缓缓关闭，阻挡了外面流溢的沼泽污泥时，沧雪就带着苏渐，沿着长长的石阶向下行走，往魔语海渊深处的永寂矿洞而去。

这样的地方，苏渐还是第一次来。

跟在沧雪后面，他密切观察着周围的一切。他按无名山庄和玄武卫的训练，在心中记住走过的每一个岔口、每一段道路。

和前面从容行走的冰龙巫女不同，苏渐心里清楚，此行他和沧雪的目的完全相悖；来的时候可以同行，走的时候，除非他什么都不做，否则很可能就是他一个人上路。

通往地底深处秘境的石阶，十分漫长。

道路一侧的洞壁上，除了布满潮湿的水珠，每隔一段距离还有一支燃烧着的火把。

和人间的火源不同，苏渐惊讶地发现，这些燃烧着紫焰的火把，竟是一根根枯骨。

也不知道它们来自什么魔兽的骨骼，就在海渊洞穴稀薄的空气中静静地燃烧，几乎不见减损，看起来能烧很久。

枯骨紫焰的光辉，透露出一种诡秘的古老气息。

苏渐二人的身影，被枯骨的火光拉得很长，投射在周围不规则的洞壁和深壑上，扭曲变形，纠缠交叠，就如同有无数奇形怪状的魔鬼在放肆地跳舞欢唱。

光怪陆离之时，海渊深处还不时传来诡异的声响，有时像恶魔的嚣叫,有时像婴儿的悲鸣,更多的时候却什么都不像,只让人觉得毛骨悚然,又十分烦躁。

也不知走了多少时候,苏渐终于看到前面有一处灯火通明的空旷地带。

在那里,点着许多红色的火把,稍许驱散了海渊中的诡异感;而无数倒悬的钟乳石柱,也终于让苏渐看到一种熟悉的人间事物。

橘红色的光辉中,有不少身影在来回走动;苏渐刚要问沧雪那些是什么人时,沧雪刚好回头跟他说了一句:"守卫者大厅到了。你跟着我,去跟他们打个招呼。"

听得此言,苏渐一惊,正要反对,却见沧雪已经姗姗向前,往她口中的守卫者大厅走去了。

见此情形,苏渐有心躲在旁边的阴影里,但想到接下来几天里,要想在这样孤埋海底的地方达成自己的任务,还得依赖沧雪,便也只得硬着头皮跟了上去。

"我,沧雪,来看看永寂之矿。"面对高大威猛的龙族守卫者,沧雪神色冰冷地说道。

"是沧雪大人!"听得少女这样简短无礼的招呼后,凶猛的龙族守卫者却低下了头,用一种崇拜的表情行了个礼,然后低声下气地说道,"请沧雪大人自便,我等不敢打扰。"

"好。"沧雪点了点头,然后便转过身,朝苏渐一挥手,示意他跟自己走。

见得如此,苏渐心中惴惴不安,硬着头皮在龙族守卫者的眼皮子底下,走向了沧雪。

让他惊奇的是,心中想过的无数种可怕的场景,一个都没发生;那些一看就警惕异常的守卫者,对他视而不见,眼皮子都没抬,就任由他跟在沧雪后面,往海渊深处的永寂之矿走去。

"这就行了?"苏渐整个人都变得恍恍惚惚的,直过了很久都不敢相信,自己就这么轻易地混入了圣龙帝国最机密的秘境。

跟着沧雪往永寂矿洞走,最初那段路途,苏渐还有些浑浑噩噩。但很快他就警醒过来，打足了精神，准备在永寂矿洞大展拳脚。

当他察觉到周边的环境越来越安静，空气越来越稀薄时，他反而变得更加喜悦；因为所有这些特征都在向他表明，人龙二族争斗的焦点之一——永寂矿洞，就快到了！

所以，在这段不算漫长的道路上，苏渐心中筹谋了十几种计划，计算了无数种可能，就准备等到了永寂矿洞大干一场。

谁知道，就快接近永寂矿洞时，沧雪停住了脚步。

她转过身来，看着苏渐，冷然道："永寂矿洞快到了，你不能再往前走了。"

"为什么？"苏渐装傻充愣道。

"因为那里是我族机密之地。"沧雪如同换了个人般，朝他冷冷说道。

"哦，对了，是机密之地。"苏渐仿佛这才恍然大悟，想了一下又道，"不就是矿洞嘛，就算是机密，我过去看看又如何？难不成担心我偷几块矿石走？"

"你不能去。"沧雪仿佛没听到他的理由，再次冷冷地说道。

"可、可……我担心你的安全呀。"苏渐一脸真诚地看着她道，"永寂矿洞，这名字听着就不吉利。再说了，既然是矿洞，那它会不会透水？会不会爆燃？会不会塌方？我真的放心不下你呀。"

"你放心不下我？"沧雪眸光闪烁地看着他。

"当然！"苏渐毫不犹豫地大声道。

"那好，"沧雪点点头，"那等回程时，你陪我去琉璃岛看月亮。"

"这……"苏渐微一沉吟，经过电光石火间的思想斗争，便点头道，"没问题！回程路上，我陪你去那座琉璃岛。"

"那好，请你记住这句承诺。"沧雪面容沉静地说了这么一句，转身便往前方永寂矿洞走去。

见她如此，苏渐赶忙跟上前去。

才走了两步，却见前面那少女手一扬，便听"锵锵锵"一连串响，苏渐双脚的周围，霎时间竖起了无数寒光闪烁的尖锐冰棱！

"沧雪，你这是什么意思？！"苏渐气急败坏地大叫道。

“什么意思？”沧雪头也不回地道，“我的意思是，你回程陪我游琉璃岛，此行不准踏入永寂矿洞，这两者并不相干。”

“啊？”苏渐一呆，不甘心地叫道，“那我现在干什么？”

“干什么，你自己决定。除了永寂矿洞，魔语海渊里，你去哪儿都行。”沧雪冷然说道。

“去哪儿都行？”苏渐重复了这一句话，然后抬头朝四周看看，却只见得景物阴森，光影迷乱，依旧犹如群魔乱舞。

于是他又叫道：“去哪儿都行，可我怕啊！”

“那就待在这里，哪儿都别去了。”硬邦邦扔下这句话，少女便飘然向前，任凭苏渐大呼小叫，再也不理会了。

沧雪走后，这四周便安静下来。

这时候，苏渐便开始听到，这看似寂静的环境，当安静下来后，却有无数个低沉诡秘的声音，从四面八方传来，它们邪祟，诡异，让人听得毛骨悚然。

于是，刚才只是假装说害怕的少年，这时候开始真的害怕了……

本能的恐惧，才稍稍露出点苗头，苏渐脑海中那股诡异的声响，就蓦然再次震响。

和之前任何一次都不同，这缕魔音一样的异样声响，在魔语海渊的深处再次回响时，不再细微、自抑，而是如洪钟巨鼓般在苏渐脑海中轰然鸣响。

虽然没受到任何外在的攻击，苏渐却立即感受到极大的痛苦。

这痛苦来自脑海中那缕魔音的振动，瞬间便如洪水漫过了苏渐整个身心，不仅让他四肢八骸全部震痛，还深入血脉，深入骨髓，乃至灵魂。

最开始时，苏渐无法排解这来自内在精神世界的巨大痛楚，开始在冰棱丛中抱头翻滚，甚至不时以头撞地，希望能稍减痛苦。

但一切都是徒劳。

伴随魔音回荡的频率节奏，苏渐整个身心，都被挫骨抽髓般的巨大痛苦攫住，如野草般无法自拔。

在经历一段时间难以忍受的痛苦后，苏渐忽然发现，好像在某些瞬间，这种可怕的痛苦会倏然减轻，甚至短暂地消失无踪。

刚开始苏渐只顾着忍痛哀嚎，并没有察觉；渐渐地他发现了这个奇怪的现象，便在巨大的痛苦中，以惊人的意志力，去分神捕捉它的规律。

没用太久，苏渐便找到了真相：

原来，每当他转向一个特定的方向时，那可怕的痛楚就会减轻，甚至完全消失！

得知这一点，苏渐顾不得其他，立即朝向那个特定的方向站立，一动不动。

但他很快又发现，要是在原地停留太久，那前所未有的痛楚，又开始重新笼罩身心。

为此他只能跨过冰棱，朝着特定的方向不停地走动。

在行走的过程中，他又惊奇地发现，随着行走，那能够让痛苦消失的特定方向，也在不停地变化。

于是当这种为了减轻痛苦的行走持续了一段时间后，苏渐猛然惊觉：“哎呀！难道这魔音，想让我到某个地方去！”

察觉出这一点，苏渐有心抗拒，但他很快就发现，回荡在身体里的那股剧痛，若是一直持续下去，真有可能让自己死去。

于是他放弃了抵抗，任由冥冥中的那股力量，用这奇诡无比的方式，将自己引向未知的领域。

正如魔语海渊中存在永寂矿洞这样的秘境，在这个海渊的领域里，还存在着许多其他秘境。

到这时苏渐才发现，幸亏当年在落魂渊的神秘古堡中看过巨龙之书，否则别说被剧痛疼死，光这一路路过秘境，也很可能被秘境中的机关和妖魔杀死。

当然这时候，苏渐还不知道自己当年领略的，就是上古时代著名的“巨龙之书”。

在那个诸神璀璨、灵异辈出的时代，像巨龙之书这样的顶级智慧秘卷，还有很多。

很多上古之书，不仅揭示了这个世界的本源秘密，甚至泄露了这个世界外整个广袤鸿蒙宇宙的真相。

这一点苏渐现在还无从得知，否则他就会发现，也许巨龙之书本身的意义，就要大过他现在为之努力的一切。

走过了四五个诡异的秘境，当苏渐接近一个巨龙之书中记载为“万蛛母巢”的秘境时，当初那个实为魅帝姒的沉睡女神影像，忽然再次在苏渐的视野中出现了！

恶魔之王的虚影，依旧金辉笼罩，光明堂皇，背景却从当初“幻光镜泊”中的镜光迷离，变成了此际“万蛛母巢”的阴森昏暗。

虽然魅帝姒的幻影再次出现时，不可避免地流露出奇怪的气息，但满心苦难的少年看到时，却感到一种莫名的亲切。

和上回幻光镜泊中一样，美人幻象出现后，便开始引领他往某个方向走。

这时候苏渐试了试，发现那缕逼迫自己前行的魔音，还是依然存在。

不管怎么说，再次出现的恶魔之王，那酷艳无双的绝色身姿容颜，倒为阴森恐怖的万蛛母巢，平添了一抹奇异的亮色。

要说这魔语海渊的万蛛母巢，纵然不是世间最恐怖的秘境，也应该是最让人头皮发麻的秘境。

在这里，颜色阴冷的蛛丝纵横交错，病态幽暗的巢穴盘根错节，密密麻麻的蛛卵让人头皮发麻，更可怖的是远处的黑影里，闪烁着无数恶意诡谲的眼睛，还时不时传来“嘶嘶嘶”的低鸣。

可以说，苏渐此刻触目所及的一切，都让他手心冒汗，浑身直起鸡皮疙瘩。

甭管苏渐对自己过往接受的训练有多自信，到了这里也不得不承认，如果没有美人幻影和巨龙之书的引领，他根本没办法从万蛛母巢中找到任何能走的路。

身处这样的环境，苏渐极为煎熬。

不过幸运的是，不知道什么原因，那些隐藏在巢穴和蛛网深处的凶猛蛛灵，在他经过时，始终没有扑出攻击。

甚至有一次，当苏渐转脸瞥眼看时，居然看到一处污秽的褐色洞穴里，那个有着八只血色巨眼的蛛魔看到自己后居然悄悄地往后退缩，很快消失在洞穴深处的黑暗里。

"这……"看到这景象，苏渐没有任何苦中作乐的心情。那股始终伴随他的不安感，在蛛魔退却的那一瞬，变得更加地强烈，已经深深地攫住了少年的心灵。

恐怖的秘境，反让苏渐的判断更加明智。当看到退缩的血眼蛛魔时，他的第一反应便是：

血眼蛛魔的"友善"，会不会和灰岩岛海魔的巧合，是同一个原因？

不管怎样，当古老凶猛的蜘蛛不用担心时，苏渐唯一需要戒备的，就是万蛛母巢中无处不在的蜘蛛丝了。

在不小心碰触了几次后，苏渐便确定，这些闪耀着灰、黑、白、紫阴冷颜色的蛛丝，和寻常的蜘蛛丝不同，可能带有某种毒素或是灵力。

有一回他裸露的手腕，不小心碰到一根在空中飘荡的蛛丝，竟瞬间如同被烈火烤炙，火辣辣地疼。

遭过几回罪后，苏渐开始小心翼翼地避开这些诡异的蛛丝。这时候他便羡慕起那些能有柔软的身段和腰肢的女孩儿。

经过漫长的煎熬之后，他终于在美人幻影和神秘痛楚的双重指引下，走到了万蛛母巢的深处。

"咦？"走到这里时，苏渐忽然一愣，忍不住脱口叫道，"怎么这里会有座庙？"

原来，在他面前，此刻竟赫然出现了一座高大雄伟的石头神庙。

很快他就发现，这座庙可和他们人族的道观佛寺不同，是一座地地道道的龙族神殿。

在万蛛母巢深处耸立的神庙，和很多其他龙族神殿一样，无论殿阁还是台阶，都有着左右对称的结构。

它巍峨、雄丽、精美，通过龙族特有的建筑手法，流露出神圣高贵、居高临下的气息，让它和周围幽暗污秽的蛛巢秘境格格不入。

但不知道什么原因，反差这么大的神殿和蛛巢，就这样十分突兀地紧挨在一起，也不知道当初的建立者有何用意，或者出了什么变故。

乍看到如此突兀耸立的龙族神殿，苏渐还没来得及仔细打量，就在美人幻影和可怕痛感的双重裹挟下，踏上了神殿左侧那条漫长的石阶，开始朝神殿上方走去。

大概走到一半路时，苏渐透过蛛巢深处幽幽的迷雾，终于看清神殿高处一块玄武岩牌匾上的字。

这是四个古老的龙族文字。如果苏渐没在灵鹫学院中专门学过《龙族语从入门到精通》，便不会认得这四个字是“镇魂龙殿”。

“镇魂龙殿？”苏渐口中咀嚼着这个名字，努力回想当初巨龙之书中的所见，却发现并没有任何印象。

带着疑虑，他随着沉睡的美人幻象，很快就来到龙殿正门前的广场。

如果换成人族的庙宇道观，这位置应该是放生池；不过按龙族的做法，这里总是有一片或大或小的广场。

和蛛巢的粗莽砥砺不一样，镇魂龙殿前的广场，全部由某种晶莹细腻的白玉筑就；广场的中央，还有一口六角形的水井，其中注满了蓝莹莹的奇异水液。

到了这里，蛛巢的阴郁之气几乎全都被驱散，神殿的气息开始充盈苏渐的身周。他甚至觉得和北方冰原那晚有点像，这里连空气都泛着水晶一样的光。

感受到这样安全祥和的气息，苏渐此后的步伐再没有了丝毫犹豫。

龙族神殿的很多边边角角，都雕刻着精美的龙族神祇塑像，更别说整个神庙殿堂的入口大门了。

但苏渐对龙族的神祇，只有反感和厌恶，于是走到大门前，他只是抬头看了一眼，便穿过高大无比的穹顶大门，走进了镇魂龙殿的大厅。

刚一走进这里，苏渐惊得差点没叫起来！

因为他看见，此时呈现在自己面前的，和想象中的殿堂陈设完全不一样。或者更确切地说，根本不是陈设一样不一样的问题，而是这里根本就像是另外一个空间！

这片空间，向上延伸宛如直入星穹，向下探底仿佛能到达炼狱，离苏渐最近的地方，到处都漂浮着一团团如同星云般的璀丽光辉。

因为景象如此超出预料，进了圣殿之后很长时间里，苏渐都没反应过来。

他不仅没看清那些如神山一样漂浮在虚空中的龙殿物事，连自己的双足已经自动悬浮虚空之中也毫无所知。

但很快他的目光，就聚拢到龙殿奇异空间的正中。

在那里，于无数绚丽星云的围拢下，正有一团金色的火焰，包围着一颗紫水晶一样的物质，在不停地燎炙熏烤……

第七十九章

天地造物

苏渐能很快注意到金焰紫晶，不仅是因为它们的色彩如此鲜明突出，更重要的是因为那个神秘的沉睡女神幻象。

就在他进入龙殿之后，实为魅帝姒的幻象就缓慢地飘向金焰和紫晶；当她碰触到金焰的那一瞬间，整个虚空中猛然震荡起凄厉的咆哮，转而唯美的幻象便破碎成无数的光点，从苏渐的视野中倏然消失。

见得此情，苏渐立即想道："莫非那里有宝贝?! 上回看见美人幻象后，就得了开阳、河鼓两颗星宿晶石；难不成今天她再次刻意引我来，又要便宜我得个新宝贝?"

苏渐心中刚这般想时，便已经不由自主地抬脚，往龙殿中央的金焰飘飞而去。

当然这时他并不是没有警惕，但很快那看不见摸不着的虚空中，就回荡起无声的振动和低语。

苏渐的眼神立即变得狂热炽烈，整个心智视野之中，只剩下前方那团不断跳动闪耀的金色火焰。

他不再迟疑，坚定地朝那团耀眼的金焰走去。

这时候，他忽视了一件很重要的事——

就在他头顶的龙殿上空，有八头来自龙渊列岛的守护巨龙，正目喷怒火地俯瞰着他；随着他往前走，那能够裹挟风雷的龙翼、撕破云空的利爪，也慢慢地张开了……

对头顶上的危险，苏渐一无所知。

他更不知道的是，渐渐张开爪牙的守护之龙，此刻心中还很郁闷。

作为镇魂龙殿的守护者，他们其实常年无事可做。

守护巨龙每天的日常，不是清理清理误入此地的“小蜘蛛”，就是幻想使命什么时候能够结束；而今天终于闯进来一个陌生人，还以为终于能大展拳脚，谁知道睁开龙眼一瞧，却只是个孱弱的人族少年，在他们眼里，和外面万蛛母巢中的“小蜘蛛”，也差不了多少。

虽然郁闷，使命还是得履行。

眼看着苏渐往金焰那边去，他们开始展动身形，跃跃欲试。

慢慢地，苏渐逐渐靠近金色火焰。

不过就在这时，他忽然停住了脚步。

“怎么回事？”守护巨龙们面面相觑。

“不行，”这时苏渐心中忽然警醒，“未知之地，奇异之火，若我轻举妄动，恐怕有不测之祸。别着急，先观察一阵。”

心里这般想着，他便停住了脚步，朝两丈开外的金焰紫晶细细打量。

见他如此，刚才还兴致缺缺的守护巨龙们，忽然变得急切起来。

“人族的小虫子，你磨蹭个啥？快上前啊！”他们用无声的语言急切地呐喊。

按照镇魂龙殿的规则，如果外来的生灵没有危及镇魂金焰，神殿的守护者是不能轻举妄动的。

于是苏渐一犹豫，守护巨龙们就立即着急了！他们生怕今天连个清理“小虫子”的乐趣也没有了。

在守护巨龙的疯狂期盼中，苏渐磨蹭了一阵，终于又举步上前了。

很快，他离奇异神殿空间的中央火焰，只剩下咫尺之遥。

“三清保佑！”苏渐祈祷一声，深吸了一口气，伸手朝金焰紫晶探去。

“轰……”刚才仿佛平静如水的神殿空间，刹那间如同沸腾了一般！八头龙渊列岛的强龙，霎时间扇起龙翼，扬起利爪，用本相朝苏渐凶猛地扑去！

守护者动手之初，苏渐还以为是自己的幻觉——眼前燃烧着的金焰纹丝不动，怎么自己却感觉到神殿中掀起了暴风？

很快他就知道这不是幻觉！

他抬头一看，顿时吓得魂飞魄散：

暴虐凶猛的异域巨龙，正张开血盆大口，圆睁血色怒眼，扇动强壮龙翼，朝自己迅猛扑来！

八头猛龙一齐攻击的气势，如不身临其境，根本无法想象。

若换了一般人，这时候甭说对抗了，光看到这架势，很可能立即就吓瘫了。

但苏渐没有坐以待毙。

猛龙扑来，他硬生生地把恐惧压到心底，转身抬腿就跑。

见他如此，半空中的巨龙们一齐震天大笑，紧接着火焰飞落如雨，还夹杂着冰刀风刃，一齐朝苏渐劈头盖脸地打来。

如果守护巨龙们一开始就尽全力，苏渐根本没有任何逃生的可能；但暂时可以称得上幸运的是，穷极无聊的神殿守护者们，好不容易等到一个猎物，便存了戏弄的心思，因此别看各种灵法攻击声势惊人，但很多都落在苏渐咫尺之遥的地方，真正招呼到他身上的攻击，一时还挺少。

但就是这样真心诚意的爪下留情，已经让苏渐狼狈无比。

他衣衫褴褛，最悲惨的乞丐看到他，也可能会同情落泪；那个久已不曾受伤的身躯，也在刹那间鲜血淋漓，伤痕累累。

而和寻常受伤不一样，八位守护巨龙的灵法攻击属性各有不同，有的还兼顾几种；因此只遭遇了一轮攻击的苏渐，却似乎已将世间所有属性的法系伤害都承受遍了。

那火的烫、冰的寒、风的酸、雷的烈、土的重、金的锐、木的韧、光的炽、幻的乱、冥的惧，在这一刻齐齐降临，让苏渐生不如死！

如果这时候，苏渐知道守护龙还存了手下留情、慢慢戏弄的心思，一定会冤屈地大叫："你们这是手下留情吗？再来一遭，我就死了！"

守护巨龙还在宽容，苏渐却已濒临绝境。

到这地步，他再无犹豫，在龙族灵法的风暴旋涡中，将自己所有的本事都尽全力施展出来。

十系灵法中，无论他精通的还是只知皮毛的，这一刻全都被他施展发挥出来；星流术自不必说，绚丽辉煌的朱雀焰羽，已在他背后蓦然舒张。

一般不敢轻易招惹的血歌剑灵，也在这一刻被他召唤而出；邪魅气息流露的绝美煞灵倒是尽忠职守，身姿妖娆地悬浮在他身旁，朝那些守护巨龙施展魅惑幻术。

求生本能激发到最大限度之时，冥冥中一直操控他的那缕奇诡魔音，也终于用最清晰、最响亮的方式告诉苏渐：

只有熄灭那团金色火焰，他才能活着出去！

对这样的喻示，苏渐不用思考，只凭直觉，也知道大有问题。

但这时候他还能选择吗？

他毫不犹豫地掉转身体，从冲向神殿大门，变成了直扑金色火焰。

这一切，只发生在电光石火之间。

事实上苏渐猛然爆发出来的实力，也让守护巨龙们瞠目结舌。

“什么？他竟然能施展出这么多种法术？”

“啊！星流术！星流术！他竟是人族的星流武士！”

“哇，好美……啊，太古煞灵！”

面对电光石火间的变化，守护巨龙们也只有思维能够跟得上这种变化。至于他们随之而来的应对动作，就显得太过缓慢了。

出乎他们意料的“千羽幻光翼”，以出乎他们意料的速度，带着少年扑奔大殿中央的金色烈焰。

飞焰斩、炽焰光羽、烈凰神矛，无一不是顶级的星流技，瞬间爆发，如同日月爆裂，刺得巨龙们的眼睛几乎无法张开。

如果说这些法技，暂时还不能对天生具有法术抵抗力的巨龙造成什么实质性的伤害，那太古煞灵血歌姬的魅歌幻曲，就对他们造成了明显的阻滞。

只是，这些龙渊列岛的守护巨龙，岂是易与之辈？能够被选择来守护镇魂龙殿这样重要的地方，他们绝对不是寻常龙族勇士可比的。

于是很快他们反应过来。

勃然大怒之际，他们毫不畏惧地顶着少年发出的绚烂战技，以雷霆万钧之势，朝猎物飞扑而去。

毕竟是站在万灵之巅的种族，守护巨龙们这一刻爆发出来的气势，几乎让来历非凡的血歌剑灵，产生了刹那间的心魂震颤。

于是这一刻，苏渐陷入了真正的生死绝境。

生死攸关之际，苏渐已是病急乱投医；本来要等到接触敌人时才启动的“血瞳心眼”，这时候也被他胡乱地预先激发启动。

非常奇怪——本来只是面临死亡时的胡乱挣扎，但当血色的巨瞳在苏渐心神中瞬间张开时，那些势若雷霆的巨龙们，好像受到明显的震动，在一瞬间不约而同地放缓了动作。

见到这情形，苏渐十分纳闷。

疑惑之际，旁边和他心神相通的血歌剑灵，却欢呼雀跃地告诉他：“是人家的魅惑绝招起作用啦！”

“一定是的！”苏渐立即接受了这个说法。

他毫不犹豫，趁着守护巨龙们刹那间的迟疑，猛地催动千羽幻光翼，朝金色火焰闪电般扑去。

如果说和巨龙对敌，他左右逃不过一个死字；但要扑灭一团火焰，对他来说并非难事。

很快他就扑近了金焰紫晶，并且在脑海中鸣响了几声魔音后，如有神助般发出了最合适的法技：

刺骨深寒的冰霜之气，瞬间激发延伸，连巨龙狂风都没熄灭的金色火焰，就在雪白的冰霜之气中说灭就灭。

“原来，这紫晶是拳头大的心脏形状。”直到金焰熄灭，苏渐才真正看清紫晶的大小和形状。

当然，此刻这件事绝不是重点。

当金色火焰熄灭的一刹那，无尽的虚空中猛然传来无数凄厉的哀嚎，紧接着一个娇媚女声的狂笑声，充斥了整座神殿！

就在苏渐和守护巨龙们本能地寻找怪笑来源时，那悬空的心形紫晶已然瞬间碎裂，在刹那之间迸发出千万道炽烈的紫色光柱！

这应该是苏渐迄今为止，看到过的最致命之物。光柱从紫晶中迸出，朝四面八方激射，所到之处爆发出惊人的破坏力。

龙殿开始崩塌，奇异的空间开始坍缩。

那些刚才还不可一世的强大巨龙，在光柱照射的一瞬间，连哀嚎都没来得及，便灰飞烟灭。

这样的情景，让苏渐看得心惊胆战；但这还没完，就在致命的紫光中，苏渐看到，有一个妖娆盖世的女子幻影，从中飞腾而出，仰天狂笑，投向头顶的无尽虚空。

刹那间，仿佛冥冥中有幽灵传递了消息，遥远之地被封印的魔族国度，许多魔族和上回幻光镜泊中血池干涸一样，再次仰首狂呼，发出了令人费解的庆祝举动。

事发现场的苏渐，自然不知道这些诡秘的连锁反应。

此刻他只顾着惊奇一件事：

怎么这紫晶之心中飞出的女子幻影，和两次秘境中引领他的沉睡美人幻象如此相像？唯一的不同，就是眼前的虚影没穿衣服……

举世无双的妖魅女子，赤身裸体，那对男子来说是何等诱惑？

但就是这么奇怪，坍塌的镇魂龙殿中所发生的一切，其诡异的程度，已经让苏渐没有了任何产生绮念的余地。

诡异的事情还在继续。

就在苏渐这般动念时，这位正向头顶幽色苍穹飞腾的赤裸女子幻影，仿佛感应到他的想法，竟在对她来说如此重要的时刻，生生地停住了身形。

在少年奇怪的眼神中，举世无双的美人如游鱼般回转身来，俯瞰着少年，嫣然一笑："你，觉得很奇怪？"

事实上她并没有发出声，这问话直接在少年的脑海中响起。

"啊！"苏渐听到这声音，却如同见了鬼一般脱口惊呼道，"你是那魔音！"

"对。"女子娇笑一声，点了点头，"不仅你听到的是我，你看到的，也是我。"

"那你是谁？"苏渐问出了最想问的问题。

“不告诉你。”女子诡谲一笑，“你应该感谢我。如果回答了你，相信我，你会疯掉。”

“我已经快疯了……”苏渐喃喃道。

“哈，不容易啊。”女子狡黠一笑，“原来你也会狂乱啊。好，算我对不起你。”

这么说之后，妖媚女子紧接着说出了几句让苏渐十分费解的话：“嗯，本来，这次让我魂影出来，你的用处也就到了头；以后肉身的解禁，估计你也帮不上忙了。

“可惜呢，也许是你们人族说的‘日久生情’吧，想想我们也算是熟人，这次就不让你死了，还给你一些奖赏吧。”

在苏渐脑海中说到这里，实际是恶魔之王魅帝姒之魂的女子幻影，手一挥，那正向四处虚空飞散的紫晶碎片中，便分离出一红一黄两颗晶石来。

当苏渐看到两颗晶石在虚空中凝成之时，根本没有任何时间间隔，就感觉到手中多了两个东西。

他低头一看，一红一黄两颗熠熠生辉的晶石，赫然已经在自己的手里了。

“这是什么?”苏渐问道。

“星宿晶石，火之‘明堂’，雷之‘霹雳’。”魅帝姒之魂用一种调笑的语气说道，“怎么，这么快就忘了？上回你的小情人，不是教过你极化之法吗?”

“啊?!”苏渐再次震惊了，“怎么你连这都知道?”

“我知道的东西多了!”赤身裸体的恶魔之王魂影，这时勃然而生一股傲视万物的气势，“所以，小娃儿，我还要送你一件礼物，以显我无所不能之伟力。”

说话间，她手一抬，便有一道幽邃无比的紫气，隔空朝苏渐的双眼方向扑来!

“啊呀!”苏渐大惊失色，本能地就要挥剑抵挡，但那紫气瞬间便幻影分形，游鱼般绕过了他的剑锋，精准无比地没入了他的眉心。

“嘻，怎么，还不想要么？”魅帝姒魂影娇笑道，“对不起，我送出的礼物，如同带来的死亡一样，任何人都不能拒绝。”

“这是啥礼物啊？”见没有生命危险，苏渐略略安心，想起魅帝姒的话，便好奇地发问。

“天魔气。魅惑天魔女‘赫拉瑞斯’的看家宝贝。怎么样，高兴吧？”被囚禁数百年一朝脱困的恶魔女王，心情还挺好，此刻说出的话，几乎比以前统治恶魔国度时一百天说的话还多。

“高兴个啥？”和魅帝姒想象中的不一样，苏渐一脸沮丧地道，“没事儿给我灌什么风气啊，闹不好就成了风湿老寒腿什么的。唉，以后碰到刮风下雨天，也不知道会不会腰酸腿疼呐……”

“你！”堂堂的恶魔女王，没想到苏渐竟是这般惫懒，当下气得就想抬手把他从这个世上抹掉。

不过刚抬起手，她就又放下了，自我排解般心想道：“算了，我和区区一个人族小不点计较什么呢，传出去惹人笑话。此地确实不可久留，否则会被这小子气死；毕竟魔族的解放大业，还等着本王去完成呢。

“嗯，血脉和神魂已经释放，接下来就要想办法去释放我的本体了。

“哼，没想到这小子如此惫懒，释放本体这样的事，还是不要让他去做了；万一这小子见色起意，坏了老娘的千年名节，就要被龙族老对手们笑掉大牙了。”

心中这般计较，魅帝姒之魂便掉转身，要朝那无尽的虚空中投去。

就在这时，她却听到那少年又在身后叫道：“喂，这位美人姐姐，小弟还有一个问题，想请姐姐解疑。”

“咦？怎么小嘴儿变得这么甜？”数百年幽闭于此的魅帝姒之魂，听得苏渐称呼忽变得这样温馨，倒也禁不住心中一暖，略略停住了身形，等待少年的问题。

“我是说，美人姐姐，上回幻光镜泊，这次万蛛母巢，你总是东游西荡的，你夫家不管吗？尤其这一次，还没穿衣服，我都看不下去了，幸亏遇上我这样的正人君子，要是碰上歹人，多危险啊！

“对了我还不知道呢，姐姐你究竟许配谁家，夫君是谁，家住何方，路远不远？要是不远，等我回去，定要提几件礼物拜访啊——”

少年热情的话语，说到这里就戛然而止了。

本来已经在虚空乱流中停住身形的魅帝姒，眨眼间如游鱼般急速向远方飞去。

“果然惫懒！真不该有幻想！

“要不是给你施个‘哑口术’，你还真要把我给气死！”

这就是恶魔女王之魂飞出镇魂龙殿废墟前，最后的想法。

魔王之魂飞远，镇魂龙殿也开始了最后的坍塌。

面对纷纷坠落的断壁残垣，苏渐再无迟疑，舒展开千羽幻光翼，倏然飞出了废墟。

等到了外面他才看到，原本雄丽巍峨的秘境神殿，已经破碎倾斜；殿前广场那蓝莹如月的神秘水液，也四处流淌，所过之处留下触目惊心的灼烧痕迹。

紧挨着神殿的万蛛母巢，已遭了池鱼之殃。

先前神殿中激射的紫光魔气，已摧毁了不少蛛丝蛛巢；这时更有无数碎砖碎石四下飞溅，砸得整个母巢秘境乌烟瘴气，不复先前模样。

万蛛母巢遭受什么样的创伤苏渐倒不关心；但他很头疼的是，现在的万蛛母巢面目全非，他已经不能按照巨龙之书中的指示全身而退了。

虽然刚才在巨龙和魔王面前都幸存了下来，但眼前面临的难题，也同样致命。

污秽神秘的万年蛛巢里，必然藏着可怕的毒物；现在苏渐不仅没了美人姐姐幻象的指引，连巨龙之书也不能参考，想在这样凶险可怕的阴森秘境中全身而退，几乎不可能。

理智分析如此，但苏渐还是没有畏缩。

他在原地屏息凝神，运用灵鹫学院中教授的方法，回复了部分灵力，便深吸了一口气，勇敢地踏进眼前满目疮痍的万蛛母巢。

让他没想到的是，才一脚踏进，就触动了几根蛛丝；还没等他反应过来，无边灰霾中一根雪亮粗大的蛛丝横空而来，霎时间如雨林蟒蛇般将他席卷缠绕！

苏渐刚要反抗，却发现手足都被捆住；甚至他连本能的呼救都没来得及说出口，整个人就被凌空拉起了。

此后他终于体会到什么叫"腾云驾雾"。

他的整个身子完全无法自控，在空中穿梭起伏，也不知转过多少弯儿，飞过多少距离，最后重重地摔在了一张富有弹力的垫子上。

苏渐根据落地的触感，以为这是什么软垫；但他很快就知道自己错了：

转头四顾，他赫然发现身下竟然是一张大得看不到边际的雪亮蛛网！

"完了！"熟知野外毒物知识的苏渐，脑海中立即闪现出即将出现的场景：

一只巨大的蛛妖，嘶嘶尖叫，呼啸而来，挥起可怖的螯牙毒刺插入自己的脖颈，在自己还没完全死去之时，就开始吸食自己的血肉。

这样可怕的景象，把苏渐惊得一个激灵，那"神焰朱雀"星流术都没用他催动，就自动地激发了！

来自神鸟朱雀的三昧真火，开始遍布苏渐体表；在肉眼不可察的细节里，所有朱雀之炎都朝外吞吐，尽力灼烤着粗大的蛛丝。

让苏渐既惊惶又惊讶的是，本以为蛛丝一遇火就会变成飞灰，没想到用这样的朱雀真火灼烤，那蛛丝虽然也发烫、软化、变焦，但一时竟然完全烧不透。

"怎么会这样？"眼前的景象，再次超出了苏渐的认知。

还没等他有功夫试试其他脱困法术，便忽觉得身下的巨型蛛网一阵震动。果不其然，和预想的一样，伴随着一阵嘶嘶的嚣叫声，一只巨硕无比的蛛妖飞速来到了他的面前！

苏渐也算胆大了，但当他第一眼看见这蛛妖时，差点没晕过去！

确切地说，这是一个上半身是女人、下半身是蜘蛛的妖灵。

并且和寻常的蜘蛛或蛛妖不同，她的体型极为庞大，在八只如蟹足般的紫色尖锐爪牙支撑下，个头几乎有苏渐两倍高。

她的面目还算秀丽姣好，但上半个作为人身的打扮，竟保留着疑似传说中上古的风格，不仅几乎袒胸露乳，那些遮住关键部位的衣物，还花纹朴拙，材质古老，很显然不是近几百年的产物。

而作为幽暗秘境的蛛灵，她浑身充满了幽紫色的神秘光泽，但两只眼眸却是鲜绿颜色，荧荧烁烁的如同燃烧着的两团碧色的磷火。

虽然上半部的人身已经有了两只眼睛，但她的下半身，确切地说是拖在身后巨硕浑圆的蛛身，还是对称地排列着两行属于蜘蛛的单眼。

这两行蜘蛛单眼共八只，每边四只，每一只都有鸡蛋那么大，呈现出一种温润暗褐的色彩，让它们看起来没那么吓人。

在两行单眼的前段，苏渐还看到各有一支锐利的螯牙；它和旁边的器官附件组合在一起，精美得如同能工巧匠雕琢出的工艺品，同样也引不起他的反感。

当这造型诡秘的巨型蛛妖到来时，苏渐便知道自己究竟落在谁的手里了；最明显的证据就是，刚才捆住自己的奇异蛛丝，这时正被巨型蛛妖收回到口里。

眼见蛛丝消失，苏渐有心要逃跑，没想到才挣扎了两下，就发现自己已经被牢牢地粘在了身下的蛛网上。

“你是谁？”到了这时候，苏渐反而不怕了，冲着巨型蛛妖大声问道。

“我是谁？”巨型蛛妖口吐人言，锵然说道，“我也不知道该怎么说，但他们都叫我‘万蛛之母’。”

“万蛛之母……”能对上话，苏渐的心情，稍微有些放松下来。

这时候他想着，既然暂时不能逃脱，那最好还是跟眼前这万蛛之母多说说话；一来拖延时间，二来万一因为自己言语得趣，她心情一好，把自己放走，岂不美哉？

打定主意，他便没话找话道：“万蛛之母的话，那你应该生了很多小蜘蛛？”

“当然！”没想到苏渐歪打正着，正巧说到这蛛妖最引以为傲的事情上。

只见她碧眼闪动，傲然说道：“别说生了很多，这世上所有的蜘蛛，都是从我这里开始繁衍的！”

“这！”随口搭话的少年大吃一惊，心想道，“原来碰上个喜欢吹牛的母蜘妖！”

心中不以为意，苏渐口中却道：“厉害啊！果然不愧是万蛛之母啊，这么会生养，厉害厉害！对了，既然这么厉害，你多大年纪了呢？”蛛巢中，他没法问天气，也不敢问吃饭了没有，为了没话找话，他急切间也只好问年龄了。

“讨厌！”万蛛之母一听就嗔道，“怎么随便问人家女孩子的年纪？没礼貌！”

“是，是，对不起，我不该问。”一心讨好的苏渐，有些心惊，连连道歉。道歉之余，他心中却也想道：“女孩子？她这脸皮也真厚！”

这时那万蛛之母看着他，转了转眼珠说道：“既然你问了，告诉你吧，我一万岁了。”

“一万岁！”苏渐一惊，脱口道，“这么大？”

“哼！什么叫‘这么大’？”万蛛之母不满道，“我现在还是这世上最年长的蛛灵；只要我没死，就没人知道到底蜘蛛多大年纪才算不年轻！”

“呃，还真是这样。”苏渐随口附和，心中想道：“这万蛛之母，不仅爱吹牛，还爱强词夺理。”

腹诽之际，他忽然心中一动，又问道：“咦，前辈，不对啊，怎么会有一万岁这么凑巧？”

“这有什么不好理解的？”万蛛之母道，“当我年满一万岁之际，觉得年龄稍微有点大了，之后便再也不去计算年龄了。”

“厉害，”苏渐违心地竖起大拇指，“前辈您真是机智。”

“小子，你倒是一直在问我，我也想问你个问题呢。”万蛛之母看着他道。

“随便问，随便问！”苏渐心说，只要你不吃我，就算问一万个问题我也有问必答。

“是这样，”万蛛之母语气认真地问道，“已经有几百年，没有‘人族’到我这里来了。我想知道，我们这样的生灵，你们人族叫什么？蛛妖？蛛灵？蛛魔？”

“这……”苏渐没想到是这样的问题，措手不及之际，低头想了想，便抬起头，一脸笑容可掬地看着万蛛之母道，“那前辈，您希望我们叫你们什么呢？我们，都可以的！”

“我希望，是‘蛛人’！”万蛛之母斩钉截铁地道。

“蛛人？”苏渐没想到是这个答案，忙发自真心地问道，“为什么？”

“‘人’，万物灵长之称，凭什么你们这些在我们妖族之后出现的晚辈种族，要独占这个称呼？”万蛛之母神色凛然地说道。

“不不，蛛人前辈，”听着万蛛之母语气不善，苏渐连忙道，“我们从来没想过要独占，甚至都没细想这称呼的含义。再说了，龙族、魔族也都称自己为人呢。”

“哦，这倒也是。”万蛛之母俯首思忖一二，便抬头道，“那以后我们妖族，也要理直气壮地说自己是‘妖人’！”

“对对！就该这样！那么，妖人前辈——”苏渐一脸讨好地道，“既然理清了这个问题，您也知道我们人族并非想独占这个名号，只是图方便而已，那么，您是不是可以让晚辈走了？忽然想起来，我在永寂矿洞那边，还晾了几件衣服没收呢。”

“衣服……”万蛛之母看着苏渐身上褴褛不堪的衣服，点点头道，“嗯，衣服对你来说，倒是蛮重要。”

“那妖人前辈您要放我走？”苏渐满怀惊喜地看着她。

“不。”没想到万蛛之母斩钉截铁道，“衣服对你很重要，但现在我有更重要的事要对你做！”

“什么？！”苏渐闻言，心中一惊，竟是鬼使神差地想到，这巨大无边的蛛网中，他和万蛛之母孤男寡女共处，莫非这万年妖灵要跟自己繁衍后代？

这想法，看似挺荒唐，但还真别怪身临其境的苏渐这么想。

毕竟，眼前这位，可是万蛛之母啊！

从刚才的对答中得知，她最以繁衍后代为乐。

更何况，刚才她明显对“蛛人”一事很狂热，苏渐真怕她望文生义，要跟他这个“人”一起合力生育“正宗蛛人”呢！

霎时间，天不怕地不怕的玄武卫少年，浑身冷汗直冒，腿脚打战，已经开始想着如何自杀了。

就在他惊魂不定之际，却听万蛛之母忽然提高音量，充满怒火地嘶吼道："你，知不知道刚犯下可怕的错误？！"

"啊？"苏渐一惊，顿时连连点头道，"知道！知道！我不该问您年龄的……"

"不是这个！"万蛛之母郁闷道，"难道你忘了，刚才在神殿中，你放走了可怕的怪物！"

"啥？"这一下苏渐真愣住了，"我没有啊。什么怪物啊？狼妖？猪怪？难道……你是说那个美女姐姐？"

"美女姐姐？"万蛛之母一愣，立即醒悟过来，阴阴冷笑道，"嘶嘶，美女姐姐呀，看来你还不知道她是谁。"

"是谁啊？"苏渐也有点好奇，想起看过的一些神鬼志怪故事，便问道，"难道前辈您知道她是哪家走失的冤魂？"

"冤魂？嘶嘶，小后生，你的心还真大啊。"万蛛之母这时候也看出苏渐是真的一无所知了。

于是她看着苏渐，用一种嘲讽的语气道："你这位美女姐姐，可了不得；你听好了，她就是——

"恶魔国度之主、混乱界域之王、湮灭地带的制造者、诅咒与毁灭的主宰者、世界万物灵长的终结者，恶魔女王'魅帝姒'！"

"什么？！"这一下，苏渐是真的震惊了！

木雕泥塑般呆愣了很久，他才发疯般叫道："不可能！不可能！那个恐怖的魔王不是已经被龙族皇帝镇压了吗？！"

"对啊，"万蛛之母充满嘲弄地看着他，"如果不是被镇压，你怎么能解放了她被镇压的魔王之血，释放了她被镇压的魔灵之魂？

"这之后，只要她再想办法，成功找到当年被圣龙皇深藏的肉身，于是连你都知道的让世间万物战栗恐惧的可怖魔王，就会再临人间！"

"怎、怎么会！"听到这样可怕的消息，苏渐脑子里霎时如同一团乱麻，口角嗫嚅了许久，才虚弱地说道，"就算血魂释放，应该也没那么容易解放肉身吧……"

“是不容易。”万蛛之母道，“但我活了这么久，对魅帝姒太了解了。以她的狡诈与魔力，这件事，也不是那么难的。”

“既然这样，”听到这里，苏渐也有些愤怒起来，大叫道，“既然恶魔女王这么坏，为什么当初那个龙族皇帝不把她彻底消灭?!”

“你想得太简单了。”万蛛之母继续嘲弄地看着他，“魅帝姒和我一样，都属天地造物，如何能被轻易地消灭？否则你以为我为什么挺过了这么多年的风霜灾劫，成为世间一切蛛灵之祖?”

“这、这……”到这时，苏渐才终于认识到，因为自己无心的举动，将可能造成多么严重的后果。

“算了。”哀莫大于心死，已知自己闯了这么大的祸，苏渐再无任何求生之念。

他的神色变得坦然，朝着万蛛之母从容说道：“既然如此，你动手吧。”

“如你所愿。”万蛛之母毫不动容，足下如风，靠近少年，扬起一支寒光闪烁的尖锐脚爪，朝少年的面门直直刺下。

见得如此，苏渐心中别无他念，只是闭目想道：“原来，我苏渐一生，最终是死在一只母蜘蛛的爪下。”

已经做好了从容赴死的准备，没想到等了半天，苏渐依旧没等来意料之中的剧痛。

“怎么回事?”他睁开了眼，却见到万蛛之母碧眼闪烁，竟直愣愣地看着自己发呆出神。

见得如此，苏渐反倒有些慌了！

他心想道：“不会这老蛛妖，跟传说中喜欢戏弄猎物的毒蜘蛛一样，在想什么法子活活折磨死我吧?”

正万分惊恐中，他便见万蛛之母蛛眼闪烁几下，竟用一种惊喜交加的语气说道：“啧啧！瞧，我看见了什么?”

“看见了什么?”苏渐听得此言，只觉得莫名其妙。

“嘶!”万蛛之母一声怪笑，瞪着苏渐，头一回如此认真地问道，“你，究竟是什么人?”

“事到如今，问这个问题，有意义吗?”苏渐没反应过来，惨笑一声道，

“我只不过是一个不幸掉进蜘蛛窝、即将被母蜘蛛杀死的倒霉蛋而已。”

“谁说要杀死你？”没想到万蛛之母，突然说出了这样的话来。

“什么！”苏渐惊恐地大叫道，“你真要活活折磨我？！”

“不不不，你想错了。”万蛛之母摇摇头道，“我是说，就在刚才即将杀死你的一瞬间，我没忍住，用了下预言术，竟然看到一些没想到的东西。”

“预言术？”苏渐愣住了。

第八十章

美酒迷魂

好半天他才反应过来，忙问道："你究竟看到我什么了？是怎么转世投胎吗？"

"不是。"万蛛之母看着少年，神色古怪地道，"我看到了，日后你竟然对龙族和魔族，做下了丧心病狂之事！

"嘶——用你们人族的话怎么说来着？哦，你还真是个'丧门星'啊。"

"呃！"苏渐闻言，胸脯一挺，正色道，"士可杀不可辱，你干吗这么说我？"

"啧啧，人族小子，还挺有骨气嘛。"万蛛之母扬了扬螯足笑道，"不过不管你怎么说，我现在已经看到了这些前景，就算侮辱你，也绝不会杀你。"

"为什么？"苏渐一时间还没转过弯来。

"很简单啊，"万蛛之母道，"龙族、魔族，都曾欺压奴役我等妖族。你是他们的丧门星，对他们造成巨大的灾难，那就是我等妖族的福星了。

"所以，你想死？想得美！"

"这……"照理说，九死一生的情况，让他碰上了"生"这个可能，苏渐本该欢呼雀跃才对；但万蛛之母说自己将造成巨大的灾难，即使是针对敌族，还是让他这么个小小少年，心里非常不舒服。

于是即使面对这样的万年妖灵，苏渐也是带着怒气地说道："蛛母前辈，虽然你活得长，我年纪小，可你还是别骗我。

“我可是神州华夏灵鹫学府的杰出生员，各系灵术还是多有涉猎的，知道预言术是最典型的禁忌之术，哪这么容易施展？我看你刚才根本什么都没做，怎么可能预测得出？

“请恕我无礼，你年纪也不小，我劝你就不要信口雌黄了。你今天把我说成丧门星，不仅会影响我的仕途，还可能吓得那些大姑娘小媳妇不敢嫁给我，简直要毁了我一生的幸福！”

“谁说我这是信口雌黄？”看着少年激动的样子，万蛛之母倒是毫不生气，平静地说道，“你仔细看看，我背甲两边的眼睛，它们现在有什么变化？”

“呃？”苏渐一愣，忙看向万蛛之母那八只单眼。

这时他才发现，原本清一色暗褐之色的蛛灵单眼里，这时却不停闪烁着紫红色的光芒，那先后顺序似乎杂乱无序；而这些鲜艳的红光强弱不定，就好像一排烛火在风中摇曳，散发出忽明忽暗的光亮。

“这怎么了？会发光而已！恕我直言，不好看，还吓人。”虽然看到蛛眼的奇异景象，苏渐还是不明所以。

“所以说你不懂吧？这叫‘八位二进制编码’！”万蛛之母口中忽然吐出这样奇怪的词语。

“啥？八位……二进……编码？”苏渐只觉得莫名其妙。

“你不懂是很正常的。”万蛛之母高深莫测地说道，“这只不过是我利用本初自身的预言能力，预见到后世之中的一门小术。看到它之后，我觉得能利用它来让我的预言术更加准确，便稍作尝试，没想到居然管用。”

说到这件事，万蛛之母变得神采奕奕，得意非凡地说道：“你想想，这才是八位，本蛛母还在钻研将更多蛛网上的蛛人单眼一齐连接起来，形成一张分散式的巨型蛛眼网络，这样就能大大提高预言术的准确性，并能预见到更久远的后世。”

“那你成功了吗？”听到这里，苏渐也不禁有些好奇起来。

“没有。”没想到万蛛之母沮丧地说道，“我没想到，这什么后世的编码术，看起来不稀奇，但实施起来，耗费灵力太过庞大，目前蛛族中竟只有我能承受。”

“哦。”听得此言，苏渐心说道：“这分明就是旁门左道，怪力乱神，几近巫术，你不能成功，也是很自然的。”

想到这点，苏渐只觉得头皮发麻，背脊发凉，愈发觉得此地不可久留。于是他便试探性地问道：“那，你既不杀我，我就先走了。”

“你走吧，我会送你出去。”让苏渐没想到，万蛛之母答应得无比干脆。

正当雪色蛛丝席卷，要将苏渐送出秘境之时，万蛛之母却忽然变得有些迟疑。

察觉出这样的变化，苏渐吃了一惊，担心她改变主意。不过接下来万蛛之母说出来的话，再次让他大吃一惊！

“苏渐，”万蛛之母直呼其名，“你心魂中，魔音去后，是不是还余一缕哀歌？”

“啊?!”苏渐吃了一惊，忙道，“是啊！你怎么知道？啊，你还知道我名字？”

“我什么不知道？”万蛛之母轻声一笑，神态从容地反问了一句。

“那这究竟是怎么回事？”苏渐连忙追问道。

“怎么回事，你应该想得到。”万蛛之母道，“和魅帝姒一样，有一个人的精魂，也被囚禁在某处。”

“这！”苏渐倒吸一口冷气，立即道，“那是不是这个人，对我很重要？”

“不是你对她很重要，就是她对你很重要，无非如此。”万蛛之母道。

万蛛之母之言，苏渐一听就明白了；先前恶魔女王利用他脱困的情况，应该就属于前者了。

念及此处，他十分笃定地说道：“蛛母前辈，这缕哀音求救之人，一定对我非常重要。还请前辈帮人帮到底，让我知道去哪里找她吧！”

“好。”不知何故，万蛛之母竟是非常爽快地答应了。

话音刚落，她那八只蛛眼便再次红光闪烁，显然正在利用来自后世的奇术，协助她追踪苏渐脑中那缕哀歌的来源。

当她如此做时，苏渐再不敢有任何非议，只在一旁屏息凝神，向所有他知道的诸天神佛，暗自祈祷蛛母这个旁门左道一定要管用。

也没过多久，当八只蛛眼的紫红光辉渐趋黯淡时，万蛛之母便抬起头，仿佛如释重负般喃喃自语道："奇怪，奇怪，苏渐，这可是连'巨龙之书'也不能告诉你的所在。"

"巨龙之书？"苏渐有些茫然，但这时刻也不敢多问。

"我已知道她在哪里。"万蛛之母从容说道，"魔语海渊东北，有一处叫'梦魇圣殿'的奇异之地。你按照我给你的地图，定能寻到那里。"

"多谢前辈！"苏渐这时候，发自内心地感恩戴德。

不过等了一阵，他却不见蛛母递给他什么地图，便小心翼翼地问道："蛛母前辈，那地图呢？"

"咦？不是给你了吗？"万蛛之母扬手一指，"你看，那些闪光的蛛丝，便是给你的地图了。"

"啊？"得了她提醒，苏渐这才注意到，此时以他为原点，身下的蛛网中有不少蛛丝碧蓝荧光闪耀，组成了一种类似路径形状的花纹图样。

苏渐机敏聪慧，这时不须再问，便知道自己所处之地，即是当前位置；那蛛母正用荧光闪耀的蛛丝，向他指示了前往梦魇圣殿的道路。

而这时候，他已经有些猜出，那个被囚禁在梦魇圣殿中的灵魂，究竟会是谁人。

于是，在被蛛母送出万蛛母巢秘境时，苏渐低下头，看着胸前那条掩映在褴褛布条中的星降之链，低声说道："数年奇梦，终见因果。你，不要急，我，很快就要来了。"

被万蛛之母送出万蛛母巢秘境后，苏渐并没有着急走。

他转过身，看着烟尘四起、迷茫一片的万年秘境，心中百感交集。

虽然他经历也是不凡，但此刻还是禁不住震惊于造物的玄奇。

出神了片刻，他便将魅帝姒之魂赐予的那颗"明堂"火灵星宿晶石，紧紧地握在了手里。

尽管知道这样的赠予，来自传说中恐怖邪恶的魔王，但苏渐丝毫没有将其扔掉的想法。

他已想得很清楚，为了实现自己心中的大道，他愿意借助任何可以借助的外力。

来自洛雪穹的极化秘术，很快被他施展出来。

在庄严而烦琐的仪式之后，悬于虚空的血歌剑再次开始剧烈地震鸣；紧接着来自少年指间的一点鲜血，与明堂晶石一起，飘飘摇摇地飞向空中如水的剑锋。

来自恶魔女王的馈赠，很快和殷红的鲜血一起，没入了血歌剑；它们交缠融合，最后变成游动于剑锋上一道浅浅的龙身之纹，和上回开阳晶石极化而得的龙尾，极为完美地融接在一起。

再度极化的血歌剑，也起了显著的变化。

古剑平时呈现出一种海水蓝般的莹莹之色，但现在只要苏渐灵力稍一灌注，整个剑身就会立即变成水晶般透亮的殷红，越来越与“血歌”之名相配。

不过苏渐的注意力，并不在此。

他凝视着血歌剑，看着如血剑刃中进一步成型的东方神龙之影，脑海中反复盘旋着一句话：

“就让我们真正的神龙之旗，飘扬在邪恶野兽的尸体上！”

这句话，是华夏元帅李潮风，在太庙山巅作战总动员的最后一句话；时隔这么久，苏渐再次回想起李元帅的这句话，也禁不住在这北方大洋深处异族秘境里，浑身颤抖，泪流满面……

到最后，当离开万蛛母巢秘境时，苏渐在心中发出自己的无声呐喊：“华夏诸天神灵在上，就让我苏渐，成为一切凶暴邪恶之敌的丧门星吧！”

发出誓愿，苏渐便也摸索着道路，往先前跟沧雪分别的地方寻去了。

此时那颗雷灵“霹雳”星宿晶石已被他收起，留待将来给那个银发紫衣的最合适之人。

当苏渐回到之前和沧雪分别的地方时，沧雪已经完成了一天的事务，正在那里等他。

不知怎么，经历了万蛛母巢、镇魂龙殿中这么多事后，再次见到龙巫女的苏渐，竟生出几分见到亲人的亲切感。

“苏渐，你怎么了?!”没想到一见到少年，沧雪却是满脸惊讶，脱口叫道。

“我怎么了?”苏渐还没怎么反应过来，奇怪地反问道。

“你看看你身上……”忽然间少女有些脸红，说不下去了。

“我身上？”苏渐疑惑地低头一看，蓦然“啊呀”一声——

这时他才意识到，刚才经历了那么一场大风波，自己身上的衣物已经支离破碎，几乎已经半裸了！

“都怪你不好！”苏渐看着少女悲愤叫道。

“怪我？”正忙着害羞的龙巫女，一脸迷惑，惊讶地看着苏渐。

“你不记得了吗？今天分手前，我都说了，我怕啊，你却还叫我哪儿都可以去！”苏渐叫道。

“什么?！你!!”沧雪被少年的无耻程度给惊呆了。

愣了好一会儿，她才没好气地道：“苏渐，你别忘了，我还说了你可以哪儿都别去。”

“你觉得可能吗？”苏渐理直气壮道，“别忘了我是个好奇心很重的年轻人，第一次来到这样奇怪的地方，肯定要到处走动的。

“你看看，这下好了，遇到了凶猛的妖魔，差点死掉不说，好不容易死里逃生，衣服还都破得不能穿了！”

“哎呀呀！”说到这里，苏渐无比夸张地仰天悲呼道，“我那京华城百年老铺专门订制的昂贵华服啊，你们好惨啊！想当年光鲜亮丽，谁家丫鬟小姐不回头看？今天却支离破碎，连当抹布也嫌差啊……”

“哼！别叫唤了！”看着少年虚张声势的夸张样子，沧雪又好气又好笑。

想了一下，她便道：“你先在这儿等一会儿，我去守卫者大厅给你拿一件我族男子的衣物来。”

“没用的。”没想到苏渐一脸沧桑地说道，“之后只要你我分离，我还是会忍不住去魔语海渊其他地方猎奇，肯定又会把衣服弄烂，还很可能小命不保的。”

“好了好了！”被苏渐这般搅闹，沧雪只觉得十分头疼，便道，“你别瞎叫唤了。行吧，接下来，你就随我一起行动。

你区区一个人族逃犯，就算看到了永寂矿洞又怎么样？难不成我族多少才智之士没弄明白的奇异物质，被你看几眼，就能生出什么事端来？”

“对对对！”苏渐闻言顿时大喜，连忙道，“我有什么本事？无非下点迷药，偷鸡摸狗。永寂之矿这样的东西，别说我看两眼了，就算把我关在这里一百年，也折腾不出什么幺蛾子来的。”

“知道就好。我给你去拿衣服，在我回来前，你待在这儿别乱动了。”沧雪扔下一句，便匆匆转身走了。

不过临走前，她还回眸瞪了苏渐一眼，神色既哀怨，又羞涩，只看得苏渐莫名其妙。

他却不知，刚才他那句“下点迷药”，让纯真高洁的天才少女，回想起当年兽龙国境乌浒河畔的往事来。那一次，是她和这个华夏少年的初相见。本来一切都还算正常，最后却因为喝了少年暗中调制的药酒，让从来心清如雪的自己，做了一夜羞人答答的春梦……

一想到这，明明力量远超少年的天才龙巫女，心头却是一阵莫名的恐慌，赶紧匆匆离去，倒好像十分害怕少年一样。

匆匆离去时，她还在心里发誓：“沧雪，你顶着‘天才巫女’之名，可是身系着圣龙帝国的万众期许，今后绝不要再和这个敌族的少年，有什么羞人的关系！”

没过多久，沧雪便拿着一套黑色的龙族男子衣物回来。

不可否认，龙族在许多方面都领先于现在的人族。

即使这样一套简单的男子武士服，苏渐穿起来，合身，妥帖，甚至还自带一种玄色的光辉，衬托得整个人更加英武清俊。

看到苏渐穿上了最典型的本族衣饰，沧雪在感到一丝熟悉亲切感之余，心情禁不住变得有些复杂起来。

“沧雪，谢谢你。”穿好衣服后，苏渐开口谢道。

“没事。”沧雪淡淡地说了一句，便招招手，示意他跟着自己。

“来了！”苏渐欣喜答应，忙走上前，紧跟着少女，前往梦寐以求的永寂矿洞。

离永寂矿洞越近，苏渐便越强烈地感觉到那种令人窒息的沉静寂灭感。

为排解这种不适的感觉，苏渐一边走，一边没话找话道：“沧雪，你挺厉害呀。”

“哦，还好。”从小就被各路赞美猛灌的少女，对苏渐没营养的称赞毫无感觉，淡淡地应和。

“真的！”面对少女的冷淡，苏渐不以为意，自顾自地热情说道，“我是说，这里的人应该都很崇敬你。你看，我这么一个面目可疑的陌生人，到了圣龙帝国这么敏感重要的地方，那些守卫者却不闻不问；这不是看在你的面子上，还是啥？

“并且你刚才去拿衣物，回来得很快，也说明他们没有为难你。这肯定是因为他们很崇敬你，至少对你很熟悉。”

“我跟他们并不熟。”没想到，冷淡的少女扔下了这么一句。

“不熟？”苏渐一愣，忙道，“那不可能啊！他们——”

正想往下说，却不防少女冷冷叱道：“苏渐，少啰唆。你的话真多，都快到永寂之地了，你还滔滔不绝，是不是你们人族，都这么爱说话啊？”

“那倒不是——”苏渐顺嘴就想解释解释。

“闭嘴。”沧雪恼道，“你再啰唆，影响我钻研那些奇异矿物，别说让你自个儿乱跑了，我会把你扔进魔语海渊中最恐怖的秘境‘万蛛母巢’去！”

“……好吧，好可怕，不说不说。”苏渐神色古怪地答了一句，果然不再说话。

虽然沧雪不让他再多说话，苏渐的心眼儿却全速地开动起来。

也不知是天生的，还是后天那么多磨难造成的，苏渐有一种十分惊人的直觉。

刚才只不过随口一提，但当沧雪说她跟海渊守卫者们并不熟时，苏渐就觉得好像有什么地方不对。

事实上，在他经历过万蛛母巢和镇魂龙殿之事后，他对先前一路上的有些怪事，已经找到了答案。

为什么灰岩岛的龙族巡察官出动时，就有海魔族适时攻打？

现在答案已经昭然若揭，定是用魔音控制自己的魅帝姒之魂，要保证他顺顺利利地进入魔语海渊，最终到达镇魂龙殿来解放她。

当然这也同样可以解释，为什么上了传说中大凶之地魔声岛后，会一路那么顺利。

本来从万蛛母巢中出来之后，对上岛后如此顺利的原因，苏渐也这么解释；但现在，他忽然有了另一猜测。

“会不会，一路的顺利，背地里却有两个不同的原因?!”

当这个念头冒出来后，苏渐就开始变得惶恐不安起来。

这时候，他突然想起北方冰原上那一晚的刺杀之事。

蛇龙武士掀起的刺杀，弄出那么大的阵仗声势，但在那之后，那么长的陆路海路过程，却再没有任何动静。

这一点，即使不用理智分析，也能看出其中的不正常来。

想到这些，苏渐再看看周围那些晦暗的景物阴影时，总感觉有一些奇怪的目光，在暗中窥视他们……

当苏渐第一次到达永寂矿洞、看到永寂之矿时，最大的感受，便是好像自己忽然置身于黑夜之中。

这世上也不乏黑色的矿物，最常见的比如京华城中用来取暖的煤块。但同为黑色的永寂之矿根本不同，它们颜色固然黝黑，但好像是吸收了所有光线，让一丝一毫亮光都不能逃逸。

如果这时候让能看到后世的万蛛之母来描绘，她很可能会把永寂之矿说成“黑洞”。

在黑洞般幽邃的永寂之矿前，连苏渐这样坚毅乐观之人，都忍不住莫名地消沉低落。

所以，眼见为实后，苏渐在心中得出了一个结论：

永寂之矿，寂灭的不仅是天地元素，还有看不见摸不着的情绪心境。

“咦？那些是什么人？”略略适应后，苏渐忽然看到矿洞深处有一些忙碌的人影，便好奇地问沧雪。

“是尘魔族。”沧雪的回答，让苏渐大吃一惊。

“什么?!”他以为自己听错了，连忙追问一句，“是魔族中的尘魔氏族？”

“对。”沧雪点了点头。

“怎么会……”苏渐迟疑地道，“魔族，不是你们的死对头吗？据说你们的皇帝，当年可是发誓要将他们都封印在混乱界域的。”

“伟大的圣龙皇，是不会改变誓言的。”看苏渐提到了龙皇，本来平静如水的沧雪，变得有些激动。

她看了看远处尘魔忙碌的身影，然后转过脸来跟苏渐严肃地说道：“这些并不是被封印在混乱界域的魔族人，而是当年龙魔战争结束时，散落在魔界之外的魔族人。

“在几十年前，我们的前辈发现了他们，然后元老院的长老们为了开采永寂之矿，就让他们来这里当矿工。”

“为什么一定要用他们?”苏渐脱口问道。

“很简单，因为永寂矿物惰性极重。”说到这些专业的东西，天才龙巫女变得神采奕奕，兴致勃勃地谈道，“永寂之矿无法用任何常规的方法开采，但尘魔族有天生的异能，能让万物分解为飞尘，连永寂之矿也不例外，只是更加艰难一些而已。”

“原来如此。”苏渐口中应和，但心中显然有不同的想法。

看着不以为意、一心只从采矿本身考虑的少女，苏渐心中却想道：“魔族天生有混乱无序的倾向，尤其是身具尘化异能的尘魔族。你们为了开采特殊的矿产，就利用他们来当矿工，算盘倒是打得不错，但这种做法简直是在玩火！”

沉吟不语的少年，想到这里时，忽然生出一个令他心情愉快的预感：

自诩高贵强大的龙族，迟早有一天，会为他们这种谜一样的自信，付出沉重的代价！

接下来的时间里，沧雪继续走来走去，时不时拿出一些奇怪的工具，配合以各种颜色光华的灵法，对永寂之矿的粉末进行着各种实验。

苏渐则什么都没做，只坐在一个有着最佳视角的高地，看着永寂之矿的全局，若有所思。

沧雪忙碌的间隙，偶尔回头看见苏渐在那儿发呆，便心想：“这家伙，倒也老实，没东跑西窜的。嗯，应该是有自知之明，知道无论怎么折腾，都不能了解永寂之矿的秘密。”

但她万万想不到，看似老实无比的少年，这时候满脑子想的，是怎么样才能把永寂矿洞给毁掉！

不过，即使沧雪没猜出他的心思，想要在龙族严密看管的核心地带，干出这样的事情来，也几乎不可能。

于是几乎有两个时辰，苏渐就这样呆呆地坐在那里，一动不动，如同木雕泥塑。

百思不得其解之后，慢慢地，苏渐把他的目光，投向了那些忙碌的尘魔身影上……

沧雪一旦进入研究的状态，废寝忘食；而这时苏渐满腹心事，也忘了时间的推移。

等他们俩都反应过来时，已经过去了大半天；这时他们腹中的饥馁程度，可想而知。

尤其是苏渐，还在蛛巢和龙殿中好一番折腾，这时就更加饥饿了。

好在当他意识到这点时，守卫者大厅那边，已经有人过来送上丰富的酒菜了。

对于魔语海渊中龙族的饮食制度，苏渐并不了解，并且作为人族混进来，他也是心里有鬼，并不敢多问。

于是当他看见沧雪毫不在意地开始享用起酒菜来，他也没多问，便一起开始进食。

还别说，苏渐发现魔语海渊这样偏僻得无以复加的地方，龙族们还挺懂得享受。

此刻摆在他眼前的饭菜，不仅食材奇异，美味无比，连那些作为饮料的酒水，也甘甜香醇，颜色澄红透亮，一看便知道是难得的酒中佳品。

不仅如此，苏渐尝过一两口后便知道，龙族的守卫者们也是有心，这鲜红的美酒更像是某种果酒，虽然香醇，却并不浓烈，正适合沧雪这样的女孩儿的口味。

果不其然，苏渐注意到，只在他打量菜肴的片刻间，沧雪已经把一杯酒喝完了。

见她如此，苏渐不甘落后，举杯朝她示意一下，便一仰脖，也把整杯的美酒给喝了下去。

当然了，作为玄武卫的精英，苏渐在任何地方，都没有放下警惕心。

不过眼前无论是美酒还是菜肴，他已经用独有的办法，全都检查过了，确实没有任何问题。

但他还是如此的谨慎，喝光一杯酒之后，他还特地开口向沧雪问道："这样的酒菜，是每顿都如此吗？"

"不是。"沧雪摇摇头道，"平时没有这么丰盛，不过刚才给你拿衣服时，我特地叫他们准备得好一点、多一点。"

"哦。"听得此言，苏渐心中也有些感激。

虽然沧雪并没有明说，他怎么不知道是女孩儿看他当时那样疲惫不堪，便故意叫人多加点菜的？

即使如此感动，苏渐还是没忘了接下来最重要的那一句："沧雪，你们这里，饭菜不会有问题吧？"

沧雪闻言一愣，道："你怎么会这么问？吃出问题来了？"

"这倒没有。"苏渐道，"我看了一下，应该没问题。只是我这个人有个毛病，每到一个陌生的地方，总有些心神不宁。"

"那你大可安心。"沧雪不以为意道，"魔语海渊，听起来奇诡邈远，但正因如此，寻常人都到不了这里，属于我族绝密之地，怎么会有问题？嗯，我看你们人族啊，就是喜欢瞻前顾后、畏首畏尾，真不大气，所以才成不了大事。"

听得沧雪借机人身攻击，苏渐固然不快，但一想龙巫女的前半句，觉得还真挺有道理，于是便彻底放下了心防，安心地饮酒吃菜起来。

无论美酒，还是佳肴，本身已经极为好吃，更何况苏渐和沧雪腹中已经非常饥馁，这一下吃起来就更加爽口了。

于是守卫者大厅送来的丰盛酒菜，没到半刻工夫，就被他们风卷残云般，一扫而空了。

吃完美食，他们不约而同地觉得，好像浑身开始变得燥热不安。

于是他们很自然地站起来，想走动走动，不仅消消食，也到宽敞地儿凉快凉快。但没想到，就在这时候，他们如同约好了一般，刚迈出第一步，就"咣当"一声一齐摔在了地上！

“完了!”就在倒地的一瞬间,苏渐脑海中浮现出的最后一个念头便是:

沧雪这家伙,自带容易被药酒迷翻的特质也就罢了,怎么他一个专业的玄武卫精锐,也跟着中了招?

唉,还真是“近墨者黑”呀……

当苏渐醒来时,发现自己已经到了一个奇异的所在。

这该是一处巨大黑色岩石笼罩的空洞底部,周围有着不少高大的石笋,也是罕见的通体黑色,将这里围成一个虽然半敞开,却十分私密的洞穴。

魔语海渊地形复杂,有这样的洞穴并不出奇,奇就奇在,洞穴周遭如柱的黑色石笋间,却有烈火从地底不断地喷出,熊熊燃烧,将整个洞穴照得通红。

苏渐第一反应,便是挣扎着站起,想从石柱间跑出去。

这个动作让他有了两点发现,首先便是不知道之前喝下的药酒是什么,以他的筋骨体力,到这时竟然依然浑身绵软,走路东倒西歪,恨不得走一步就躺下来歇半天。

再者便是当他好不容易磨蹭到石柱火圈边,试图走出去时,却发现那些烈焰非同寻常。

魔语海渊的地火,带有某种深入骨髓的炎烈之意,苏渐这个精通火灵术的法师,立即判断出,以自己此刻的状态,一定要对这些地火敬而远之。

发现逃不出去,沮丧之余,苏渐忽然又想到另一个更严重的问题。他立即大叫道:“沧雪,沧雪,你在哪里?”

“我在这里……”女孩儿虚弱的声音,从苏渐身后传来。

“沧雪——”苏渐转过身来,刚要说话,看见沧雪身上的装束时,忽然愣住了。

原来,他看看沧雪,再看看自己,便赫然发现,在被酒菜迷晕之后,他们两人好像并没有受到任何实质的伤害,唯一的变化只是两人的外衣全都不见,这会儿他们两个竟都只穿着贴身的小衣!

当苏渐看向沧雪时,沧雪显然也发现了同样的问题。

"别看我！"她立即凛然叫道，"再乱看，小心我挖出你的眼睛！"

"这么凶啊，不看就不看。"苏渐不满地嘟囔一句，便要转过头去。

不过在转头前的一瞬间，他心中忽然很是不爽，心道你个敌族之女，凭什么你叫我干什么我就干什么？于是转过头去之前，他特地狠狠盯了沧雪凹凸有致的身材几眼，权当报复了龙族。

就在他刚转过头去时，有一道地火猛然在他面前冲天而起，着实把他吓了一大跳。

这道地火仿佛是个信号，紧接着这洞穴中到处都喷出了地火，逼得苏渐沧雪二人不得不左躲右闪。

到最后他俩发现，自己二人竟被汹涌喷射的地火，压制到一个狭小的地带，两个人几乎都要挤在一起了。

而这些地火仿佛受了某种操控，当把苏渐二人挤压到一起时，便再没有地火喷出，给二人留出了喘息的空间。

饶是如此，炽烈火焰在更外围的地方四处直冒，还是十分吓人。

看着周遭的火海，苏渐惊惶地问沧雪："你知道这是哪里吗？"

"魔火洞。"沧雪冷静地答道。

"魔火洞？"光听这名字，苏渐就觉得有点不妙，连忙问道，"既然你知道这是哪里，那应该有办法出去？"

"有，也没有。"沧雪道。

"这话什么意思？"苏渐一脸迷惑。

"若是我没喝那药酒，以我冰雪之力，消解魔火不费吹灰之力。但现在不知道中了什么秘药，浑身灵力竟是运转不得。"沧雪有些郁闷地说道。

"这下惨了！"苏渐额头冒汗地叫道，"都怪你，不听我提醒，这下我都被你连累了。"

"怎么能怪我？"沧雪不快道，"先前那酒你不也是连声说好，喝了挺多？"

"那可是——"苏渐正要继续争辩，却忽然意识到什么，神色一凛道，"沧雪，你觉不觉得心底特别烦躁，浑身越来越热？"

“怎么会！根本就是——”沧雪反驳了半句，忽然好像也意识到什么，苦笑一声道，“还真是，我觉得特别想跟你吵，这是怎么了？”

“应该是药酒。”苏渐说了一句，转头看看四周熊熊喷发的魔火，若有所思地道，“应该还有魔火，我感受到了，这火中充满燠热躁动之意，和体内的药效相互催化激发，让我俩更加烦躁。你觉得呢？”

说到这里，苏渐回过头，想征询一下少女的意见，没想到这一瞧，却把他吓了一大跳！

“沧、沧雪……你在干什么？”他结结巴巴地说道。

原来，魔火耀映中，苏渐看得分明，素来高贵傲慢的冰龙巫女，这时却俏靥通红，双眸微饧，真个叫媚眼如丝，正用水汪汪的眼睛看着自己。

“你、你怎么了？”看着少女眉眼含春的模样，苏渐心里一惊。

“没怎么样……”沧雪呢声低语道，“我只是……我只是觉得有些热了……苏渐，你说的真对呢……”

呢喃低语中，她竟探手去摸索着解开胸前的小衣。

“这！”眼前的情景固然香艳，但苏渐总觉得不太对劲。他有心去阻止，却发现自己体内那股燥热骚动之意，也如同魔火般蒸发升腾，就快将自己淹没了。

而在这时，魔火洞外好像有什么黑影一闪而过，留下了一句声音不大却十分清晰的话语：“年轻人，很辛苦么？给你们指点一条明路：若然亲热交合，便可脱困解毒，否则你俩今日都要死在这里。”

听得此言，心底尚留几分清明的少年想要辩驳说，根据他们玄武卫那么多年的尝试，还没发现世上会有一种致命的秘药，靠什么男女交合就能解毒。

可这时候，不仅他身边魔火汹涌，好像心底的魔火也在爆燃蒸腾，阻止了他这句理智的话儿出口。

魔火洞的位置，靠近永寂矿洞，便让这里的风息极少；于是虽然奇异的魔火猛烈燃烧，却没有发出多少声响。沸腾但又静谧的奇诡洞穴里，这一男一女都能听到彼此的心跳。

渐渐地，苏渐听到沧雪的心跳越来越快，不由得看着她，惊恐地叫道：

“你、你想干什么？”

“你，听到了吗？”少女脸色酣然酡红，眼含春波，腻声说道，“要解毒，就要交……苏、苏渐，你把我强迫了，好不好……”

第八十一章

战地春心

“那怎么行?”浑身燥热的苏渐,竟是凛然说道,“我们不能这样;你还不知道,我从来都是正人君子,谨守‘主仆’本分的。”

口中说得大义凛然,苏渐心中暗暗叫苦,心想道:“你说得倒好,可我怎么能对不住月歌?”

想起月歌这位“梦中情人”时,苏渐的脑海中却还闪过了洛雪穹的容颜,这一点连他自己都觉得有些奇怪。

如同越高的堤坝崩塌起来洪水涌泄更加可怕,平素越是高冷清纯的少女,一旦被下了如此香艳的圈套,其后果比苏渐要严重得多。

于是苏渐还能保持理智,沧雪却再也控制不住了。

曾在乌浒河畔被少年勾起的无限情意,就是沧雪在心中用堤坝硬生生挡住的洪水;这一刻在魔火洞中,在魔火与药酒的双重作用下,她内心的堤坝心防终于崩溃,压抑的感情喷薄而出,让自己如同扑火的飞蛾,无法顾及任何后果。

她开始朝苏渐迫近,先是手儿接触,尔后耳鬓厮磨,如同缠树依枝的蔓藤,白腻的肌肤开始泛红,还冒出了细密的汗珠。虽然因为羞涩纯真的本质,在这样大胆的举动之中,沧雪还透露出一丝迟疑和羞涩,但正是这一点,反倒对男子造成致命的杀伤。

眸含春水,面若桃花。

本来苏渐还在苦苦支撑,但男子的本能很难压抑。

察知了这一点，他知道不妙，心说难道今日真要被残暴的龙族蹂躏、为所欲为？魔火之力本就让人更加烦躁混乱，这一瞬间苏渐竟是想起国仇家恨，忍不住大叫道："我是不会让你得逞的！"

但面对龙巫女的"魔爪"，这样悲伤绝望的呼号，显得太过软弱单薄，并没有什么用。

魔火洞中越来越热，即使坚持如苏渐，也觉得贴身的衣服越来越难穿得住。

魔火舔舐，散发出猛烈的暧昧气息；洞中二人的身子越来越热，对方印在自己眼里的身姿，也显得越来越有吸引力。

情浓似火之际，忽然魔火洞中所有地火一齐喷发，只听得"轰"的一声，苏渐刹那间似乎失去了所有的意识……

也不知过了多久，当苏渐再次醒来时，发现魔火洞中地火已灭，本来失踪的血歌剑，也已斜插在不远处。

他清醒后看到的第一个画面，便是血歌姬收回手中无数猩红的光线，然后翩然而起，投身于血歌剑里。

"哦，是血歌剑中途飞来，血歌姬现身灭了魔火。"苏渐心中想道。

愣了一下，他转脸一看，发现此时沧雪的身上，已是服饰整齐。

见得如此，他下意识地低头一看，发现自己身上同样也已经重新穿起了衣服，虽然凌乱，毕竟完整。

这很可能也是血歌姬出手相助的结果。

而在他低头看时，还发现星降之链正散发着如水空明的光辉，显然这时候大家神思清明，和它有很大关系。

经历了此事，苏渐再次面对沧雪，总感觉有些别扭。

迟疑了一会儿，他心中想起一事，便看着已经神色平和的少女，忍不住问道："那个，我……刚才有没有伤害到你？"

"伤害到我什么？"沧雪一双明眸盯着他道。

"那个……就是……"苏渐结结巴巴，不知道该如何跟一个至少此前一定是处子之身的妙龄少女，表达那种事。

踌躇了良久，他才小心地组织起了措辞："那个，就是，沧雪，你被第一次留下无法痊愈的伤痕……”

“没有。”沧雪神色如常，但显然听懂了他的话，当即矢口否认。

“那不可能啊？”见她否认，苏渐反倒较起真来，提高声音道，“沧雪你可别骗我，身为玄武卫，说到用毒，我也算行家了。先前被下的酒毒非常奇诡酷烈，世间罕有，外面还有人说要用……欢爱来破解，恐怕也是真的，所以怎么会没有呢？”

“我说没有就没有！”沧雪的语气明显带了几分怒意；迎着苏渐的目光，她傲然说道，“我是谁？高贵伟大的冰龙族天才巫女。世上之毒，有哪一样我不能解？”

“对，对，这倒是。”听她说出这句话，苏渐有些惭愧，连忙讷讷称是。

这时候他也反应了过来，不由得心里暗责自己道：“苏渐啊苏渐，你这是怎么了？是不是被魔火烧坏了脑子？这种事你追问个啥？幸好没有，要真的发生了，还是和敌族的女魔头，你要怎么负责？”

心中这般想时，他就忍不住真心实意地道：“没有就好，没有就好。是我多心了，对不住！”

这样的道歉，带着喜悦。苏渐倒是宽心了，却不知道当自己的目光看向别处时，刚才仿佛傲视众生、藐视一切的天才龙巫女，却扭脸向旁，悄悄地伸手抹了抹眼睛——

那一刻她流露出来的萧索与凄惶，无法言表。

当动荡的心绪终于稍稍回归正常，沧雪一言不发，拔足飞奔，如一阵雪风扫过，直往守护者大厅而去。这时苏渐正是心思一同，也跟在后面朝那边飞奔而去。

本以为到了这里，就能知道刚才事情的原委，没想到还没到近前，沧雪和苏渐就看到满地被迷晕的龙族守卫。

这一下，线索立即就断了。

而魔语海渊秘境繁多，迷雾掩映，想在这里找出真凶，实属千难万难。

念及此情，沧雪满怀怒气无处发泄，蓦然双手狂舞，无数冰锥雪风应手发出，片刻间就摧毁了十数个海渊洞穴。一时间远近石洞坍塌声隆隆不绝，整个魔语海渊就好像地震了一般。

见她势若疯狂，苏渐心中叹息一声，也不阻止。

等她动作稍缓，心情略有平复，苏渐便上前轻声提议，说此事目前别无他法，不如“守株待兔”。

“守株待兔？”对于人族这个成语，沧雪显然不能理解，于是苏渐便耐心解释，要她和自己一起，装作束手无策，从而引蛇出洞。这样一来，就能让一路来所有暗算的幕后主事者，忍不住主动露出马脚。

虽然现在沧雪对苏渐很有抵触情绪，但当少年真心诚意地向她解释完以后，她便也点了点头，彻底收住了冰霜法术。

他二人在这边商定对策，在魔语海渊另一片深邃的阴影里，也有一男一女在小声议论。

这男的高鼻紫眸，女的阴狠妖媚，正是蟠泽与翡蕊咝二人。

不用说，魔火洞和守卫者大厅这一出，就是翡蕊咝做的手脚。

当苏渐说出“守株待兔”时，蟠泽正在向翡蕊咝发问，问她到底抓住沧雪没有。

听他问话的口气，竟好像对蛇龙小妾的阴谋一无所知，只是单纯地执行着主上抓捕沧雪的任务。

面对蟠泽的问题，一脸媚相的蛇龙小妾却岔开话题：“蟠泽大人，这个先不急，妾身倒是有一事想请教你。”

“何事？请说。”虽然内心充满着对低贱蛇龙族的鄙视，但蟠泽毕竟忌惮翡蕊咝和狂禅的关系，因此还能保持表面上的客气。

“我想问你，”只听翡蕊咝问道，“如果那沧雪，变成了残花败柳，狂禅大人是不是就不会再坚持要娶她为妻？”

“嗯？”蟠泽闻言一愣，反问道，“怎么，沧雪大人她……已破了处子之身？”

“这倒不确定。”翡蕊咝目光闪烁地答道，“其实刚才，妾身用计策将沧雪大人和其男仆困在了魔火洞里，想择机将她抓捕。结果当我赶过去时，却看见她和那个少年男仆衣冠不整，举动十分不雅。”

“那他们交合了？！”蟠泽神色一紧，目光直瞪翡蕊咝，眼神锐利如刀。

“这个倒不清楚。”翡蕊咝略有遗憾地道，“妾身赶过去时，却不知道哪里来了个女子,古古怪怪的,站在魔火洞外,煞气极重。我不知是否是秘境中隐藏的上古凶灵,一时没敢靠近。”

“那就好,那就好。”听翡蕊噝并未确定沧雪失身,蟠泽一时倒是如释重负。

见他如此,翡蕊噝嘴上不说,心里却愤怒道:“哼!圣龙帝国的男人,一个个都这样;那沧雪贱婢是你们女儿还是老婆?一个个如此维护!”

心中怒火升腾,但翡蕊噝表面丝毫不敢发作。

相反,她用更甜腻的声音说道:“蟠泽大人,你还没回答我的问题呢。妾身想知道,假如——是假如啊——沧雪大人她不幸破身,那大人他还愿意娶她为正妻吗?”

“当然愿意。”和翡蕊噝所预期的相反,蟠泽竟是毫不犹豫地答道,“小夫人,恕我直言,大人对沧雪的爱,十分深沉,外人无法理解。”

“怎么说?”翡蕊噝压抑住内心的激动,颤抖着追问。

“是这样,”蟠泽无心地说道,“有一回我随大人巡视江海,到了一处地方,人族大概称那里为崇州。到了那里,大人立在一座海边的山丘上,发过一番豪言之后,也跟属下吐露了心声,说他对沧雪大人的爱,无人可以替代。”

“当时细节,现在毋庸多言,”蟠泽看着翡蕊噝道,“小夫人,你只要知道,别说沧雪大人她‘残花败柳’了,就算她不仅残花败柳,还鹤发鸡皮,大人对她的爱照样深沉不移。”

“不可能!”听到这里,翡蕊噝再也难以控制,发狂般叫道,“怎么可能这样!没有一个男子能容忍正妻如此!”

看到她忽然这般失态,本就心存鄙视的蟠泽,竟忽然觉得有一丝快意。

于是他故作不知,添油加醋地说道:“小夫人,是真的。你也该知道,大人他心性刚毅,现在经你问及,我回想当年情景,大人此语绝非戏言。”

蟠泽这番话,没有任何刺激的词眼,但翡蕊噝听了,觉得每一个字都如钢针般凶狠地扎着自己。

彻骨心痛之际,她反而冷静下来。

海渊阴影中，她沉默不语，眼神直勾勾地看着远方幽暗的深渊迷雾，也不知道在想什么。

这时蟠泽静静地观察着她，试图从她眼神的每一个角落里，寻找让自己快意的东西。

也不知过了多久，神色幽沉的蛇龙小妾，才如梦初醒。

“蟠泽大人，”她朝着一直观察着自己的执政官心腹，平静地说道，“其实夫君当年那些话，就只是一时戏言。我家大人英雄盖世，这类情情爱爱的小事，根本不放在他的心上。”

“哦，这样啊。”见她这般心平气和，一心想看她笑话的蟠泽，不免有些失望。

他却不知道，在翡蕊呲表面的平静之下，那妖媚玲珑的娇躯里，却同蕴藏了一座快要喷发的火山！

他不知道，正因为自己刚才的一番话，让本来只想让冰龙巫女失了贞操的蛇龙小妾，彻底下定决心，要将威胁自己终生幸福的头号情敌杀死！

而在做此绝烈决定时，翡蕊呲在心中狂喊：“大人！我亲爱的执政官大人！您可以为真爱如此疯狂，我翡蕊呲也可以！”

在苏渐提议守株待兔、沧雪勉强同意的刚开始几天里，好像并没有什么效果。

见到这情形，沧雪开始对苏渐的策略表示怀疑。

对这局面，苏渐也有些头疼。

分析了半天之后，他觉得真凶没有出现，与现在守卫者大厅和永寂矿洞都加强了防守很有关系。

于是这一天，他好说歹说，终于劝动沧雪离开了永寂矿洞，往魔语海渊更偏僻的边缘地带行走。

刚开始时，沧雪还觉得少年这主意不错；但走了好半天，已经走得很远了，却还没见到任何动静，沧雪就开始表示怀疑了。

“苏渐，”她对少年神色不善地说道，“你知道我的时间多宝贵吗？走了这么远，却还没丝毫动静。我们还是回去吧。”

“别啊，”苏渐闻言，忙焦急地小声说道，“再等等看。也许就差十几步了。”

听他这么一说，沧雪想了想也对，便继续和他一起往前走。

只是别说十几步了，他们接着又走了上百步，却依旧没什么动静。

“苏渐！”沧雪这时候已经很恼火了，瞪着少年道，“我都说了你的主意不行，怎么样？现在还是毫无动静！刚才你说了，就差十几步，现在都多少步了？”

说到这里，她看了看四周，寒声说道：“我看这里，冰寒荒僻，应是‘冰海雪渊’领域。你拉我到这里来，是不是有什么不良居心？”

原来，此时他们二人，已经不知不觉走到魔语海渊北方最边缘的冰海雪渊边了。

冰海雪渊也是魔语海渊领域中一处奇地，由于某种非常特别的原因，这里终年从深海之底涌出刺骨的寒气，不仅让海面结了无数的冰块，还冷凝了空气中的湿气，让这里常年飘舞着雪花。

作为北方大洋深处的极冰之地，其寒冷程度超出陆地之人的想象；即使是冰龙族之人，沧雪到这里也有点受不住，更别说苏渐了。

苏渐打着寒战，苦笑道：“沧雪，你错疑我了。若我真要对你行什么奸骗之事，还要带你到这里来？难道我不知道你是冰龙族？若真有歹心，这不变成我自己找死嘛。”

听了他这话，沧雪疑心稍解，但转而又有些脸红，小声啐道：“哼，什么奸骗不奸骗的，你这人说话真难听！”

“好好好，我——”苏渐正要讨饶，忽然间心里一动，脱口说道，“沧雪，我问你，你们中的蛇龙族，是不是善于潜泳？”

“嗯？”沧雪闻言一愣，点了点头道，“是的。若说我龙族之中最擅潜游的，非蛇龙族莫属了。而且原先在龙渊列岛中，他们势力便很弱，常年生活在苦寒冰海之滨，不仅善于潜泳，还特别耐寒。”

“这就对了。”苏渐蓦然间精神一振，沉声说道，“原先不知此情，否则这冰海雪渊，我们早该来了！”

听得苏渐此言，沧雪先是一讶，很快会意，便不再抱怨，耐下心来，和苏渐一起在冰海雪渊边徐徐行走。

没过多久，他们便发现了一些不寻常。

原本北方大洋深处的奇异海渊，还有些异鸟凌空翱翔，但渐渐地全都翩然远遁。

本来这时寒风呼啸，应该推着岸边的浮冰往远处漂移，但苏渐和沧雪暗中注意到，有一些冰块竟逆着寒风的风向，悄悄地往岸边移来。

寒风依旧呼啸，但暗中的气氛已经越来越紧张。终于，苏渐眼角的余光看到一个景象，便轻轻地扯了一下沧雪的衣袖，嘴角撇一撇，示意她看。

沧雪会意，表面不动声色，但目光已经悄悄地挪移，朝苏渐指示的方向看去。

尽管心里早有准备，但当沧雪看到眼前情景时，还是忍不住有些心惊：

就在她视线的末端，那一片雪白浮冰的下面，竟渐渐显现出多个巨大的阴影。

图穷匕见的时刻已经到来！

只听得"哗哗"数声巨响后，便有许多巨大的黑影从冰海中破水而出，朝苏渐二人冲来！

不出苏渐二人所料，埋伏偷袭的刺客果然都是蛇龙族。

这些蛇龙族在冰海中潜伏时，全都以更适宜的蛇龙之形存在；不过破水而出的瞬间，他们全都恢复成蛇龙人形，朝苏渐他们呼啸着凌空扑来！

和上回北方冰原不同，可能是来魔语海渊不易，还要躲过这里的龙族守卫者，因此埋伏在冰海雪渊的蛇龙刺客数量并不太多，总共只有二十来人。

但正因为如此，他们个个都是精兵强将，别看数量少，但发挥出来的战力比上回只强不弱。更何况，这回还多了翡蕊咝这个领头。

蛇龙小妾翡蕊咝，跟的毕竟是以武力闻名的巫龙执政官；她的实力本身便不弱，耳濡目染之下，她现在的战力绝非她那个弟弟翡莽可比。

不仅如此，在极度的嫉恨之火激发下，她的出招更加狠毒，给苏渐二人造成了前所未有的威胁。

在这样不利的局面下，如果说苏渐这方有什么优势，那便是他俩这回本就是引蛇出洞，对翡蕊岫的偷袭早有准备。

因此蛇龙刺客们才一出水，沧雪便一言不发，擎出冰潮法杖，急速挥舞，顿时无数蓝光闪耀的锐利冰锥凭空生发，疾风骤雨般朝那些出水飞扑的蛇龙刺客扑去。

对她如此迅疾的反应，蛇龙刺客们猝不及防，瞬间便有五六名蛇龙武士被尖锐冰锥刺中，哀嚎着掉入冰海，鲜血转眼便染红了这片海域。

苏渐作法的速度跟不上沧雪，但也差不了太多。

当那些蛇龙刺客躲过了沧雪的冰霜之剑后，转瞬又有苏渐的霹雳之火在空中爆响，眨眼间又让三四个蛇龙武士退出了战斗。

但精心准备的反击，所造成的战果也仅仅如此了。

幸存的蛇龙武士还有十来名，在数量上依然算是压倒性的优势，并且能在首轮疾风骤雨的攻击中毫发无伤，其实力可想而知。

很快苏渐和沧雪就陷入了苦战。

这回蛇龙武士大多采用了一种蛇龙国特有的长钺，其顶端有着蛇信一样的开叉，被这些精锐武士近身挥舞开来，宛如风中狂蟒，威胁极大。

更加凶险的剧毒碧油箭也在第一时间被使用，闪烁着阴险无比的碧色毒光破空而来，让苏渐二人的处境雪上加霜。

更别说此时翡莽为了在姐姐面前争脸，激发出全部潜力，那柄尖刺黑铁鞭挥舞如风，更有蛇毒荧火箭随手激发，不断压缩苏渐二人躲闪腾挪的空间。

而这时，翡蕊岫并没有亲身加入战团。

今日的蛇龙小妾穿一袭雪色软甲，自离水后就站在岸边，双手抱在胸前，看着战局。

她没有动手不是仁慈，而是她一直在观察战局；有了上回弟弟的失败，翡蕊岫便觉得这群蛇龙族的勇士缺少的不是战力，而是真正管用的脑子。

不得不说翡蕊岫的做法十分明智，站在冰海雪渊边才这么一会儿，她便看出些门道来。

“咦？没想到啊。”翡蕊岫在心中说道，“没想到沧雪贱婢的姘头小白脸，竟然有这么强的战力！”

原来翡蕊咝看到苏渐舞剑如风，招招不离蛇龙武士的要害，同时竟然还能眼观六路，用极短的时间发出各种火灵法术，支援沧雪。

这还不算什么，任何一个强大点的龙族武士都能达到这程度，但让眼光锐利的翡蕊咝吃惊的是，别看少年手中发出的火灵法技五花八门，什么火焰、火箭、火鸟、火蝶、火墙、火潮，虽然形式繁多，但每一回施展出的火法都是“对症下药”。

听起来，这也不算什么，随机应变，“对症下药”，节约灵力嘛；但也只有翡蕊咝这样见识过狂禅巅峰战斗的蛇龙小妾，才会意识到能在激烈实战中做到这样的，有多么不容易。

极端点说，这需要聪明的头脑、丰富的实战经验、随心所欲的实力，三者缺一不可，结合在一起，才能形成这种近乎直觉和本能的聪明战法。

看出这一点，翡蕊咝虽然惊讶，倒也并不十分吃惊。

能被沧雪这样的天才龙巫女看上，实力能差到哪儿去？

想到这一点，她心中的嫉恨之火更加炽烈。

“好哇！”她在心中愤怒地叫道，“好你个沧雪小贱婢，有了这么厉害的小白脸姘头，却还要勾引我家夫君！那今天如果让你轻易地死，我就不叫‘翡蕊咝’！”

感情上怒火中烧，但对待具体战局，翡蕊咝反而变得更加冷静。

察知苏渐实力不俗，她很快就有了定计：“不行！不能让他们二人靠近；要是一直这样相互支援下去，还不知道会发生什么事。”

心中定计，她口中顿时发出一阵古怪的啸音。

听得她这啸音，无论她弟弟还是那些蛇龙武士，全都会意。

他们开始巧妙地往来穿插，把苏渐和沧雪二人渐渐隔开。

而这时翡蕊咝为了确保万无一失，也展动身形，亲自来逼住被隔离开的苏渐。

不得不说，即使被嫉恨之火焚烧着内心，翡蕊咝还是保持着应有的清醒。

相比苏渐这样的人族，翡蕊咝对沧雪的威名有着更深刻的理解。所以即使暗地里已经对沧雪恨之入骨，翡蕊竝还是不愿意亲自跟她战斗。

别的不说，万一自己那姣好的面容，被沧雪神出鬼没的冰棱冰锥给划伤了，那以后可怎么在狂禅大人面前固宠？

打着这样的主意，翡蕊竝独自一人挡住了苏渐。

这倒不是她托大小看苏渐，而是她要把尽可能多的战力，全部放在沧雪身上。

从某种意义上来说，翡蕊竝对苏渐并不如何痛恨，相反，她甚至想留少年一条性命；这样，当沧雪殒命后，日后若是夫君还记挂着沧雪这个小贱人，那大可以设个局，把这少年推到夫君跟前，逼他诉说当年他和沧雪的丑事，这样也好打消夫君心中残存的情意。

翡蕊竝不出全力，落单的苏渐所受的压力，反倒比刚才还小。

但这时候沧雪可就吃重了。刚才两人承担的攻击，现在全都落在她一人头上，防御起来的压力可想而知。

而战斗之中，落在下风忙于防守的那一方，哪怕防得再好，最后也很可能会落败，因为进攻方哪怕十次中有九次失败，只要一次得手，就能彻底赢得胜利。

现在沧雪就处在忙于防守的局面之中。

无论是蛇叉长钺还是碧油毒箭，全都让她手忙脚乱；除此之外还有蛇龙精锐奋不顾身的攻击，即便是她这样的天才巫女也难以招架。

毕竟，沧雪最擅长的也只是法术，虽有冰潮法杖在手，但再厉害也只是件法器；现在面对蛇龙武士的舍命近攻，沧雪应付起来着实吃力。

眼见局面不利，沧雪惊怒交加之际，忍不住在该心叫道："你们究竟是谁？究竟和我们何仇何怨，要这样以命相搏？"

这时候沧雪已经看得非常明白，虽说自己正被通缉，但这些人几次三番设局，不是想取她性命，就是要坏自己贞洁，绝对不是冲着抓捕自己而来。

所以，当感觉到身陷苦战，今日之事已不可为时，沧雪便忍不住要赶在最终失败之前，弄清楚心中的疑团。

听她这般质问，别的蛇龙武士默不作声，正跟苏渐战在一处的翡蕊咝，却是冷笑一声，嘶声叫骂道："好贱婢，死到临头还问东问西。好！就让你死个明白，今日落得身败名裂，全因你勾引我家夫君！"

"什么？！"听得翡蕊咝这话，无论沧雪还是苏渐都是一愣。

"不可能！"沧雪很快叫道，"你休要血口喷人！不是本巫女贪生，但从来持身端正，怎会勾引你家夫君？！"

说到这里，沧雪忽地好似想到什么，立即惊叫道："难道你夫君是他？"说话间她逼退围攻的蛇龙武士，拿冰潮法杖朝苏渐遥遥一指。

"啊？你说什么？"苏渐一脸莫名，转而悲愤叫道，"你竟然怀疑我！我在你眼里就这么饥不择食吗？别说娶她为妻了，这种货色的妖女就算倒贴，我也不要！"

听他此言，心神紧张的沧雪竟忍不住"扑哧"一笑，翡蕊咝却气得差点发疯！

"好小子！"蛇龙小妾怒极反笑道，"嘀嘀，知道吗，你犯了个天大的错误。本来我还想留你一条狗命，没想到竟敢侮辱我，那今天就连你一并解决掉！"

话音刚落，她便蓦然变身，原本千娇百媚的头面，竟变成如毒蟒一样的三角龙首，朝苏渐凶狠地扑噬。

这是蛇龙族最擅长的战斗技能，还利于近身强攻，所以当翡蕊咝发怒之际，便像现在这样现出部分蛇龙原形，龇着尖牙，挥着利爪，朝苏渐凶狠扑噬。

在这样狂暴的猛攻中，翡蕊咝还不忘再次发出一连串诡异尖啸，于是翡莽等围攻沧雪之人，立即也展开了前所未有的猛攻。

事实上针对沧雪的攻击，比苏渐面临的要狂暴好几倍；蛇叉长钺和碧油毒箭如林如雨，最要命的是翡莽听懂了姐姐的命令，趁着沧雪手忙脚乱之际，一挥手，顿时有几个亲信武士瞅准时机，撒出一张雪白色的大网，立即就将沧雪笼罩住。

早有预谋的雪白巨网，是由蛇龙族抽取龙渊列岛的雪蛇之筋造就的；它不仅材质强韧，还不惧常规的法术，因此沧雪在猝不及防之下被罩入网内后，就基本宣告了大势已去。

而苏渐这边，志在必得的蛇龙小妾，也展开了最狂暴的贴身攻击。

这时她已看到沧雪被罩在网中，心中一松，便看着眼前如临大敌的少年阴险地想道："就你这小白脸，还能和沧雪贱人比？她都已经被网住，你还能撑几时？啧啧，很好很好，等我拿下你，就把你和贱人都扒光了，捆在一起，用冰霜法术冰冻了，送到巫龙国中，设个局让夫君看见。"

心中转着这样阴狠毒辣的念头，蛇龙头的翡蕊妣扑近了苏渐。

按照她的判断，不用几个回合，一个照面就能将这虚弱的少年给擒下。

只可惜，狡猾的蛇龙小妾没想到，相比沧雪巫女，她现在攻击的敌人更是特殊；如果这时候她选择喷射什么蛇龙毒雾，效果很可能比这样的贴身强攻还要好——

因为，即使在龙域中不敢施展星流术，苏渐也并没有看上去的那么虚弱，因为他还有一个连沧雪都不知道的看家本领：血瞳心眼。

当翡蕊妣扑近了苏渐，她忽然奇怪地发现，少年不仅没有像以前那些猎物一样，心胆俱寒，呆若木鸡，眼神中反倒闪过了一丝喜悦。

这喜悦颜色，翡蕊妣难以理解；但她分明看到，苏渐的反应十分灵活，身形一矮，脚下一滑，竟是避开了她势在必得的一扑。

"他竟躲开了？"一时间翡蕊妣很难相信这个事实。

当然她反应也极快，立即如旋风般转身，想要再次扑击苏渐。

就在这时候，她却感觉到，那少年竟是回身一掌，正打在她的肋下。

"什么？！"感觉到肋下被击中，翡蕊妣十分惊诧。

当然她惊诧的并不是肋下被打，这种程度的攻击对她来说就跟挠痒痒一样；她惊讶的是，这少年竟然这么傻！按常理他此刻应该借机落荒而逃才对。

察知这一点，翡蕊妣一声狞笑，心想道："这就是你找死了，小混蛋，给我躺下吧！"

心念转动间，她挥爪横扫，想将苏渐重击倒地。

没想到就在这时，翡蕊妣忽然嗅到了一丝不同寻常的气息。

这气息，不同于她以往闻到的任何气味；它如此的奇异，竟然在这近身搏击的生死战场里，造成她片刻的失神。

就是这片刻之间，她感受到一种莫名的震慑。

这震慑仿佛来自天地之初，那龙族之祖巨大的身躯正飞过大地，投下阴影，俯瞰万物，发出震耳的咆哮。

这种咆哮，惊魂夺魄，唤醒了她沉睡于整个种族百万年进化过程中最原始的感情，霎时间在翡蕊竗的心中，如同洒下春霖、流离了漫天粉色的云气。

一种渴望被征服、被凌驾的本能欲望，在她心中强烈地燃起。

蛇龙性情本淫，一被这种奇异气息牵引，翡蕊竗立即恢复了妖媚的人形，那眉黛羞颦，朱唇暖融，一双细长蛇目中蕴满两汪春水，春情满满，难以自抑，看向了奇异气息的来源地。

那里，正是与她近在咫尺的苏渐。

面对翡蕊竗这瞬间匪夷所思的变化，苏渐只觉得莫名其妙。

“难道是妖女的可怕魔功？”想到这点，苏渐心中一凛，连忙继续催动“血瞳心眼”的秘术，想尽快找到翡蕊竗的弱点。

没想到，正因如此，翡蕊竗脸上的酡红越来越浓，整个身子越来越软，几乎就快缠在了苏渐身上。

到这时，苏渐也发现事情有些不对头。

“怎么回事？我还没动手啊，她怎么就好像站不住了？”看着春情勃发的蛇龙女，苏渐一脸懵懂。

身在局中，他没看懂，但已经有人看得清清楚楚。

龙巫女沧雪，被雪蛇筋之网笼罩，本已是神枯力竭，就快放弃；但当她往这边瞥眼时，正看清翡蕊竗的丑态，顿时竟不知从哪里冒出一股劲！

于是，一声高叱，响彻云霄，紧接着冰潮法杖奋力挥舞，无数冰霜之灵缭绕身周。

冰风缭乱中，凶猛的霜雪傀儡迅速成形，伸出爪牙，瞬间就将雪蛇筋网撕扯得粉碎。

这一刻，天才龙巫女的滔天怒火，化成了滔天的冰雪风暴。翡莽和站得最近的亲信，还来不及反应，便被剧烈风雪狂潮席卷而起，片刻后再次落地时，已成了无边的血雨和破碎的肉块。

见得这种惨状，其余六七个蛇龙武士，吓得转身就逃。

作为蛇龙国皇室豢养的精锐，他们功力着实不凡，眨眼间便已经逃出了七八丈距离。

若按常理而言，他们这样也就算是逃生了。

冰龙巫女只是立在远地，冷笑着看着他们亡命飞奔；当这些人觉得已经逃出生天，开始庆幸时，沧雪忽地飞身而起，如同一道白色的闪电，朝他们迫近。

这时候蛇龙武士们还懵然不知，却听得沧雪一声清唳，忽然如同化身一只轻盈的白鹤，轻身向前，一路从人群中翩然滑过。

和刚才的狂暴和疾速相比，沧雪此时的姿态无比优雅轻灵。她就像九天飞下的仙子，从敌人的身旁轻轻飞过，甚至连一点风息都没有带起。

就是这样优雅无比的擦身而过，却蕴含着巨大的杀机。

具体是如何做到的，连眼神极好的苏渐也没看清，只知道当沧雪的身姿一路划过，超过逃在最前面的一名蛇龙武士时，刚才“热热闹闹”的奔逃路上，除了她自己，已经再也没有一个活人站立。

灵魂镣铐

这样的景象，血腥，诡异，并且因为到了一种极致，形成某种强大的压力，以至于某一瞬间，苏渐几乎忘了这场屠杀的“罪魁祸首”其实和自己一伙，惊得他差点想转身逃窜。

因为目睹这样的剧变，他一时忘了继续发动“血瞳心眼”；于是春情无限的蛇龙小妾，霎时间神志也恢复了些清醒。

于是这时候她哪还有心情继续勾引苏渐？

见得弟弟和下属们瞬间被屠杀，她霎时血充双眼，“嗷”地发出一声不类人声的嚎叫，纤纤玉手顿化锋利爪牙，猛地扬起，就朝近在咫尺的苏渐肚腹抓去！

眼看苏渐就要被挖腹掏心，远处的沧雪只是一声冷笑，双手往虚空一举，霎时便有一根巨大的冰柱从翡蕊岖的足下涌起。

翡蕊岖的利爪依旧按原先的轨迹朝前猛击，但触手所及的，只是一片虚空的云气。

“不好！”翡蕊岖惊叫一声，正要有所反应，那虚空之中已有一条巨大的冰雪之蟒破空而来，重重地撞在她的后背！

“哇——”蛇龙女猛然在半空中吐了一大口血。

血飞如雨中，那粗大的冰雪之蟒甩头一击，翡蕊岖就如断了线的风筝，在空中划过一道弧线，摔落在冰冷的海渊里。

遭受如此重击，用尽心机的恶毒小妾，应该再难有生还之理。

在苏渐和沧雪的注视中，重伤的翡蕊吆不断地下沉，渐渐沉入了魔语海渊深处的冰海雪渊里。

至此尘埃落定，苏渐和沧雪终于长舒了一口气。

“沧雪，刚才你用的什么招数？”看着一地的尸体，苏渐心有余悸之时，却也十分好奇，便忍不住开口相问。

听他之言，沧雪正要回答，忽然只觉得天旋地转，还不知道怎么回事时，便两眼一黑，“嘤咛”一声软软倒地。

见她如此，苏渐立即想到，刚才应该是沧雪猛然爆发，透支了太多的力量，这时候开始显现出后遗症。

要放在以前，这正是苏渐梦寐以求的良机，还不赶紧趁机将龙巫女杀死。

但这会儿，他只是稍一迟疑，便上前抱起了少女，带她一起回程。

回返途中，已经陷入深度昏迷的龙巫女，不知是否因为感受到一双有力臂膀的环抱，脸上渐渐露出浅浅的笑颜……

在他们身后，那翡蕊吆还在海渊中不断地下沉。

冰海雪渊，乃是北洋极寒之地；当沉入深海之时，便有寒冰不断延伸，将持续下沉的翡蕊吆层层包裹。

幽暗的深海，冰光闪烁，被冰封的蛇龙小妾，颜色却是宛然如生……

翡蕊吆失败沉海，还赔上了弟弟，很快就被蟠泽弄清楚了实情。

得知翡蕊吆的噩耗，蟠泽在悲伤之外，竟有几分解脱感。

他并没有继续揪着沧雪不放，而是立即回巫龙国中禀报狂禅。

本来他觉得，狂禅大人听到这消息，会暴怒无比；让他没想到的是，听自己说完整件事后，桀骜冷峻的执政官大人，竟是安静无言。

“难不成是在积蓄怒火，越沉默越愤怒？”蟠泽看着主上沉静的表情，心中不安地猜想。

但让他再次意外的是，沉默片刻后，狂禅一开口，却是说小妾翡蕊吆，竟敢假传旨意，妄图谋害沧雪，简直罪该万死、罪有应得。

不仅如此，狂禅还对惊愕不已的蟠泽立即下令，让他收回对沧雪大人的通缉命令，还要治翡蕊吆家族连坐之罪。

翡蕊呲因为妒火而掀起的一场风波，就这样戏剧般地收场了。

在这场闹剧之中，除了翡蕊呲家族，几乎没人受损。这位执政官大人，甚至还因为对此事的一系列后续处理，在龙族国民中再一次赢得了公正严明、大义灭亲的好名誉。

当然无论蟠泽还是这些龙国普通百姓都不知道，就在不久之前，圣龙帝国元老院已经派人来，向狂禅质询抓捕沧雪的事宜。

别看在外人面前，狂禅位高权重，傲慢自大，但在元老院的使者面前，他却因此事被骂得狗血淋头，还不敢有任何怨言。

如果蟠泽知道了这段内情，就会有些理解为何主子会有这样反常的行为。不过他现在已经知道自己足够幸运，没有在第一时间跟主上说太多，特别是从翡蕊呲那里听到的那件事：沧雪大人和男仆在魔火洞中衣冠不整。

龙境中的这些风波，并没怎么影响到魔语海渊。不过和先前相比，这里的守卫明显更森严了。

对这样的变化，苏渐倒是始料未及，不免暗暗叫苦。

此时沧雪仿佛从这一连串风波中，得到了某种启发。

她跟苏渐说，魔火洞和冰雪渊的磨难，给了她新的灵感；也许“冰与火的交织”，便是开启“永寂之刃”锻造难题的最好钥匙。

此后她开始沉溺于永寂之刃的锻造，并且苏渐旁观发现，她这事情相比之前，还真的大有进展。

这些情况苏渐看在眼里，急在心里。

他告诉自己，不能再等了。

趁着沧雪刻苦炼制永寂之刃之际，他开始到处溜达。

在沧雪和海渊守卫者的眼里，苏渐这样的溜达好像毫无目的，路线十分随机，每天不是东瞅瞅，就是西看看，像极了一个穷极无聊的闲人。

这样的情况被沧雪看在眼里，别说起疑了，她反倒还有些歉意。

她觉得完全是因为自己，才让少年困局此地，变得穷极无聊。

歉意之余，沧雪还有些感激，因为苏渐都如此烦闷了，对她却没有任何怨言。

于是在少女的歉意和感激中，苏渐活动的范围越来越大，接近的地方也在无形中变得渐渐敏感。

这一天，当沧雪去魔火洞一带采集锻造之火时，苏渐悄悄地靠近了那些正在永寂矿洞中工作的尘魔苦工。

黑洞一样的永寂矿洞，地形蜿蜒曲折。

虽然这里是魔语海渊中龙族最重视的敏感地带，但龙族监工们也不可能面面俱到，而苏渐这些天也跟他们都混了个脸熟，处心积虑之下，这一日很顺利地就混进了尘魔矿工最集中的地区。

苏渐专挑人群集中的地方靠近，本意是这样可以不引人注意；没想到当他凑近尘魔矿工人群时，忽然感觉到，今日的气氛，和往日有些不同。

感知到这一点，苏渐心里一惊，当机立断，转身就走。

没想到他刚转过身来，就发现刚才来的路上，不一会儿工夫，已经被四五个尘魔矿工堵住了。

在枯骨火把的光芒中，苏渐看得出，这些浑身风尘环绕的尘魔族面色不善，一双双蓝幽幽的诡秘眼眸正阴冷地盯着自己。

见得如此，苏渐吃惊之余，也确定刚才绝不是自己过于敏感。

“失策了。”苏渐心中暗惊，表面却不动声色地说道：“借过，我往那边走。”说着话他便往前面挤去。

没想到刚走了几步，还没走到那几个堵路的尘魔面前，他的双足周围忽然飞旋起一圈尘土，紧接着就觉得脚下仿佛有千钧之重，再也难往前挪动寸步。

中了尘魔族如此招数，苏渐便知道，别看他们在这里只是龙族的奴役和矿工，但一身魔性功法，绝不可小瞧。

双足受缚，苏渐却是怡然不惧，面对这些长相诡秘的魔族冷声喝道：“哼，你们真要挡我去路?”

喝出此言后，他见脚底的束缚尘环没有丝毫放松，便再也不说话，只是双手一拍，顿时一团烈火在他和尘魔矿工中间轰然炸响。

见他如此动作，那些尘魔一时还没反应过来他为什么要这么做。但很快，远处龙族监工的一声怒吼，立即让他们反应了过来。

“怎么回事?!”听这边闹出这么大的动静，强壮无比的凶猛龙族监工顿时提着鞭子赶了过来。

“没事没事!”这时苏渐高叫道，“只是我闲得无聊，弄出些火头逗逗这些苦役。”

“真的?”龙族监工一边往这边赶，一边怀疑地叫道。

“当然真的，我过来跟你解释解释。”苏渐笑道。

这话刚一说出，原本紧紧环绕他的尘魔法术，立即烟消云散，只在他双脚附近撒下一层细碎的沙子。

于是苏渐昂着头，迈着轻巧无比的步伐，从尘魔矿工人群中往外走去。

他所过之处，两边的尘魔族人全都对他怒目而视。

不过这种做法好像只是白搭，苏渐对他们的怒火视而不见，嘴角还挂着狡黠的笑容，让尘魔们看了更加气苦。

刚才跟龙族监工应声时，苏渐笑容可掬，态度亲切，但一迎上龙族监工，他霎时变脸，怒吼道:“好个不开眼的小监工，难道你不知我是沧雪大人的助手？她老人家新得了烈火法术，托我来这里找卑贱污秽的尘魔实验一下，难道这点小事还要跟你禀报解释吗?”

本来龙族监工在永寂矿洞这儿说一不二，但碰上苏渐搬出沧雪，一时也变得六神无主。

稍一迟疑，就被机灵无比的少年抓住了机会，怒喝一声道:“滚开!”

被他这样雷霆火炮般一番怒吼，龙族监工一时也失了主张，脸色红了白，白了红，想要发作，终究不敢，最后只得嘟囔着听不清音节的话儿，讪讪地转身走掉了。

赶走了比尘魔还厉害的龙族监工，当苏渐再次转过身来，面对尘魔族人时，脸上挂的神色已和先前不同。

“你们，谁是头儿?”他一手叉腰，一手指点人群，趾高气扬地叫道，“识相的，就快出来，我有话要问!”

“谁在召唤我?”一声沙哑而低沉的声音，从人群后响起。

原本拥挤的尘魔人群，霎时自动分开，给声音的主人让开了一条道路。

很快，一个高大的尘魔族人从永寂矿壁那边缓缓走来。

借着火光，苏渐看得分明，缓缓走出的尘魔首领正值盛年，身形高峻，面容阴狠，那一张脸如同传说中的雷公，眼如雕，鼻似鹰，颊赛猿，天然带一种阴郁狠辣之气。

除了这个，苏渐还注意到，作为尘魔族的特征之一，这尘魔首领也是周身飞尘环绕，但和他那些族人有所不同的是，一般的尘魔绕身风尘不是灰色就是白色、黑色，而且往往只有一两圈，而这位尘魔首领却是周身环绕四五圈飞尘，而且还都是金色的细尘。

当枯骨火把一映，周身金色细尘缓缓旋绕时，尘魔首领便好像笼罩在一片金光熠熠的细雨里。

这样特别的飞尘，就如同尘魔首领自带了耀眼的光环；见他这奇状，苏渐也禁不住暗暗称奇。

虽然暗中称奇，但当尘魔首领走到跟前，苏渐却是身子一挺，看着他傲然说道："你叫什么名字？"

"桀桀——"听他相问，尘魔首领没有回答，只是发出一声邪恶的笑声。然后他便用更加傲慢不驯的神色盯着苏渐道："你是什么东西，也配问本王的名字！"

"哈哈！"苏渐一声大笑，轻蔑地说道，"还'本王'呢，当下不过是个苦工头目。怎么？不愿说？好，那我现在就走，把你们的图谋说给龙族守卫者听！"

话音刚落，他转身便走，同时暗中运转星流术，霎时间便有一层金红色的朱雀神焰覆盖体表，整个人都变得辉煌腾耀。

当然，为了不引起不必要的麻烦，苏渐对"神焰朱雀"星流术的运用，也就到此为止了，除了让整个人发出金红的焰光，其他更炫烈的效果一概没有。

"你是人！"尘魔首领见状蓦然眼神一紧，十分惊诧地看着苏渐。

"废话，你才不是人。"苏渐喝了一声，也见好就收，不仅收起星流光焰，还立即转过身来。

“啧啧，人族。”看着他转过身来，尘魔首领玩味地说道，“如果本王没记错的话，你们人族可是恶龙们的死敌。”

“一样一样，”苏渐冷笑着说道，“说到恶龙死敌，你们和我们半斤八两。”

“好小子，嘴挺硬啊。”尘魔首领叫道，“既然是人族，还敢这么横？怎么，什么时候孱弱的人族虫子，也出了个有点胆子的？你就不怕我将你出首啊。”

“我既说出来，就不怕你告密。”苏渐傲然说道，“将人族身份表露出来，就是想告诉你们，面对龙族，我和你们站在一起。”

“哦？”直到这时，尘魔首领才有些真正动容起来。

在此之前，他虽然跟苏渐说了这么多话，但不过是戏弄而已，心里早就有了杀机。

“怎么，人族小子，你想说什么？”看着苏渐，尘魔首领这时还真有了点兴趣。

“我又不想说了。”苏渐冷笑着看着他，“刚才我的问题你还没回答呢。”

尘魔首领闻言一愣，本要发作，想了想还是忍住，阴恻恻地说道：“小子，你是第一个问我名字的人族。告诉你也无妨，反正你也活不久了。听好了，我叫‘痕天’，世代承袭尘魔族长，乃是黑暗国师大人亲封的‘尘魔之王’。”

“尘魔之王？痕天？”苏渐念叨了两声，便道，“名字还不错。是这样，我叫苏渐，今日来正有大事想跟你们说。”

“你叫什么本王不在意。”痕天不耐烦道，“有事就快说，好让本王知道，要不要当场撕碎了你！”

面对他溢于言表的杀意，苏渐好似毫不在意，眨了眨眼睛道：“我说痕天，好歹也是个王，别这么暴躁嘛，动不动就杀来杀去——好好好，别这么瞪着我，我是想告诉你，你们所谋之事，如果没有我的帮助，肯定做不成。”

听他此言，痕天倒是一愣，神色忽然放松下来，好似毫不在意地随口问道：“什么所谋之事啊，我们只想快点帮龙族大人们开采更多的永寂矿，这就是你说的所谋之事吗？也对，也对。”

“很好，看来你还不相信我。”苏渐不动声色道，“别以为我不知道，我已经观察你们很久了，别看你们表面忙忙碌碌，一直采矿，暗地里却图谋不轨，想要暴动逃跑。”

“呃！”一听他说出这话来，痕天一双幽蓝眼珠中，蓦然凶光暴涨，那环绕周身的金色细尘，也忽然开始飞速旋转！

但很快，他的脸色就恢复了平和。

“你跟我来。”他对少年招了招手，便转身朝永寂矿洞的深处走去。

见他相招，苏渐好似理所当然，想也不想，便在两边尘魔族人的愤怒瞪视中，施施然地朝矿洞偏僻处走去。

“小子，”到了僻静处，痕天蓦地转过身来，在阴影中盯着苏渐，“如果你今天来，只是随口大言，戏弄本王，本王绝不饶你。”

“这你放心。”这时苏渐也一扫先前的傲慢之气，诚声说道，“尘魔之王阁下，我苏渐有大把的事可做，何苦来戏弄你？难道你们尘魔族，是这么好戏弄的吗？”

“你知道就好。”痕天微微颔首，阴沉沉地说道，“那你说吧，究竟何事。”

“是这样，”苏渐认真说道，“刚才都说了，面对恶龙，你我立场一致。你们不就是想逃离此地吗？巧了，我和你们一样的心思，并且还想把永寂矿洞给毁了。”

“什么？！”尘魔之王这下可真的吃惊了。

他没想到，眼前这个孱弱不堪的人族小子，竟然比他还要凶暴；他只是想带着族人脱离劳役苦海，这人族少年竟然还想着釜底抽薪，把龙族宝贵的矿洞给毁掉。

如果说在此之前，他还有些应付；那他听到苏渐说出这想法时，才真正地认真起来。

“你有什么能帮我们的？”痕天没有问苏渐为什么要这么做，而直接问出自己最关心的问题。

听他这么问，苏渐表面不动声色，暗地却知道，此行对自己的最大考验,到来了。

“你想要我帮什么?”心中其实并无头绪的少年,却装出一副胸有成竹的样子,看着痕天道。

“我们最急需的,是解除龙族对我们种下的‘灵魂镣铐’。”痕天忧虑地说道。

“灵魂镣铐?这是什么?”苏渐口中相问,心里却是暗暗叫苦,因为别说帮他们了,“灵魂镣铐”这词儿,他都是第一次听到。

“怎么,你不知道?”痕天是什么人?立即看出了苏渐底气不足。

“知不知道不重要。”苏渐嘴硬说道,“痕天大人,你还不了解,我其实身具诸般奇术,只要你说出关窍,我定然能对症下药。”

“最好这样。”痕天狐疑地说了一句,便解释道,“灵魂镣铐,是龙族为了控制我们采矿而下的一种束缚之术。如果不解开,我们即使能跑远,也会尸解而死。”

“这么说,是龙族的法术了?”苏渐心想,若真是这样,那回头想办法哄哄沧雪,偷学了这法术,毕竟她号称龙族的法术宝典,灵魂镣铐用在矿工苦役身上,档次看来也有限,沧雪应该能解。

心中正打着沧雪的主意,却听那痕天十分遗憾地说道:“不,和一般人想的不一样,这是我们魔族的法术。”

“什么?”苏渐一惊,顿时有些绝望。

但他依旧强撑着问道:“怎么会是魔族法术?他们不是龙族吗?”

“没什么奇怪的,”痕天道,“约束之术,正以我族为擅长,尤其涉及精神灵魂层面,正是我族独步天下。‘灵魂镣铐’正是其中一种,当年龙族横扫大陆,将我族镇压之时,也将此术学到手。”

“这样啊……”苏渐听他解释合情合理,便更加绝望。

不过他还不肯放弃,又追问道:“既是魔族法术,那你们魔族中人自然会解了?”

“很难。”痕天摇了摇头,“我族氏族繁多,秘法庞杂,这等灵魂之术,岂是人人能解?否则龙族恶贼也不会放心对我们施展此术了——事实上它在魔族国度中,乃是上等的法术。”

“咦?”这时痕天忽然反应过来,神色不善地看着苏渐道,“怎么问东问西的,难道‘灵魂镣铐’你听都没听说过?”

“怎没听说过?”苏渐强撑道,“我问你这么多,就如看病一样,要‘望闻问切’,解除咒法前,自然要问清楚了。那么灵魂镣铐究竟是你们魔族中哪一族的法术?”

其实苏渐心中已经绝望,但他心性坚强,尽管到了这地步,他还是不肯放弃任何一丝可能性。

尘魔之王痕天何等角色?其实早已看穿苏渐底细。

不过听少年这般问时,他倒也没揭穿,准备一会儿当人族少年彻底承认无能时,好好羞辱一番,再将他杀掉——毕竟苏渐已经跟他透了底,知道他们正谋划逃跑。

心中这般计划,痕天便看着苏渐,皮笑肉不笑地说道:“其实‘灵魂镣铐’也不难解,只要身具天魔大人的‘天魔之气’,就应手可解。”

“啊?!”苏渐脱口一声惊叫,脸色忽然变得极为古怪。

“嘀嘀!”见他如此,痕天立即冷笑道,“好个卑贱人族虫子,还口口声声说能帮我们,终于演不下去了?‘灵魂镣铐’这等高贵的法术,岂是你一只小小的人族虫子能解的?”

说到这里,痕天立刻翻脸,低声咆哮道:“好个小骗子,竟哄得本王跟你浪费这么多口水,给我受死吧!”

说话间,痕天身周金色飞尘应声急转,转眼便凝出一支金色的矛刺,朝苏渐急速扎去——

尘魔之王的“金尘之矛”,虽然因为“灵魂镣铐”大打折扣,对付不了那些龙族守卫,但要近距离杀死苏渐这么个人族小子,还是绰绰有余的。

正当他催动金色尘矛,朝苏渐胸前要害刺去时,苏渐却好似视而不见,脸上挂着古怪的笑容,抬手在空中划了个弧线。

“搞什么鬼?”见他这样举动,尘魔之王痕天莫名其妙,心想道,“这人族小虫子,莫不是吓傻了?瞧这手足无措的样子。”

刚想到这里,他却目光一紧,脸色大变,霎时间那一脸惊异的表情,还真跟见了鬼似的!

紧接着，他好像想起了什么，赶忙发疯似的一挥手，顿时把正在刺出的金尘之矛驱散，那锋利的枪尖瞬间散为点点的金尘，重新回到他身周旋转的飞尘里。

"看来你还是识货的。"少年清亮的声音，从矿洞的阴影里传来，仿佛加了奇怪的效果，变得幽幽沉沉的。

"识货，识货！"刚才杀机频现的痕天，这时候却差点泪流满面。

只听他嘶声低叫道："这紫光、这煞气、这这这就是天魔女大人的天魔气啊！"

"哼，识货就好。"苏渐得理不饶人地狠狠瞪着痕天，"好个尘魔族长，还敢在我面前张牙舞爪。你——对了你叫什么来着？"

"痕天，痕天。"尘魔首领忙不迭地说道。

"对，差点忘了，痕天你听好了，我这一手天魔气，能将你们身上的'灵魂镣铐'解了。现在还怀疑我吗？"苏渐斜着眼睛看着眼前的尘魔首领。

"不敢，不敢了。"痕天低头连连说道。

见他如此低声下气，苏渐庆幸之余，却也有些奇怪。

他还不知道，世间诸族中，最以魔族奉行"强者为尊"，现在痕天见他施展出自己一直仰望的天魔气来，哪还敢说其他？简直大气都不敢出。

不过想了想，痕天还是小心翼翼地问道："对了，苏渐大人，小王还是有些不理解，您毕竟是人族，这天魔气是跟谁学的？其恶魔力量还如此纯净强盛，莫非……莫非竟是直接跟天魔女大人本人学的？"

"非也。"苏渐摇了摇头。

"哦。"痕天有些失望，此时他真希望能通过眼前的少年，跟尊贵的天魔王给搭上关系。毕竟，别人不知，他对尘魔族在整个恶魔国度中的地位，心知肚明。

正遗憾间，他听少年好似不以为意地说道："天魔女，我没见过。我只是跟美女姐姐魅帝姒学的。对了，你这么一说我倒想起来，魅帝姒姐姐当初给我天魔气时，好像说过，说什么天魔气好像是魅惑天魔女赫拉瑞斯的看家绝活。"

听到他这句话的一瞬间，尘魔之王痕天好似忽然中了妖族的石化之术，瞬间变得如同一尊石雕；那周身一直缭绕旋转的金色飞尘，也忽然间簌簌簌地落下不少。

“魅帝姒……”这个名字，苏渐谈笑风生地说来说去，但尘魔之王痕天连在心里念一下，都觉得是无限的亵渎。

呆若木鸡了好一阵，他忽然反应过来，想到一件事情。

于是刚才石雕一样的尘魔首领，这会儿好像忽然发了疯一样，冲上来抓住苏渐的臂膀，使劲摇晃，语不成声道：“你说恶魔女王！你说恶魔女王！你什么时候见到她老人家的，怎么会见到的，她不是……快说！怎么还是你什么‘美女姐姐’?!”

这会儿痕天的脑子里，好像也飞起了无数风尘，搅得他如同一团乱麻，几乎要神志不清了。

见尘魔首领如此疯狂，苏渐不得不抬手给他施了一个静心法术，又运起水灵之力，“哗啦”一声给他当头浇下一片冰水，才让痕天稍稍安定。

“也没什么，”面对终于冷静下来的尘魔首领，苏渐高深莫测地说道，“告诉你也无妨，你家魔王大人，却跟我算熟人。幻光镜泊中，我解封了她的血脉，这魔语海渊的镇魂龙殿中，我又释放了她的灵魂。所以我和她十分友好，我便称呼她为‘美女姐姐’。”

说这番话时，苏渐其实心中苦涩，但为了利用魔族之人，他还不得不把自己这些蠢事，包装得跟自己自愿似的。

听得苏渐这番话，痕天和刚才不一样，既不呆愣，也不疯狂，只是看着少年，眼神闪烁，静默无语。

良久之后，当苏渐被看得都有些浑身发毛时，痕天才忽然如梦初醒，什么话都不说，双膝一曲，竟是轰然跪倒。

“呃，你这是干什么?”苏渐见他突然如此，惊得往后一跳。

跪在地上的痕天却是不为所动，五体投地地磕了一个头后，便抬头沉声说道：“小魔痕天，拜见第五天魔王大人。”

“什么?”苏渐一时反应不过来，但面对痕天这样夸张的表现，他连忙道，“你先起来，有什么话站起来再说，免得惹来龙族监工的注意。”

“是。”听他之言，桀骜不驯的尘魔首领，竟是老老实实地站了起来。

“这到底是怎么回事？”苏渐盯着他，郑重地问道。

“禀天魔大人，”痕天恭谨说道，“三百多年前，伟大的魔族之主魅帝姒大人，率领我族和邪恶的恶龙帝国奋勇抗争。虽然她老人家魔法齐天，但还是不幸中了狡猾的恶龙之皇的诡计，最终失败。她老人家的肉身、魂魄和血脉，也被恶龙镇压在三个地方，一直沉眠。

“不过近年来恶龙实力消退，我族重光之日可期，便在两年多前，包括我在内的许多魔族部将，收到魅帝姒大人于虚空之中传来的消息。魅帝姒大人说，如果谁能解救她的灵魂和肉身，那就在四大天魔之外，依次封为第五、第六天魔王。”

“等等！”听到这里，苏渐心里一动，忙道，“你说这消息，是两年多前传来的？”

“对，”痕天笃定地说道，“应该不会记错，否则我也不会带领尘魔族人，故意被恶龙抓住，来这永寂矿洞帮他们采矿。正是我部多年来的不懈努力，打探到魔王大人的魂魄很可能被封印在魔语海渊中，这才来到这里。”

“那就对了。”苏渐一击掌道，“正是我两年多前，在幻光镜泊中解放了魔王血脉，她才能跟你们传出这样的谕令。”

“对啊！”痕天恍然大悟道，“一定是这样，我当时还疑惑说，魔王大人怎么对解放‘血脉’之事只字不提。”

“所以我就成了第五天魔王了？”苏渐苦笑着说道。

“当然！”痕天用崇敬的目光看着他道，“魔王大人她英明伟大，说一不二，我魔族之人也是尊奉强者，自然承认这个结果。说一句不敬的话，就算魔王大人她要食言，我们魔族部众根据传统，还是会奉您为第五天魔王的。”

“这样啊……”听得此语，苏渐心中立即如同沸腾起来！

当然，他现在可没有丝毫的喜悦。

“第五天魔王”，还是个王，可惜却是传说中邪恶混乱的魔族封王。这样的王侯在他心目中，还不如一个华夏国的县官实在。毕竟，那还算百里侯呢。

再说了，他苏渐可是人族，还要在同族中建功立业、娶妻生子的；说什么要去魔界当什么魔王，简直难以想象。

而“第五天魔王”这件事本身，也只是痕天的一面之词；魅帝姒的许诺或许有之，但最可能的情况，还是针对魔族之人。先前他在镇魂龙殿中解放魅帝姒的灵魂，两人间还有一番对话，可魅帝姒从来没提起过这件事。

这么一想，眼前这位尘魔之王痕天，想问题也过于简单了。

所以，按照苏渐内心真实的想法，现在就该对痕天的话立即否定反驳。

不过他转念一想后，就眼珠一转，摆出一副高深莫测的样子，对痕天道：“痕天啊，你说的事情，我都知道。不过我这人本来就淡泊名利，何况现在人界还有些事务，‘第五天魔王’这种事情，还是先保密为好。再说了，魅帝姒大人的肉身还没解放呢，我等不可把精力浪费在这些虚名上。”

“太有道理了！”痕天听了，立即佩服得五体投地道，“天魔王大人您出于策略先不说，但请您一定要知道，我尘魔之王痕天，愿追随您的不落战旗血战向前，从此尘魔族三千猛士，永远为您效力！”

“很好，很好，感谢，感谢。”面对痕天魔族风格的真诚投效，苏渐打着哈哈，随便应付过去后便道，“痕天大人，远的事情放在一边，近的问题咱先解决。放心，你们的‘灵魂镣铐’我可以解决，但不急在一时，过早解除，万一被龙族监工看出破绽，反倒不美。

“我现在最想知道的是，一旦毁矿事成，我助你们逃亡，这逃生路线是什么？要知道，我倒无所谓，但你们魔族可是恶龙们的头号对头，他们对你们比对我们人族还要狠。”

“天魔王大人所言极是，一句话就说到点子上了！”已经完全臣服的痕天，发自肺腑地赞美一句，便自信地说道，“此事大人您无须忧心。我等尘魔族受魔王大人召唤，来这魔语海渊前就已经想好了退路。如果不是‘灵魂镣铐’，我们回魔界轻而易举。

“您可能还不知道，冰海雪渊那边，龙族留有‘幽冰之门’，我们可以趁龙族守卫松懈时，从幽冰之门中跑回魔界。

“本来作为人族，您不可能穿越魔界之门；但现在您身具天魔之气，穿越魔门比我们还容易。

“到那时,天魔大人您若是愿意留在魔界指挥我等,自然最好;但若还想回到人界,处理未尽的事情,那魔界中另有门路,可以直接到达北沧海岛附近的海面。”

“啊?真的吗?”对痕天这番话,苏渐简直不敢相信,连忙问道,“你说的北沧海岛,是不是就是我人族中的北沧海国?”

“对,就是那里。”痕天答道。

“太好了!”苏渐喜道。

能随尘魔逃生,这点对苏渐来说,倒真是意外之喜了。

本来,他已经抱了为国捐躯的必死信念,毕竟要完成天宸阁给予的救国任务,必然要与这里包括沧雪在内的所有龙族人为敌。而这里可是茫茫北方冰洋之底,闹出那样的惊天大事后,想按原路逃回神州大陆,简直痴心妄想。

所以,本已怀着必死之心的苏渐,听到还有一线生机,怎会不开心?

高兴了一会儿,苏渐忽然想到一个事情,便问道:“痕天,你刚说的‘幽冰之门’是怎么回事?不是说当年恶龙打败你们,就把整个魔界通往神州世界的通道都封闭了吗?”

“是封闭了,”痕天老老实实地回答道,“但可能即使凭恶龙的力量,也难以完全封死,因此最后留下了几座魔界之门,派了重兵看守。”

“这样啊……”苏渐稍一沉吟,脑中忽然灵光一闪,顿时道,“我明白了!许是当年龙魔大战结束后,龙族本意自然是能把整个魔界封锁住最好,但可惜力量有限,做不到,所以故意留下几座确定的门,更好。”

“呃?怎么这样还更好?”痕天对他的话完全摸不着头脑。

第八十三章

月歌魂归

“很明显啊，”苏渐解释道，“你看，以你们魔族的力量，迟早都会打破封界；那与其不知道魔族从哪儿攻出来，还不如特别设置几座门，让这些门成为魔界封印的最薄弱处。这样一来，等将来你们大举反攻时，龙族不至于不知道你们从哪里涌出。”

“啊?!”听到这番话，痕天真的震惊了。

对于龙族留下的魔界之门，他们魔族早就知道，也认真思考过龙族的用意；但可惜的是，之前没有一位魔族之人能像苏渐这样，一语道出魔门竟可能是龙族出于战略考虑而故意留下的破绽。

不同于其他大部分魔族人，痕天所领的尘魔之族，乃是当年龙魔大战后少数残留在神州大陆的。如果不是如此，他们也不可能来到魔语海渊。

大部分真正的魔界魔族人是绝不可能通过魔界之门冲出魔界的。所以痕天早就听说，被封印在魔界故土中的同族们，正用各自特有的魔功，不分昼夜地冲击着各处魔门。

本来这样的事情顺理成章，但这时痕天听苏渐这么一说，心中忽然茅塞顿开，便对冲击魔门这样的魔族大事，头一回有了不同的看法。

于是，本来只是因为“强者为尊”“魔王谕旨”而尊奉苏渐的尘魔之王，这时候，对苏渐可谓真正刮目相看了。

看到若有所思的痕天，苏渐对自己说出对魔族有利的东西来，并不后悔。

现在纵观天下大势，还真有点像人族古时的那个三国时代。天下合久必分，现在加上魔族，不正是一个三雄争霸的大时代吗？

而龙族横扫神州，正占据绝对优势；这种情况下，作为两个弱势方的人族和魔族，最佳的选择就是联合起来，一起对付龙族。

当然现在很不幸的是，力量比人族强大得多的魔族，却因为当年的龙魔决战，几乎彻底被封印在魔界中，人族难以借力。

甚至可以说，苏渐这一回利用尘魔族的计划，是人族第一次开始与魔族进行某种程度的合作结盟，利用他们来对抗龙族。

相比而言，无论当初在红焰晶海幻火宫，还是现在的魔语海渊永寂矿洞，龙族对火焰剑角恶魔和尘魔的利用，都只不过是当成工具和奴隶。

永寂矿洞阴影里的这番人魔对谈，对双方都非常重要。苏渐和痕天都从对方那里得到很多新鲜信息，于是一时间两人都陷入了沉默，急速消化刚才所得的信息。

相比痕天，苏渐想得更多。

知道魔界之门后，他忽然感觉到，自己竟可能在无意中，窥见了整个神州世界的未来。

不用说，龙族敢留下这个破绽，那看似魔国封界薄弱处的魔门，一定和外界看到的相反，有着非常强大的守护机制。

但即使如此，这世上哪有永恒不破的门？

门，造出来，就是用来打破的。

尤其这些魔界之门的背后，封挡的可是这个世界中最诡计多端的种族，苏渐不相信魔族会完全没有办法。

如果这样的推断成立，那将来神州大地上，不算弱势的妖族和近乎隐世的神族、仙族，基本就会是龙、魔、人三族争霸的局面。

那到时候，到底是人族借力魔族推翻龙族，还是龙魔争霸、人族依旧被边缘化？或者出现更复杂、更意外、更险恶的局面？

对这个问题，苏渐稍微想了想就觉得，即使以自己还算聪明的头脑，也已经想得有点脑仁子疼了。

想不出前景是喜是忧，但想到魔族的未来时，苏渐忽然心里一动，想道:“要这么说起来,我还认识个魔族人呢。前几年收养的幽小眉,不就是魔族吗?虽然说是尊龙教的,但相处日久,小丫头偶尔流露出来的魔族气息,比眼前这位尘魔之王还要浓烈呢。”

“嘿嘿,”苏渐忍不住异想天开地想道,“幽小眉在魔族中的出身,看起来还不低。要是哪天她当了魔族的首脑,那倒是有可能让事情往好的方向发展。毕竟她和我这个人族玄武卫很熟啊,这几年白住火枫林小屋,都没收她房租。”

想到这里,苏渐忽地哑然失笑,心说这怎么可能?

意识到这一点,他觉得现在自己的想法变得越来越疯狂,说不定就是受了魔语海渊中诡异气息的影响。于是他心中一凛,决定还是赶紧完成任务,尽快离开这里。

打定主意,想想暂时没什么事了,苏渐便要跟痕天告别。

不过临别时,他忽然心里一动,鬼使神差般问道:“痕天,你听说过这里有个地方叫‘梦魇圣殿’吗?”

“梦魇圣殿?”痕天一愣,低头苦苦思索。

“你未必知道它的名字,”看着痕天如此,苏渐补充道,“这梦魇圣殿,是龙族用来关人的地方,应该在海渊的东北方向。”

“这样啊……”痕天沉吟道,“虽然不知梦魇圣殿是什么,但在东北方向,确实感应到一种让我们很不舒服的气息,说不定那里,还真是可恶龙族关押好人的地方。”

听得痕天此言,苏渐心中已如明镜一般。但他表面依然不动声色,只是淡淡应了一声。

此后他二人没再多说什么,只是约定大家相机而动,便就分开了。

在苏渐密会痕天之后,沧雪锻造永寂之刃也获得了突飞猛进的进展。

本来她已经不太管束苏渐的行动,但当永寂之刃锻造获得突破时,她再次严厉地警告苏渐,让他没事不要再去找她。

沧雪这样的做法,倒是正中苏渐下怀。

不过,当听说可怕的兵刃快要成形时,苏渐倒是心里一动,想到如果只是毁坏永寂矿洞,并不是最圆满的办法;他的目光,又盯在了沧雪珍而贵之的永寂之刃上……

在伺机行动的等待中，这一日，苏渐避开龙族的耳目，开始往魔语海渊的东北方向探寻。

很快，他就发现，随着一路往东北行走，一直在脑海中低回的悲婉清音，变得越来越清晰……

魔语海渊的东北方，道路极其难走。

确切地说，这里应该是远古遗留下来的古老海滩，上面密布着无数的珊瑚礁岩。

珊瑚礁岩中，有许多幽深的洞穴，时不时冲出奇形怪状的妖物，朝苏渐发出凶猛攻击。

苏渐一边和它们战斗，一边还要留意脚下。

远古的海滩上，残留着无数奇怪的海洋生物遗迹，历经了那么多年，已经石化，层层叠叠，纵横交缠，变得和迷宫差不多。许多古贝的边缘还很锋利，苏渐刚开始没太留神，竟被割了三四道血痕。

在远古的海滩上越走越远，苏渐看到景物渐渐变得不一样。

刚才一路荒莽诡秘，现在他发现周围的景物渐渐变得清明起来。

之前不少珊瑚礁岩，都奇形怪状，张牙舞爪，有如鬼魅，但渐渐地，一路所遇的珊瑚越来越晶润可爱，越来越像民间公认的那种珊瑚宝物，很多都散发着罕见的晶蓝光华。

地上古代的遗迹也越来越少，替之以微蓝的奇异海苔。它们铺展如茵，虽然本身色泽昏暗，但苏渐每踏上一步，它们都在足迹周围发出蓝莹莹的光，奇妙而梦幻。

渐渐地，海雾渐起，缭绕身旁。

又走了一小会儿，苏渐忽然看见远方的迷雾中，蓝色的珊瑚丛林中好像出现了一片白光。

这时候，他脑中那缕声音，也变得越来越清晰响亮。

察知这一点，苏渐心中一动："梦魇圣殿，是在前面那片白光中吗？"

正这么想时，他脑海中"嗡"的一声，那缕清音忽然变成了悲泣，还充满了恐惧和悲伤。这一瞬，苏渐竟然浑身开始战栗，感觉自己的真心正被召唤，几乎要热泪盈眶！

他立即发了疯一样朝那片白光飞奔，须臾间，就跑进了那片圣洁的白光之中。

顾名思义，苏渐本来以为梦魇圣殿应该和镇魂龙殿一样，是一座巍峨耸峙的神庙。没想到，等他奔到近前，却看见白光的核心，竟是一只巨大的玉色蚌壳，正发出一层层圣洁的乳白色光华。

“这是梦魇圣殿？”苏渐愣住了。

这时，他脑海中那缕奇音，忽变得前所未有的清晰，如同有人伏在自己耳边悲鸣。

于是他不再迟疑，立即冲近了玉色的巨蚌。

在这个过程中，他分明感觉自己受到了一层层无形的阻碍，应该是某种形式的守护法阵正在发动，试图阻止他。

不过，很奇怪的是，苏渐发现这些法阵法力都十分虚弱，对自己来说形同虚设。

“为什么会这样？”苏渐十分惊讶，但这时候也没心情追究了。他健步如飞，很快就冲到了那巨大的白辉巨贝近前。

到了巨贝面前，一看它的尺寸，苏渐顿时倒吸了一口凉气。

原来它掩映在一片珊瑚丛林中，竟然有两三间房子那么大！

苏渐这时候还不知道，眼前巨大无朋的贝壳来历非凡，正是产自北冰大洋极深处的“玉光巨蜃蛤”。

这种蛤贝最大的特别之处就在于，它能发出奇特的白光，称为“迷梦之光”，同时还能吐出乳白之气，称为“入魇蜃气”。

迷梦之光和入魇蜃气相互作用，能让魂力薄弱之人，瞬间从清醒的状态进入梦魇之中。

正因如此，玉光巨蜃蛤还被称为“梦魇圣光蛤”；如果苏渐知道这一点，就会确认这里就是梦魇圣殿。这时候，他被脑海中悲音所激，情绪激烈，倒是没有被梦魇光气所影响。

很快他离梦魇蜃蛤仅有咫尺之遥。

当白光稍弱，他一眼便看到，蜃蛤张开的两壳之间，竟有两个人形光影在互相对峙。

“魅帝姒？！”看到其中一个光影，苏渐顿时一愣。

本以为早就远走高飞的魅帝姒魂影，却赫然悬停于迷离的白光中；在她的对面，却是一个金色的少女人影，正凄惶瑟缩，瑟瑟发抖，仿佛对魅帝姒极度害怕。

刚开始时，苏渐还把注意力放在魅帝姒的身上，当他目光转移，看到那金色的少女魂影时，却是大吃一惊！

“你、你是……月歌？！”苏渐失声惊叫。

原来他发现，这瑟缩可怜的少女魂影，正是自己在梦中无数次相遇的圣龙公主！

只是他这样的高声惊叫，蜃蛤中的两个人影好似充耳不闻；苏渐再仔细一看，发现有一团淡紫色的光球，正将她们二人包裹在里面，就好像一层蛋壳，隔绝了苏渐的惊叫。

“这是？”苏渐一时还没反应过来，却忽听魅帝姒放声长笑，强大无比的魔王之魂对着畏缩的月歌魂影说道：“圣龙公主殿下，不要再抗拒了！当初一眼之缘，便注定今朝因果。本王魂魄初定，正需强大灵能补充，而你是世间难觅的最美味的补品！”

听她这么说，月歌魂影既愤怒，又恐惧。

面对恶魔之王的威压，她不住地退缩，但很快便退无可退——当她碰到身后那紫色光团时，就好像碰到了坚韧的墙壁，再也无法后退了。

看到这情形，苏渐有些明白了：“原来这紫色光团，是魅帝姒布下的结界，想让月歌无处可逃。”

正想时，魅帝姒看到月歌之魂无处可逃，顿时露出一丝得意的笑容，阴恻恻说道：“小姑娘，往哪儿逃呀？太不乖了！你这样算不孝呀，要知道本王变成今天这样子，可全拜令尊所赐啊。”

听她这么说，月歌不知为何，表情变得更加痛苦，发疯般地摇头。

见她如此，魅帝姒终于发怒，身形倏然前扑，意图将月歌一举吞噬。

见得这样，苏渐再无迟疑，立即挥动血歌剑，发疯般地劈砍紫色光团。

很显然这结界和魅帝姒魂魄相连。苏渐第一剑砍上去时，魅帝姒就好像倏然震动，蓦地停住吞噬动作，转头朝苏渐这边看来。

当她看见竟是苏渐在劈砍时，神色顿时恚怒，朝少年做了一个极为凶狠的表情，然后转过头去，加紧吞噬月歌之魂。

眼见魅帝姒张口凶猛吞来，月歌之魂无比惊惧，勉强发出一道金色的光盾，护在了身前。

但月歌的灵力如何能与恶魔之王相比？更何况，魅帝姒这一路前来，已吞噬了无数魔语海渊的妖灵，力量绝非虚弱的月歌之魂可比。

很快月歌那道淡淡的金色光盾，就被魅帝姒打破。一股强大的吸力从魅帝姒口中发出，月歌之魂顿时变得像风中的残烛，整个人影都被抻长，一缕缕金色的魂光，开始脱离本体，朝魅帝姒的口中悠悠飞去。

当第一缕魂光被魅帝姒吞噬时，月歌霎时间好似身上被剜了一块肉，痛苦地嘶声哭号！

见她如此，苏渐好似心魂相牵，立时痛如锥心。他口中立刻发出一声凄厉呼啸，手中血歌剑急速劈下，一缕剑风如虹飞射，带着血歌剑灵的煞气，直扑紫光结界。

只听“砰”的一声，魅帝姒布下的结界霎时破裂，一缕剑气飞射如电，带着摄魂夺魄之威，朝魅帝姒急速扑去。

正忙着吞噬月歌龙魂的恶魔之王，瞬间便感知这缕剑气中的寂灭之意，立即心神大乱，慌忙放弃了吞噬，用尽一切力量朝旁边急速一闪，堪堪躲过了这缕煞气逼人的剑气。

正当她想定定神，看看还有没有继续吞噬的机会时，却发现另一道血色的剑光再次闪耀，朝自己的胸前激射而来！

见得如此，魅帝姒便知今日之事再不可为。不仅如此，若是再迟疑，她别说吞噬别人的灵能，自己这点魂魄都可能在这里灰飞烟灭。

判断出这一点，魅帝姒也是果断非常，毫不停留，立即鼓起所有剩余的灵能，朝远处飞速遁去。

本来苏渐恼她对月歌所作所为，定要将她当场斩灭；但很可惜，恶魔之王想逃，普天之下除了圣龙之皇本人，谁能阻挡？很快魅帝姒的魂影便超出剑气所及的范围，朝远处的昏沉海渊遁去。

飞离之时，心中恚怒的恶魔之王，还转过脸来，朝苏渐露出一个诡秘的笑容，用魔音直接在他心中震响："好个狠心的少年郎，竟然恩将仇报，用姐姐送的礼物，反过来对付姐姐！"

"礼物？"苏渐闻声一愣，过了片刻才明白，原来魅帝姒说的是那两颗用来极化的星宿晶石。

"哼！"苏渐沉着脸，正要反驳，却见魅帝姒魂影忽然加速远逝，霎时如流星般消失在茫茫的海渊中。

见她消失，苏渐提着的那颗心也终于放了下来。

危机解除，苏渐看向白色巨蚌中，正见月歌的魂影一副茫然不知所措的样子。

见得如此，苏渐有如锥心之痛。

须知月歌公主九霄战神般的英武身姿，已通过一次次的梦境，深刻地印在了少年的心魂里；现在看见她变成这样魂魄无可依靠的瑟缩样子，苏渐就好像看到高贵善良的旧友变成了路边落魄无比的乞丐，自己那颗心就好像被刀剜了一样。

他慢慢地走近少女。

虽然靠近的心情十分急切，苏渐却放慢了脚步。这时的少女之魂，极其轻弱，若是走急了点，带起一点风声，都有可能将她吹走。

当他终于靠近，玉贝中宛如风中柳絮的魂光，也变得有几分安静。

"你，还好吗？"看着月歌的魂影，苏渐颤抖着说道。

"我？"月歌之魂看着他，一脸茫然地说道，"我，不知道我好不好。你，是谁呀？"

见她如此，苏渐心如刀绞，却强作欢颜，耐心说道："我是苏渐，曾经是你最爱的人。"

"最爱的人……是什么？"月歌之魂怔怔说道。

"最爱的人，就是你最喜欢、最牵挂、最放不下的人，就是你会因为他笑而开心，因为他哭而难过，因为和他分开而牵肠挂肚，因为他忘了自己而心如刀割却强颜欢笑。"苏渐看着她，颤声说道。

"这样啊……"月歌之魂低头想了想，然后抬头看着苏渐的眼睛，轻轻说道，“如果是这样，那你应该不是我最爱的人。”

“不过呢，”正当苏渐听了这句话，有些黯然神伤时，月歌却又说道，“虽然我几乎不记得所有的事，但有一件事我还记得，就是我在来到这里之前，曾经把一条项链交给了我最爱的人。

“这么多天，我一直在告诉自己，我什么都可以忘记，唯独这件事不可以忘记。而你，刚才救了我，应该是好人，所以，好人啊，你能不能帮我找到戴着那条项链的我最爱的人？”

听她说出这样的话来，苏渐忽然间陷入了沉默。

“怎么了？好人，难道……我这个要求，让你太为难了吗？如果这样……”月歌怯怯地说着，忽然看见少年探手入怀，捧出了一个物件，递到她的面前，用颤抖的声音说道：“你看，是它吗？”

“这是……”目睹此物，月歌一愣，很快整个身影都开始剧烈颤抖起来！

星降之链，这是圣龙公主在预感到自己即将陷入炼狱般境地之前，给未来留下的一把开启命运之锁的钥匙。

当她再次看见星降之链时，不仅立即认出了它是什么，那尘封已久的记忆也如潮水般汹涌而来。

于是懵懂已久的圣龙公主魂魄，霎时陷入一种难以自拔的情绪之中。

见她如此，苏渐也无比激动。

困扰他很久很久的怪梦，这一刻终于被证实！

这说明，无数个夜晚中重复出现的怪梦，所呈现的一切并不是痴人梦呓，无稽之谈。

激动之下，苏渐便要向月歌追问更多东西；但就在这时，他看到巨贝一样的梦魇圣殿，圣洁如梦的白光竟开始熄灭。

正不明所以时，苏渐看到，在圣洁白光彻底陷入黑暗前，自己胸前的项链忽然光华大盛，散发出和梦魇圣殿同样圣洁的璀丽光华；紧接着孤悬空中孤苦无依的月歌之魂，便如一只金色的蝴蝶，翩然飞入了圣光四射的星降神链中。

当她进入星降之链时，苏渐只觉得脑海中忽然“轰”的一声，转瞬自己的神魂忽然进入到一个奇异的空间！

放眼望去，苏渐看到这空间无上无下，无天无地，甚至都没有光。

正当苏渐茫然不知所措时，却看到在一片幽暗中，一位美丽不可方物的少女，浑身散发着圣洁的光辉，正朝他姗姗走来。

这一幕景象，苏渐今生都不会忘记。

月歌之容，世间任何华丽的诗赋辞藻，都无法形容其万分之一。

她从黑暗中走来，满身沐浴着的圣灵光辉由弱到明。袅袅而来时，就如同传说中美貌的鲛人女子，披着满身灿烂的星月之光，从远古之海中慢慢浮现。

“苏渐，你还是来找我了。”美丽的圣龙公主深情地看着他。

“一刻都未忘记。”苏渐颤声回答道。

看着美丽的公主，深情的话语根本不需要头脑组织，就从苏渐的口中潺潺而出：“月歌，你知道吗？虽然我的大部分记忆，都已经被封印，但一个个夜晚我却和你在梦中相会。

“我不会忘记和你那一段短暂却美好的时间，更不会忘记你为了救我，在九天云霄中和恶龙浴血大战。

“最后你的眼神和请求，就如刀刻一般记在我的心里。救你、来找你、不要忘记你。所以，我来了，我现在，就在这里。”

“嗯……苏渐，谢谢你……”月歌真心道谢，露出了甜美的笑颜。

无论是倾城倾国的笑颜，还是光明天境的圣光，都让苏渐本来颤动不已的心神，变得无比安宁。

心绪宁静，他想起一事，便问道：“月歌，你现在魂魄得了自由，住在星降之链中，没事吗？”

“没事，这里很好的。”月歌浅浅一笑，眼眸中如闪烁清冽的月光，“星降之链是世间定神安魂的最好场所，我在这里，很安心。”

“这就好，这就好。”苏渐终于放下心来。

不知道怎么的，这时候他忽然想起了那位倏然远逝的魅帝姒之魂，便又问道：“月歌，你现在魂魄已得了自由，是不是还有真身要解放？”

“是的。”月歌答道，“魂魄已全，只待真身回归，我便能重返世间了。”

“那你的真身在哪里呢?”苏渐连忙问道。

“我的真身……”听到这个问题,月歌变得有些愣神。

她开始俯首凝思,想回忆起自己真身所在的地方。

她这样苦苦思索时,苏渐无比紧张地看着她;毕竟这个问题的答案,对月歌来说极为重要。

费尽心神地想了好一会儿,最后月歌还是颓然道:“苏渐,对不起,我想不起来她在哪里。”

“怎么会这样!”苏渐十分失望。

但他并不甘心,忙又问道:“那你仔细想想,当初魂魄和真身是怎么分离的?如果能想出当初的场景,说不定就能找到线索。”

“对啊。”月歌欣然应了一声,就依苏渐之言,又开始回忆当初发生的事情。

只是才想了片刻,本来沐浴在圣光中,无比安详的少女,却突然脸色大变!整个身子开始剧烈地颤抖,眼神中充满惊恐,表情变得极为痛苦。

苏渐见状大惊,连忙上前相扶。

有了他的扶持,月歌的惊恐之情才略略消减。

“对不起,”圣龙公主伏在他的肩头,悲声说道,“不知道为什么,我一想这件事情,还有相关的那些事,整个脑子都像要炸裂一样。我、我太没用了……”

“不要紧的,想着难受,那就不要去想;相信我,总有一天我会找出真相的。”苏渐安慰她道。

“嗯,苏渐,我相信你。你知道吗?我多想一直和你这样说话,可我,要陷入沉睡了……”

月歌的语调,无比怅然,并且有些奇怪的是,一直在对面的话语,这时却好像在苏渐耳畔响起。

察觉到这一点,苏渐一愣,转过脸再看时,正看见月歌的光影慢慢地融入无边的黑暗里。

“那你什么时候醒来?”看着渐渐模糊的身影,苏渐急切地问道。

“不要急,当灵能恢复到一定程度,我还会这样与你相会的……”月歌温柔的语声，越来越远。

当这句话的余音彻底消逝时，圣龙公主皎丽的身影，彻底消失在了无边的黑暗里。

眼睁睁地看着黑暗淹没了一切，苏渐禁不住怅然若失。

这时他的心情，就好像刚刚掉落一件无比贵重的东西，整颗心都变得空荡荡的。

苏渐还没来得及品味这种前所未有的感觉，只听得“砰”的一声，自己好像被什么东西弹出来一样，转眼身边的黑暗全都消失了。

也直到这时，他才意识到，自己刚才竟一直闭着眼睛。

当苏渐缓缓地睁开眼时，却见到自己依旧立在原处；那近处的玉贝珊瑚，远方的海渊阴云，一切都若先前，仿佛一切都没有改变。

但苏渐知道，对自己而言，从这一刻起，一切都已经改变；别看他现在茕茕独立，形单影只，却已经不再只是一个人了。

想到这一点，他握了握胸前的星降之链，觉得它比之前，变得更加温暖，帮他驱散了海渊的清寒。

怕沧雪疑心，苏渐并没有在海渊久留，很快又回到了永寂矿洞。

让他没想到的是，刚回到矿洞，近来很少出现的冰龙少女却站在那里，一见他回来，立即迎了上来。

见她如此举动，苏渐一惊，心里有些发虚。

“你去哪儿了？”沧雪走到近前后，当头便是这么一句。

“去四处闲逛逛。”苏渐若无其事地答道，“我还能去哪儿？这里到处奇奇怪怪的，一不小心就会送了命。唉，还是我胆量不够，不敢走远啊。”

“不走远最好。”沧雪看着他，郑重说道，“这里可是我龙族机密之地，要不是看在你救过我几回的分上，才不会留你在这里呢。”

“晓得的，我会注意的。”苏渐一副老实样子，唯唯诺诺地答应。

“算你老实。”沧雪看着少年这样，脸上忽然露出一丝笑颜，“苏渐，你知道吗？我的永寂之刃，快成功了！”

“什么？！”苏渐闻言，一脸震惊地看着沧雪。

“觉得很奇怪吗？”沧雪傲然道，“我是谁？永寂之刃就算再难，我也会炼造成功的。

“我等你到现在，就是要告诉你这个消息。恐怕你还不清楚，永寂之矿是世间最懒的矿物，我能将它炼成兵刃，说一句‘旷古绝今’，也不算过分。”

“那……真是太好了。”苏渐言不由衷道，“果然厉害，这么难的事情也被你做成了。嗯，谁说女人只会生孩子？还能炼造永寂之刃呢。”

“哎，你这人说话真难听。”沧雪羞红了脸，“好好一件事情，怎么说到生孩子上去了？再说了，我沧雪愿将此生，奉献给圣龙帝国，还有天地灵术，哪有时间生、生孩子。”

“哦，那咱就不要孩子了……”苏渐心不在焉地说道。

“哎呀，你这人，越来越胡说八道了！”沧雪脸色红得像块红布一样，扔下这句话便跑开了。

看着沧雪离去，苏渐一脸茫然，不知道她为什么突然跑开。

过了好一会儿，他才猛然醒悟，心中惊道：“啊呀，刚才乍听永寂之刃将成，不免失张失智，说出荒唐话儿来，真是大失我玄武卫水准啊！还望她不要看出来才好。”

这般想时，他望着沧雪身影消失的方向，发了好一会儿呆，最后便在心中冷冷说道：“不能再等了。要动手了！”

大约两天后，沧雪再次来找苏渐时，带了一把浑身黝黑无光的奇异长刀。

不用说，这应该就是沧雪梦寐以求的“永寂之刃”！

苏渐看到它时，第一反应竟是：怎么，这是刀吗？

原来这把永寂之刃的造型，极为奇特。

它似剑非剑，似刀非刀，本应是护手的位置，却没有护手，只有刀身盘曲成螺旋环状，既好似热带雨林的螺旋蕨叶，又好似浩瀚夜空的星云涡旋，造型非常像后世的分形学图形。

而这处膨大的螺旋形刀身边缘，又分布着大小不等的锯齿，乍一看看不出什么规律，倒好像是铸造者截取了太阳之焰汹涌喷出的某一瞬间。

与其说永寂之刃是刀，不如说在世间一切兵器中，它与刀的形状最接近。

在奇诡的造型之外，更特别的还是永寂之刃的色泽。

和寻常好刀亮如明镜不同，永寂之刃通体黝黑，别说如同明镜了，根本就和其材质永寂之矿一样，黑黝黝的如同黑洞一般。

所以当沧雪将永寂之刃拿给苏渐看时，他只觉得沧雪好像捧着一个怪刀形状的黑窟窿。

但偏偏黑窟窿一样的刀刃，还发着某种幽光，这种诡异的感觉，让人感到不太舒服。

看了一阵，苏渐便感觉到，无论看到的是虚无，还是幽光，它都让永寂之刃显示出强烈的寂灭之意——不仅寂灭了光明，寂灭了黑暗，甚至还寂灭了欢乐、悲伤、英勇、恐惧、谨慎、鲁莽，好似寂灭了世间所有的矛盾双方。

看到这样的情形，即使坚强如苏渐，内心也陷入了惶惑和恐惧。

"苏渐，你打来一道风刃试试。"这时沧雪朝发愣的少年说道。

"好。"苏渐听出了龙女口气中压抑不住的兴奋劲儿，心中也升起些好奇，便凝神聚灵，挥手打出了风系法术中最基本的一道风刃。

虽说苏渐主修火灵法术，但"一法通，万法灵"，别说风刃这样的小法术，就连一些中级的风术，他也使得有声有色。

而这时他也有心试探，所以尽管只是一道最普通的风刃，他也用尽了全力，和一般的风刃完全不可相提并论。

只见这道随手挥出的风刃，隐隐带了淡青之色，裹挟风雷之音，朝沧雪迅猛无俦地扑去；看这声势，别说试新刀了，就连猛虎都能一击而死啊！

但面对飓风雷暴一样的风刃，沧雪只是傲然一笑。

她没有任何花哨的动作，只是举起永寂之刃，横挡在胸前。

很快风刃便势若惊雷地扑到近前，这时苏渐忽听到，原本连贯无比的风雷之音，在某一个瞬间突然归于寂静——

这种感觉，很难描述，但实际发生时，极度违反常理；毕竟任何声音，总不可能真正戛然而止，总有或大或小的过渡和余音。

所以当苏渐听到风声戛然而止时，竟忍不住悚然而惊，浑身的汗毛都在一瞬间竖立。

他也一直注目着风刃飞去的路径，当风声奇诡无比地骤然安静时，他再想找青之风色，却发现已是一片空明。

“这……”霎时间，苏渐张口结舌，在沧雪看不到的后脊梁处，几股冷汗已是倏地流了下来。

“如何？”看出他的惊惶，沧雪格外得意，努力压着兴奋劲儿，缓缓说道，“怎样？你的风刃不见了。

“其实别说你的风刃，我先前已施出飓风级的风暴灵术，但到永寂之刃前，全都寂灭无形。哎，永寂永寂，这名字真是起得太好了。”

听她这么说时，苏渐那颗心不断地往下沉。

这时他已经没有心情再强颜欢笑，虚与委蛇。

他低下了头，沉默不语，脸色阴沉。

见他如此，沧雪并不奇怪，相反地，她好像就在等待少年这样脸色的到来。

“苏渐，别难过。”她看着少年，语气竟是一扫骄傲之气，变得十分真诚，“相信我，我这么做，并非炫耀，而是真心想劝你。”

“劝我？”苏渐抬起头，漠然地看着她的眼睛。

“别用这样的眼神看着我。”沧雪这时有些真情流露，一反平时天然的冷傲，温柔说道，“苏渐，你我相识已久，我总觉得你并非寻常人族之人。

“第一次相见时，我就说过，你身上有一种特别的气息，与我们高贵的龙族特别相近，说不定祖上还同宗同源呢。

“其实我沧雪并无种族门户之见，无论龙魔、人龙之争，皆是理念之争。想必你也很清楚，龙族相比人族，优渥太多。所以两百年来神州之事，无关种族、国度、门户，只是‘优胜劣汰’而已。”

“呵，优胜劣汰！”苏渐冷笑一声，“所以呢？”

亡命魔界

“所以我希望你也放下种族国度之见，摒弃人族身份，加入更优秀更高贵的龙族，和我们一起君临天下，光耀神州！”沧雪看着苏渐热切说道。

听完沧雪这句话，苏渐却没有再表现出什么激烈的情绪。相反，他一开口，竟是言谢：“沧雪，谢谢你的好意。”

“那你是答应了？”沧雪又惊又喜。

“不。”苏渐道，“你说的，也许有道理，我不想多说。但我的道，恐怕和你们的不同。所以你的美意，我敬谢不敏。”

“为什么？！”沧雪这时表现得和普通女孩子无异，听自己看重的异性否认了自己的看法，几乎本能地追问到底。

“深究有意义吗？不过我可以说一点给你听。”苏渐神色凛然道，“你的想法，也许很单纯，只是想将最优秀的东西推行到世间每一处。先不说那些你们眼中的劣等种族，愿不愿意接受你们这样的‘好意’，我想说的是，你这样的想法，恐怕并非你们龙之帝国的真意，至少不是全部的用意。”

“不会吧？那还有什么用意？”沧雪不解地看着他。

“国土，疆域，”苏渐沉声道，“或者更简单点说，土地。

“不是吗？原本神州大部，都是我人族古国的疆土，是我们的家园。结果你们来了，仗着武力，一下子将我们赶到西域蛮荒之地。

“听起来这只是一句话的事，可里面包含了多少眼泪、鲜血、苦难、死亡，相信你比我更清楚。

“所以你如果想知道我的道，很简单：我想打回老家去！你们强占的地方，是我的家，我一定要拿回属于自己的东西！”

“原来如此，我知道了。”听到这里，沧雪的神色先是有些黯然，但很快神情冷峻，寒声说道，“看来，你钻了很大的牛角尖，并非言语可动了。那好，我会用事实说服你的。”

“那我等着。”苏渐同样冷然说道。

“嗯，你不用等太久。看看眼前——”沧雪握着永寂之刃一挥，那刀锋过处，仿佛在两人中间划出了一条黑洞洞的鸿沟。

“你看，永寂之刃已成，”沧雪语带威胁地说道，“只要我族依照它大量铸造，什么风暴之墙，全挡不住我族大军的滚滚洪流！”

“真的么?”苏渐看着她。

这时，海渊中的火光，飘飘摇摇，照在少年的脸上，光影迷离。

在他这句反问的话儿说出口时，沧雪忽然感到有些恍惚，因为她好像看到少年的嘴角，似乎流露出一丝嘲弄的笑容。

“是我看错了吗?”沧雪睁大眼睛，想再看清楚，却忽然听到一连串轰隆隆的巨响!

其实魔语海渊之地，经常会有怪声；但沧雪一听这样的轰鸣，立即吃了一惊。

这显然不是常规的怪响。

“出事了!”她脱口叫了一声，立刻飞身往轰鸣声来源处奔去。

往那边赶时，她感觉到少年也跟在后面飞跑。

察觉出这一点，刚刚很是生气的龙巫女，不由得也有些感动，那本来硬起来的心肠，又软了下来。

异常的轰鸣声，是从永寂矿洞那边传来的；沧雪飞奔到半路，便有龙族守卫迎了上来。

“怎么回事——”沧雪的问话刚说到一半便戛然而止，因为她看到，半路碰上的龙族守卫，竟是跌跌撞撞，浑身浴血，眼看着随时都会摔倒。

“是、是尘魔……”龙族守卫看见她，立即嘶声叫道，“大、大人，尘魔苦役暴动了！”

话刚说到这里，龙族守卫便轰然倒地，两眼翻白，眼见不活了。

“怎么会这样！”沧雪见状大吃一惊，脚步丝毫不停，如一阵风般朝永寂矿洞那边跑去。

这一路上，不断有受伤的龙族守卫东奔西跑；永寂矿洞的方向，持续传来轰轰的巨响声，还夹杂着有如春蚕噬叶般的沙沙声。

当沧雪终于赶到近前，看到眼前的景象时，便大吃一惊！

原来，本来死气沉沉的永寂矿洞里，现在却到处燃烧着熊熊火焰，也不知那些暴动的尘魔，是怎么在寂灭一切的永寂矿洞中做到的。

沧雪惊奇之下仔细一看，发现这显然不是普通的火焰，而近乎是某种诡秘的幽冥魔火。

当然这并不是重点；一向逆来顺受的尘魔苦工，这时却一个个如同屠夫杀神，疯狂地纵横冲杀；他们高大的身影映在火光中，光怪陆离，正是“群魔乱舞”。

可能因为早有预谋，在尘魔的暴起攻击下，平时作威作福的龙族守卫被打蒙了，一个个、一群群地被尘魔分割开来，然后被各个击破。

整个矿洞中，惨叫声此起彼伏；龙族监工和守卫不断地倒下，鲜血流了满地。

“怎么回事？他们身上不都种下了‘灵魂镣铐’吗？”

沧雪实在难以理解眼前的景象，因为控制尘魔族苦工的灵魂镣铐，还是她亲自参与设计的；为了达到期望的效果，她还结合了从魔族中得到的极高深的秘术，按理说尘魔自己是完全无法消解的。

甚至，别说尘魔自己了，放眼整个魔语海渊，也只有她和守卫者大厅的极个别首脑，才知道破解灵魂镣铐的真正秘密。

“难道说守卫者大厅有人叛变？”这个不祥的念头忽然从她脑海里升起，立即紧紧地攫住了她的心。

紧张之时，她看到尘魔到处冲击矿洞石柱，不过显然他们的功力并没有完全恢复，虽然轰隆隆地造成了一连串巨大的声响，实际上连一根支撑矿洞的石柱都没倒下，整座永寂矿洞依然安然无恙。

相比龙族守卫的伤亡，永寂矿洞的安危才是最重要的事。所以眼见矿洞无恙，沧雪惶惑之余，稍感安慰。

这时她恰冲到外围，正巧有个龙族守卫仓皇地逃过来。

看着同族如此狼狈不堪的样子，沧雪怒从中来，长袖一卷，瞬间将他拉到近前。

“说!”她怒叫道，“怎么回事？污秽魔族的封印怎么会解开？你们的将军叛变了吗?”

“我们也不知道!”惊慌之下，这位龙族守卫的思路反而变得十分清晰，连声叫道，“禀沧雪大人，半刻前有几个尘魔突然脱了控制，抢了兵器，杀了我们两个同僚;本来还以为只是偶然情况，但我们还是立即派人示警守卫者大厅。大厅官长立即派人来镇压，本以为就没事了，没想到这是陷阱!”

“陷阱?!”沧雪闻言一惊。

“对！陷阱!”龙族守卫嘶声叫道，“原来不是偶然，不是只有几个尘魔解了封印，但我们都不知道！等我们更多的人赶过来时，所有的尘魔苦工忽然一齐攻击，见人就杀，我们死了很多人!”

“怎么会这样!”到这时，沧雪也终于觉得哪儿不对劲起来。

虽然她这时候弄不清原因，但她知道，尘魔族此举一定蓄谋已久，只等时机成熟就暴起发难。

“等等!”刚想到这里，沧雪忽然一愣，“时机成熟？什么时机……”

心中转念时，她的目光，落在了手上的永寂之刃上。

“难道……他们竟想夺它?”沧雪想到此处，虽然还是心惊，但心情反倒没有刚才紧张了。

“如果为了夺它的话，那你们在世上的日子也就到头了!”沧雪森冷无比地说道。

冰龙族的天才龙巫女，这时终于显现出她应有的风采。只见她傲然挺立，一手紧握永寂之刃，一手高擎冰潮法杖，朝那些还在吼叫冲杀的尘魔，露出了嘲弄的笑容。

很快她身形展动，如风似电地迅速接近作乱的尘魔。

蓄谋已久的尘魔，在沧雪到来之前，还占着绝对的上风；但当沧雪降临，一切都改变了。

一身玄霜战裙的冰龙巫女，看也不看，便如一阵雪风般掠过尘魔人群。

飞掠之时，她好像并没有出手，但所过之处连声响起凄厉的魔族呼号——沧雪过处，尘魔们成片地倒下！

本来永寂矿洞中，龙族的鲜血就流了一地；当沧雪在人群中飘然而过后，尘魔族特有的深棕色鲜血，开始盖过地上原本的鲜红之色。

杀戮一旦开始，就很难停止。

眼见进展顺利，沧雪杀得兴起时，不再压抑实力。

她右手挥舞永寂之刃，左手激发冰潮法杖，左右开弓，造成了更大的杀伤。

很快，沧雪附近的尘魔就被清理一空。

这时她浑身浩大的灵力之潮已被激起，急于找更多目标宣泄，于是立即把目光投向右前方那一群尘魔身上。

当永寂之刃和冰潮法杖攻近时，沧雪的势头无可抵挡。很快这群相对密集的尘魔，就被她杀戮一空。但和先前战斗稍有差别的是，这十来个尘魔死前和她相抗时，满脸竟全是悲壮的神色。

杀得兴起的冰龙巫女忽略了这个表情；但很快矿洞不远处，就响起了一声诡异神秘的尖声呼号。

这声诡异的魔音，终于引起了沧雪的注意。

“不对！”陷于杀戮本能的冰龙巫女，终于意识到事情有些不对劲。

但为时已晚。

只见矿洞昏暗的魔火中，十来个只剩下最后一口气的尘魔，听到这一声尖锐呼号，立即拼尽最后的力气，大吼一声“魔族万岁”，然后每个身躯都“砰”地猛然爆开了！

十来个尘魔的集体殉爆，声势十分惊人，以沧雪的威能，也禁不住被吓了一跳。

不过也就是如此了。

沧雪心中冷笑道："如果你们是火魔，自爆一下还可能伤人；可你们只是尘魔，自爆后都是粉尘，难道就为了迷我的眼？"

心中镇定，她便在身边蓦然缭绕起的尘魔尸解尘雾中，努力睁大眼睛，开始寻找下一个目标。

只是很快，她就发现自己错了。

这些尘魔显然不是寻常的尘魔，他们自爆后的烟尘，竟然很快结成了雾霾，而且呈现类似永寂矿物的寂灭黑暗感。

"竟是吞食了永寂矿！好大胆！"沧雪反应过来，震惊之余，终于觉得有些不妙。

她虽然不明白尘魔为什么这么做，但直觉告诉她，现在自己应该尽快离开。

只是刚动起这个念头，沧雪就觉得身边人影一闪，好似有什么人伸手朝她的永寂之刃抓来。

"找死！"沧雪怒喝一声，凭着感觉反手就朝来人一刀。

没想到，这应该准确无误的一刀，竟然劈了个空！

"竟是幻影？"沧雪一愣，突然感到手腕被什么东西击中，一阵剧痛。

"哎呀！"她下意识地一缩手，还没来得及忍痛，立即脱口叫道，"不好！"

她立即将缩回来的手举到面前，看到手中已是空空如也，那永寂之刃已不知去了哪儿！

沧雪大骇，立即飞身要冲出尘霾，抓住那夺刀之人；没想到这时，原先看着岿然不动的一根根矿洞石柱，无巧不巧地一齐坍塌，霎时间整个矿洞尘土飞扬，碎石乱窜，眼看矿洞就要整座地崩塌了。

一时间，无论尘魔还是龙族，全都一窝蜂地往矿洞外逃。

这时候沧雪别说要追上夺刀之人了，人潮席卷时，自己整个人都被人潮洪流裹挟着朝洞外而去了。

被人流裹挟向前时，沧雪心中忽地恍然大悟："哎呀，原来那些尘魔先前破坏石柱，看似一时没能弄倒，其实都留了余地，只等我刀被夺后一齐发动，这样才能造成更大混乱，利于他们成功逃脱。"

想到此处，她心中五味杂陈，既悔自己轻敌，又恨尘魔狡诈，最后痛下决心，发誓一定要找到整个事件背后的主使人，然后将他碎尸万段！

在轰隆隆的巨响声中，龙族已经开采多年的永寂矿洞，轰然崩塌。

这时候，完成了首领对“第五天魔王”的承诺，所有幸存的尘魔开始成群结队地往外逃窜。

按照先前就拟好的计划，他们一齐冲向了冰海雪渊，要通过那里的“幽冰之门”逃入魔界。

落荒而逃的尘魔人群，喧嚣杂乱，乱作一团。于是作为追兵的一员，沧雪根本看不见逃窜人群中那个手握永寂之刃、显然是先前偷袭者的人，正是苏渐。

不用说，苏渐正是这场暴动的策划者之一。

当然暴动计划早已有之，但正因为他的加入，才使暴动变得对龙族更有杀伤力。

本来痕天等尘魔苦工，见魅帝姒之魂已释，只想逃离此地；但苏渐修改了计划，大家不仅要逃跑，还要毁掉永寂矿洞，夺得永寂之刃。

本来尘魔族人中，对苏渐的计划还有些怀疑，认为在强大的龙族面前，能逃跑已属不易，还要毁矿洞、夺奇刃，简直不可能。

但不可能的事情就这样发生了！

现在大部分尘魔苦工，都安安全全地跑在了前往幽冰之门的路上，而且伤亡的数量，比预计的还要少很多。

这样一来，本就奉行“强者为尊”的尘魔族人，对苏渐的看法完全改观了。

所以，当苏渐提出，要请几个尘魔帮他殿后，搅起漫天风尘，掩饰他的行踪时，那报名的尘魔简直争先恐后，人人都视之为无上荣耀。

所以，总是在后面紧追不舍的沧雪，尽管视力极其锐利，也没看清漫天飞尘中苏渐的“真正嘴脸”。

虽说逃跑之路已经比预期的顺利，但龙族作为当前世界中最强的战士，尤其是负责守卫永寂矿洞的还是精挑细选的勇士，先前被突如其来的暴动打蒙也就罢了，现在反应过来，开始认真地追逐时，他们的实力终于符合了自身的威名。

纵使尘魔亡命奔走，快若风尘，龙族守卫者们还是渐渐地追上他们了。

看到这样，作为这世界最凶悍狡诈的种族，落在后面的尘魔不用任何人下令，主动停了下来，结成阵势向追兵迎击。

但即使如此悍勇轻身，在盛怒的龙族追兵面前，他们也没能拖延多少时间。

尤其在暴怒的冰龙巫女面前，不少试图抵抗的尘魔，全都在一瞬间被冻成了冰雕，然后被龙族的战锤砸得粉碎，变成了冰尘。

于是，在接近幽冰之门最后三四里的路上，就在这短短的距离上，尘魔族付出了比永寂矿洞中严重得多的伤亡代价。

当他们最后终于接近幽冰之门时，那么多的尘魔苦工，只剩下不到一半的人。

见得如此，苏渐固然心惊，作为族长的痕天，更是痛惜不已。

尘魔族意图通过的幽冰之门，屹立于冰海雪渊的冰霜之中。虽然以门为名，它的样子却和世间寻常门户截然不同。就如其名，幽冰之门像一块巨大的椭圆形冰片，散发着幽蓝之光，直插在冰丛霜海中。

虽然离近了，苏渐看到幽冰之门高达十数丈，但之前远望时，他觉得幽冰之门像一只竖放着的幽暗眼睛。

这还是苏渐第一次看见真实的魔界之门，很想好好研究一下，但可惜的是这时候没有时间，他甚至都来不及担心冲入魔门会不会有什么严重的后果，就被尘魔们裹挟着冲散数量不多的魔门龙族守卫，一鼓作气地冲进了幽冰之门。

虽说世间魔界之门多种多样，各有奇特的属性；但作为龙族立下的魔界之门，幽冰之门严格遵守着基本的规则：魔族只能进，不能出。

所以，这时无论苏渐、尘魔，还是龙族追兵，要进入幽冰之门都毫无阻碍。

还和刚才到达魔门前一样，苏渐第一回踏足魔界，很想好好考察一番，但很可惜，时机不对，他继续被尘魔们裹挟着到处逃窜，躲避后面紧追不舍的龙族追兵。

进了魔界，自然有不少本就在那里的魔族人前来帮忙。但不幸的是，一来此时魔界中冲破龙族封印的魔族人并不多，二来幽冰之门的地理位置在魔界中也太过偏僻，所以零星的魔族人冲上来阻挡追兵，简直是螳臂当车，根本挡不住沧雪这群人。

眼看这群龙族战士横冲直撞，特别其中还有个绝美龙女如同杀神，难以抵抗，不少魔门附近的魔族人也顾不上什么义气了，发一声喊，四处逃散。

对苏渐来说，这还不算什么；要命的是，先前他和尘魔们的约定，也只到顺利进入幽冰之门为止，有谁能想到沧雪和龙族守卫们如此疯狂？还真的追进魔门来了！

要知道近一百多年来，龙魔二族间已经形成了一个客观上的惯例：

魔族被封印在魔界之中自安天命，龙族绝不会踏足魔界之内。

苏渐疏忽了这一点，结果那些尘魔们还特别遵守契约，进了幽冰之门后，也和那些魔族土著们一样，发一声喊，各自逃命去了。

这时候，本来人头攒动的逃亡人群，只剩下尘魔族长痕天，还忠实地追随着苏渐。

尘魔族长的忠诚，绝对值得尊敬，但这时候对苏渐来说，绝对不值得欣慰。

痕天的首领身份，已经让他很招追兵的“关照”了；再加上那几圈环身飞绕的金色尘沙，又绝对醒目，跟在苏渐旁边时，导致苏渐无论怎么施展玄武卫伪装潜藏之术，龙族追兵们都能一眼找出他们的去向。

这种情况下，如果不是魔门附近缭绕游移的链状魔界迷云勉强掩护了苏渐，他早就被沧雪等龙族追兵给看穿了。

虽然如此，苏渐觉得再这么下去，迟早要被痕天害死。于是百忙之中他跟痕天招呼一声，就朝痕天相反的方向跑掉了。

分头行动后，苏渐果然觉得身后的追兵变少了。

但还没来得及高兴，他便发现了一个很严重的问题：

也许，对别的龙族追兵来说还好，但对于沧雪而言，苏渐手中这把黑窟窿一样的永寂之刃，恐怕比尘魔族长的灿烂金沙，还要招惹她的注意。

于是，作为追兵中最恐怖的存在，沧雪这时候竟抛下痕天，死死地缀在苏渐身后，紧追不放。

“晦气！”察知这一点，极力逃窜的苏渐心中悲愤想道，“好你个沧雪，女儿家家的不在家缝针刺绣，吟诗抚琴，居然学这般舞刀弄枪，只管紧追我不放！”

仓皇逃窜时，苏渐偶尔回头望望，眼见得沧雪追得越来越近了。

苏渐此时万念俱灰，心说要是被沧雪追上，看到自己拿着永寂之刃，那就完了。

到那时，无论沧雪对自己有没有情意，在这样天大的事情面前，她也完全不可能原谅他。

想到可能的后果，天不怕地不怕的少年，握着永寂之刃的手心，冒出了冷汗来。当然因为永寂之刃的奇特属性，他手心的汗珠刚一冒出，就被兵刃吸收，消匿无形。

心知不妙，苏渐也拼尽了残存的最后一丝气力，没命地往旁边岔路中逃窜。本来魔界阴森诡秘，苏渐情况不明，不敢随便乱走，但这时候火烧眉毛迫在眉睫，他已经顾不得了。

只可惜窜入岔路，也只能让沧雪追上的时间稍稍延后，并不能解决根本问题；而且魔界地形诡秘莫测，眼前奔跑的这些沟壑道路，如同迷宫一样。

苏渐非常担心再这样跑下去，没被沧雪追上，却碰到可怕的魔界怪物，或是掉进毒水沸腾的魔渊里。

但这时候他也没什么招数了，只能疯狂而又麻木地朝前跑，能拖延一时是一时。

正在末路穷途时，当他拐过了一道黑漆漆的魔岩后，却忽的迎面碰上一人。

慌忙逃窜中，苏渐来不及看清对面是谁，但想想也知道，在这儿能碰到的，肯定也是魔族人了。

这时他的战斗本能还在，感觉到前面路上有人影拦路，立即挥起永寂之刃，朝前面这魔族人挥舞，想恐吓他赶紧闪开让路。

本来只是作势恐吓，永寂之刃离路上那魔还远，但他才举起刀，就只觉得迷雾中一只环形黑影飞来，势若暗夜蝙蝠，很快只听“当”的一声，就将苏渐的永寂之刃荡开了。

“哎呀！”见得如此，苏渐立即放下轻视之心，真正动了战意。他收起永寂之刃，抽出血歌剑，飞身而起，朝那挡路的魔族人杀去。

源自雷冰梵的高超剑技，让苏渐这奋力一击仿佛一道血色闪电，直扑那拦路的魔族之人。

但很快，预想中的魔族人说了一句话，让飞身如电的少年立即硬生生地停住身形。

“大哥，是我，我是亚飒！”

迷雾中，倏然传来的话语，不仅让苏渐生生地收住了攻势，还让他在落地的一瞬间，忽然有了一种想哭的冲动……

此时迷雾散去，那挺立于魔路之人，不是亚飒是谁？

好友重逢，固然让苏渐欣喜感动，但他很快就面露疑惑，问灰发少年道：“亚飒，你怎么会在这里？”

“来这里，是受先生指引，”亚飒依旧那般阴柔地答道，“先生说，要解我身心困苦，便来这里。”

“先生？”苏渐一愣，“是谁？我们灵鹫学院的教习吗？”

“不是。”亚飒摇了摇头，“是我和你们分开后碰见的云游天下的高人。”

亚飒对“先生”之事显然不愿多说，略略解释后，他便神色一黯，用忧伤的语调说道：“苏兄，上次分别时，我愤怒之下，跟你们说了一些过头的话，实在对不起。”

“说这些干吗？都是兄弟！”苏渐立即摆摆手道，“况且现在也不是说这个的时候。亚飒，你能不能帮我一个忙？”

“什么忙？”亚飒一愣。

“我正被人追，你帮我带着这个快点离开这里，找到机会就立即将它销毁掉！”说着话，苏渐就把永寂之刃交给了亚飒。

“这……好奇怪的兵刃，简直闻所未闻。”亚飒看着苏渐递到手中的兵刃，眼神十分惊奇。

“快走吧！”苏渐转过头，侧耳听着来路上的动静，焦急催促道，“亚飒，别感叹了，听我的，赶紧跑。一待走远，就把它给毁掉！”

“可是，苏兄……”亚飒还有些犹豫。

“别耽搁了！”苏渐见状焦急叫道，“有什么难舍的？你我这么多年兄弟，分开后居然能在魔界再次碰到，就说明我们缘分何等深厚，就算今日再别，也能很快见着。到那时，我还有些非常重要的好事要跟你说。现在，快走吧！”

“好！”听他这么说，亚飒不再犹豫，立即带着永寂之刃转身跑掉了。

耽搁了一会儿，沧雪很快就追近了；就在亚飒的背影刚刚消失在远处的迷雾中时，沧雪婀娜的身形，就出现在苏渐的背后。

“怎么是你？！”显然沧雪没想到自己一直紧追不舍之人，竟是苏渐。

她有这样的错觉，倒不是眼神差，而是苏渐刚才一路奔逃时，百忙中还记得利用血歌姬的幻术，给自己身上加了一层能引起视觉错乱的无形伪装。

“当然是我了。”苏渐神色如常道，“刚才我一直跟着一个尘魔，他竟拿着你的永寂之刃。”

“啊？你也看到他了？”沧雪立即怒叫道，“好个可恶的家伙，害得我们两人追得这么辛苦！”

“我可没追。”苏渐语气冷淡道，“反正你铸造永寂之刃，是用来对付我们人族的。”

听他此言，沧雪看着他，忽然说出一番让苏渐颇有些意外的话来：“苏渐，情况紧急，来不及跟你多说；但请相信我，永寂之刃回到我手中，比落入魔族手里好。”

“真的？”苏渐怀疑地看着她。

“我什么时候骗过你？”沧雪看着他的眼睛，一瞬不瞬。

“好像还真没有。那好吧，他朝那边跑掉了。”苏渐朝亚飒离开的相反方向一指。

“太好了！”沧雪欣喜叫道，“咱们快一起追过去！”

“你追吧，我就算了。”苏渐摇摇头道。

“你还是不相信我！”沧雪怒道。

“真不是。”苏渐苦笑道，“龙巫大人啊，我哪比得上你？刚从永寂矿洞追到那个奇怪的门，再跑到这里，别说追了，我现在连走路都困难啊。”

“那好吧，”沧雪关切道，“你待在这里别动，我去追就好。你赶紧回复力气，保护好自己，小心别被这里的魔物伤着。”

“知道，那你也小心。”苏渐带着一丝惭色说道。

他脸上这缕惭色被沧雪捕捉到，于是龙女说了句：“你不用惭愧，毕竟你只是人族，比不上我的。”扔下这句话后，她便如一阵雪风般，朝苏渐指点的方向飞速赶去。

沧雪这句话，看似歧视，但绝对是真诚的安慰之语。

对这一点，苏渐并不会误解。但正因如此，他脸上愧色才更浓。

魔界的迷雾里，他朝沧雪逝去的方向喃喃自语：“龙女啊龙女，我惭愧的，可不是力量不如你……”

这般自语时，他再想想她刚才的关心话语，不由得表情复杂，心中挺不是滋味。

“沧雪，对不起，”苏渐心想道，“你不要怪我，两族相争，容不得半点留情。真的有点可惜，你我互为敌族，如果不是这样，咱俩至少，会是很好的朋友……”

在原地停了一阵，苏渐便想按先前尘魔族长痕天所说，去寻找通往沧海国海域的魔界“幽乱之门”。但不知怎么，他始终有些放心不下亚飒。如此踌躇再三，时间就被耽搁了。

魔界阴云弥漫，浓重的云霾里不时闪现血色的闪电，让整个魔界的天空如同一张狰狞的魔鬼巨脸。

当苏渐终于下定决心，要自己一个人通过幽乱之门，先回到人世再说时，却看见沧雪又如一阵风般从迷雾中跑回来。

见得如此，苏渐有些后悔自己的犹豫；但事已至此，也没办法，他只得硬着头皮迎上去，明知故问道：“追到了吗？”

“没有。”沧雪一脸沮丧道，“我的回风舞雪身法极为快捷，竟然还是没追上他。这下可惨了。”

“惨？”苏渐一愣，忙问道，“不过就是区区一个兵刃吗？即使是永寂之矿做的，丢了又能怎样？”

“你不懂的。”沧雪摇摇头，神色凝重道，“永寂之刃，永寂之矿铸就，念及飞鸟无风托翼坠落之事，我们本以为只是寂灭风之灵力。没想到锻造出来后，我便已经觉得不对。

“刚才一路追杀叛乱尘魔，我终于确认，若是让永寂之刃流向世间，将带来无尽的灾难。因为，它寂灭的可不仅仅是风之灵源，而是世间所有灵力之源！”

“什么？!”苏渐吃惊地叫起来。

“你也惊诧是吧？”沧雪一脸忧色地说道，“若让永寂之刃流向心机叵测之人，特别是嗜好毁灭的魔族手里，很可能带来难以预料的灾劫；说不定，世间灵力之源可能会因此逐渐消亡。

“苏渐你应该知道，我们所用灵力，其实都来自天顶星海晶河的能量，正因有无数看不见的力量之灵在飞舞，我们才能运用各种灵术。而寂灭之刃，能将它们无差别地消除。

“更要命的是，先前我只是稍稍使用，便发现永寂之刃竟然近乎魔道，能够影响和控制使用者的神智，说是‘魔刃’也不为过。而且我已看出，使用越多，受控就越严重，最后魔刃的拥有者，也不知会滑向什么样的深渊。

“所以你现在应该明白了，永寂之刃回到我的手里，有百利而无一害，因为我已经决定将它毁掉！”

听到这里，苏渐忽然陷入了沉默。

良久之后，他才目光闪烁地开口：“沧雪，也许你也不用太担心。那个尘魔可能也会察觉到问题，然后将它毁掉。”

“没用的。”沧雪还是摇摇头道，“非我大言，除非那魔族人的灵法修为能到我这样的地步，否则怎可能抵挡得住诱惑？

“更何况就算他幡然醒悟，想毁掉兵刃，恐怕也做不到。你们人族不是有句俗语吗？‘解铃还须系铃人’，永寂之刃由我铸就，自然由我销毁最好；除我之外，想毁掉它谈何容易？”

“啊……你怎么不早说！”苏渐额头的冷汗涔涔而下。

“早说也没有用。”沧雪落寞地说道，“反正我也没追上那个夺刀的尘魔。”

“不一定的。”苏渐道，“我帮你去找找，说不定能找回来。”

“没用的。”沧雪摇摇头。

“相信我。”苏渐坚持道，“鱼有鱼道，虾有虾道，你找不到，说不定我就寻着了呢。”

“好吧。”沧雪看着他道，“不管如何，你自己要保重。”

“好！”苏渐答应一声，立即转身朝远处飞奔而去了。

当然，为了不让沧雪看出来，他离去时的方向，和刚才给沧雪指点的保持一致。不过当他离开了龙女视线后，立即调整方向，展动身形，朝亚飒真正离去的方向追去。

在追赶亚飒的过程中，苏渐也在内心紧张地思考刚才沧雪说的话。

他不是没想过，沧雪可能在虚言骗他；但察言观色，龙巫女的神情不似作伪。况且两人毕竟相处了这么久，同样的事情也许自己对沧雪干得出来，反之却不太可能。

坚定了判断后，苏渐追赶的步伐就更加快了。

让他挺高兴的是，顺着亚飒离去的方向追赶，没用太久时间，还真让他在一处嶙峋嵯峨的血色魔岩旁，发现了亚飒的踪迹。

很显然，以亚飒的功力，虽然不知道他为什么能来到魔界这里，但之前的历程肯定让他消耗很大。于是此刻他正抱着永寂之刃，在这处血色魔岩旁休息。

“亚飒！”还没走近，苏渐便大声叫道。

“苏渐？”亚飒好似吃了一惊，回头看见苏渐赶来，便连忙道，“苏兄，我正试着毁掉它，没想到太难了，无论我用哪种灵鹫学院中教的法术，竟都丝毫动它不得。”

“果然如此！”听了亚飒这句话，苏渐对沧雪之言更加坚信不疑。

于是他快步走到亚飒面前，快语说道：“亚飒，事情有变，永寂之刃还是交给我吧。”

“嗯，这是永寂之刃？”亚飒一愣道，“苏兄，发生什么事了？”

“情况紧急，”苏渐回头看了看来路，焦急道，“来不及多解释了，总之先把刀给我，我知道怎么将它毁掉。”

听得此言，亚飒沉默了片刻，忽然道：“苏兄，为什么一定要将它毁掉呢？”

“嗯？”苏渐一愣，奇怪地看着亚飒。

沧海罗刹

虽然依旧很着急，但苏渐还是耐心解释道："亚飒，此刀颇为不祥，已近魔道，很可能会吞噬使用者的内心，还会给这片天地，带来无法估量的后果。"

"这样啊……"亚飒想了想道，"其实，苏兄，小弟内心极为坚韧，即使上次受到那么大的打击，现在也能神色如常地站在这里。所以，能不能跟你商量一下，这把刀也别毁掉了，怪可惜的，就送给我吧。"

"不行！"苏渐立即叫道，"亚飒，你这是怎么了？难道我的话你还不相信？"

急匆匆说到这里，苏渐也缓和了语气，苦口婆心道："亚飒，我知道，这把永寂之刃一看就是非凡之物，你不忍释手也是很自然的。但这次真的不行，若留它在世上，恐怕会给别人带来灾难。"

"哈哈！"一直表现平和的亚飒，猛然爆发出一声癫狂的大笑，"'留在世上，给别人带来灾难！'这句话我太耳熟了！那些因我们混血者身份就来迫害我们的人，也经常说这句话吧！"

面对他的猛然爆发，苏渐一愣，连忙道："亚飒，我不是这个意思。我是说——"

"够了！"亚飒叫道，"你说的那些东西，谁都懂，我懒得听！苏渐，我只想跟你说一句话：看在多年兄弟情分上，今天就算我求你，这把刀让给我吧，我对你感激不尽！"

“……”对他这个极其认真的请求，苏渐并没有立即回答。

深吸了一口气后，苏渐平心静气地凝视灰发少年，良久之后才缓缓开口：“亚飒，告诉我，上回离开后，你究竟发生了什么？为什么你一定要这把兵刃？”

“我当然要！”亚飒用一种罕见的酷烈阴狠语气叫道，“苏渐，不怕告诉你，来魔界前先生就已经指点我，说‘永寂之矿’所铸兵刃中，蕴含无上幽冥之力，与我特别契合。如果我得到它，再去实现我心中的大道，必然事半功倍！”

“原来如此。”苏渐轻轻应了一声，便没有再多说话，只是目光冷冷地看着亚飒。

亚飒虽然近来已经发生了某种变化，但苏渐毕竟是他多年敬重的兄长，此刻见他目光冷峻地看着自己，也不禁心中惴惴。

有那么一瞬间，他也有片刻的心软。

他很想改变想法，双手递上兵刃，从此和苏渐再次兄弟同心，笑语晏晏，重回到兄弟无间的从前。

只是，想到自己遭遇的一系列不公，还有族人们悲惨无助的命运，他已经软化的心肠，便又重新冷硬了起来。

于是，面对苏渐冷峻的目光，他的眼神同样森冷如雪。毕竟曾经兄弟同心，亚飒虽然没有说话，但曾经的兄长已经从他的眼神中，读出了那一句无声的话语：

“没有人能阻挡我，即使你苏渐，也不行！”

对视良久，苏渐忽然冒出一句：“你知道吗，春原并没有死。”

“什么？！”亚飒大吃一惊。

“我是说，春原并没有死。”苏渐沉声说道，“上一回在我们眼前摔死的，只是我央古教习用幻术伪装的山野狸猫。”

“怎么会这样？不可能！”亚飒用一种匪夷所思的表情看着苏渐。

“是真的。”苏渐道，“其实在那之前，我已察觉到有人在窥伺碧山小筑，并且来历不凡。为了万无一失，我去找了玉妃，并且没有告诉其他任何人。”

听得此言，亚飒先是露出一丝喜色，转而低头看看手中魔刀，嘴角扯动了一下，脸上的喜悦神色渐渐隐去。

“哦，”最后他竟无动于衷地说道，“苏渐你果然心思细密，更胜我等，也不枉我称你一声兄长。只是你以为这样就能打动我？不不，永寂之刃我要定了！”

“什么，难道你连亲儿子也不要了？”苏渐吃惊地看着他。

“什么亲儿子？不过孽种而已。”亚飒冷酷地说道。

“你！”如果说这之前苏渐还有很大信心说服亚飒，听闻此言后，他终于绝望了。

“亚飒，你看着我，”他极其认真地说道，“你告诉我，先前你所提的‘先生’，究竟是谁？”

“为什么要告诉你？”亚飒蔑然道，“你是我什么人？什么事都要过问！和我先生一比，你差远了！”

“好好好！”苏渐到此时心痛无比，终于也硬起心肠，冷声道，“亚飒，好话说尽，你却听不进，那就怪不得我了！告诉你，今天你若是不把兵刃还给我，这辈子你别想再看见小春原了！”

“哈哈哈！”亚飒闻言仰天狂笑，“好你个苏渐，终于开始要挟了？这才是你的真实水准！刚才啰啰唆唆说了那么一大通，婆婆妈妈的，没的让我看轻你！

“好，终于威胁我了，只是可惜啊，此事随你的便吧。我欲成就大业，带着个拖油瓶也不方便，正好留给你，谢谢你啊，保、姆！”

“你！”苏渐闻言大怒，再不容情，猛地蹿身向前，伸出左手便朝亚飒握刀手腕急速啄去。

亚飒反应也极快，见他伸手来夺刀，毫不犹豫挥起永寂之刃便是向前一劈；见他下手如此狠辣，苏渐眼中尽是失望之色，也毫不容情，右手反手一剑，“锵”的一声将魔刀架住。

“来得好！”亚飒赞了一声，正要与之相持，没想到苏渐口中叱喝一声：“剑灵何在？”

话音未落，一个妖娆的血色身影从剑中倏然奔出，直接将近在咫尺的永寂之刃攫住，猛力向外拉拽。

变起突然，连亚飒也没想到苏渐竟会在这近身局部小搏击中，还设计出如此精妙的布局。猝不及防下，他手一滑，差点就让紧握的永寂之刃脱手。

一惊之下，亚飒再也顾不得了，一狠心，咬破舌尖，忍住剧痛，“噗”地喷出一口血雾，瞬间便使出幽玄最近教他的血祭之术。

沉浸了邪恶魔力的血雾，瞬间就充塞了这片天地，模糊了苏渐的视线；而血歌姬纵然是煞灵之身，在血雾触及时，也忍不住心惊胆战，本能地向后一缩。

借着这瞬间的退让，亚飒立即抽回永寂魔刀，乘着血雾朝远处流星般遁去。

就在这时，沧雪也恰好赶到，看到了亚飒借着血祭之雾倏然逃去的最后一幕。

见得如此，她立即向前如风般追击。

但可惜为时已晚，除了惹来几个恶魔攻击，她没能追到亚飒，甚至连他的样貌也没能看清。

等解决掉几个半路的恶魔，终于回转到原处时，沧雪看见苏渐仍在原地愣愣地发呆。

“怎么回事？”她好奇地问道。

“都怪我。”苏渐沉痛地说道。

“怎么能怪你呢，”不知内情的沧雪柔声说道，“刚才的事情，我已看到，你已经尽力了。更何况这个夺走永寂之刃的魔族人，那恶魔之力十分纯正，岂是你能敌得住的？”

“什么？你说什么？！”本来沉郁的少年，一听此言，睁大眼睛惊奇地看着龙巫女。

“当然啊，”沧雪奇怪地看着他，“难道你没看出来吗？那魔力虽然能量不大，只看其纯正程度，几乎接近魔尊级别。哦也对，你们人族和魔族几百年来几乎没有接触。放心吧，我会找到这头高等恶魔，夺回永寂之刃的。”

“嗯。”苏渐点点头，再没有说话。

此后在随沧雪离开时，他转过头，往亚飒遁去的方向看了最后一眼，在心中默默地想道：“兄弟，你若入魔道，我一定会阻止你的。”

夺回永寂之刃失败后，沧雪因为知道回去的路，所以便让苏渐跟她一起走。

现在这两人，虽然分属两个敌对的阵营，但关系十分独特。

若说他俩是敌人，但也曾一路风雨同舟。

若说他俩是朋友，却又说不通，比如在军国大事上，两人明确表示对立，甚至其中一位还满含坑蒙拐骗的心思。

所以，“亦敌亦友”，是这两个冤家一样的人物最好的写照。

这一点，也很好地反映在接下来的事情上。

在离开魔界的路途上，苏渐开始时老老实实地跟着沧雪，好像要随她一起从幽冰之门离开。半路上，趁着沧雪和一个强力的拦路妖魔战斗，苏渐却脚底抹油，按照尘魔族长痕天告知的方法，从另一个魔界之门“幽乱之门”逃跑了。

当发现他不见后，沧雪开始也心急如焚，在附近寻找了好一阵。

不过到最后，她也意识到发生了什么，便停止了无谓的寻找。

此后，她幽幽地叹息一声，便孤身一人穿过幽冰之门，重又回到了魔语海渊。

这时人间一侧的幽冰之门外，毫无疑问已经聚集起大量的龙族武士。

见她出来，众人悬着的那颗心终于放下了。

还没等沧雪跟他们询问善后情况，就有一位龙族武士走过来，带着犹豫向她禀报：“沧雪大人，先前矿洞大乱时，属下好像看见，那抢走宝刀之人，是那个少年。”

“哪个少年？”沧雪惊讶地看着他。

“就是、就是……”龙族武士结结巴巴地道，“就是您带来的那个少年……”

“哼！”沧雪想也不想，冷哼一声，挥袖一甩，霎时一股冰霜之力倏然生发，雪剑冰从凭空出现，重重地撞在龙族武士的胸前！

转眼间，一连串锵锵金铁声中，苍蓝色的深冰寒雪在空中飞速延伸，将龙族武士急速推挤，最后牢牢地钉在最近的石壁上。

片刻后，当那个武士脸色青紫、几近窒息时，沧雪再次裙袖一挥，顿时冰消雪散，龙族武士倏然落地，重重地发出一声痛苦的闷哼。

武士虽然落地，但沧雪好似怒气未减，也没见她如何动作，周边忽然冰雪丛起，转眼间便冰霜满洞。

见此情形，附近那些龙族守卫，全都吓得噤声不语。

一片死寂中，作为风暴中心的沧雪，缓缓地转身，看向了幽冰之门。

看着幽蓝若湖的魔界之门，天才龙巫女沉默良久，最后满心苦涩地想道："苏渐啊苏渐，既然你这么喜欢骗我，那可不可以骗我一辈子啊……"

沧雪心生幽思之时，苏渐已穿过碧光凌乱的"幽乱之门"，踏出了魔界。

虽然痕天已经告知幽乱之门外是什么，但当苏渐发现自己出了魔门后，直接置身于万顷海涛之上时，还是十分吃惊。

但吃惊的情绪只是一闪而逝，取而代之的是无比的欢畅。

脱离了龙族，逃出了魔界，重新自由地呼吸人间的空气，这种感觉让苏渐万分喜悦。

置身万顷波涛之上，一时间他真感觉到风在耳语，云在叹息，海波将他温柔地拥抱。

当然这只是大喜之下富于诗意的感受，事实上北方大洋寒风呼啸，海涛汹涌，头顶更是阴云弥漫，转眼就有倾盆大雨兜头浇下！

而自永寂矿洞骚乱时起，苏渐便一直绷紧了心神，劳心劳力，本来因为事情没有完，他还能硬撑着，不觉得有什么，但此刻一放松，整个人顿时就好似一下子垮掉了。

于是当寒风、冰水、暴雨三重袭来，苏渐才来得及大笑几声，便只觉得眼前一黑，转眼便什么都不知道了。

也不知过了多久，苏渐终于再次悠悠地醒来。

这一次，他睁开眼，看到眼前正是蓝天白云，晴空如画。

"天晴了？"苏渐还没完全清醒，脑子里木愣愣地想道。

又过了一会儿，他才意识到此时身下颇为坚实，和之前头枕波涛完全不一样。

“哦，原来，我已经被冲到沙滩上了。”彻底清醒过来后，苏渐便挣扎着想站起来，想尽快弄清这儿究竟是哪里。

正在这时，他忽听到一阵脚步声响，正由远及近地急促逼近。

苏渐闻声一惊，已经堪堪站起的身躯，因为太疲惫，又加上吃了一惊，整个人又不受控制地往旁边倾翻倒地。

再次陷入昏迷前，苏渐斜斜坠落的视线里，正看见一面蓝底白纹海鸥旗，正在无尽青空中迎风招展，无比鲜明。正是：

海外他年怀故国，
野滩何处望行人？
清风不用吹旗语，
沧海横流是此身。

看到这面旗帜，苏渐心中一动，彻底放松，安心地让自己的身躯躺倒在柔软的沙滩上。

水蓝绸面，银丝鸥纹，这正是北沧海国的徽纹旗帜。所以当苏渐看见白鸥蓝旗招摇而来时，便安心地昏倒了。

当他再次醒来时，发现自己正在海边的一处高台草亭中，睁眼时一个医师模样的老者，正对着自己喷某种清凉无比的水雾。

“咳咳！”虽然水雾有一种幽幽的清香，但虚弱之际闻到，苏渐还是剧烈地咳嗽了两声。

听他咳嗽，医师老者惊喜地叫道：“启禀我主，他醒了。”

“我主？”苏渐闻言一愣，连忙翻身坐起，转脸一看，只见在众人簇拥之中，有一位凤冠华服的女子于草亭中居中而坐，正满面威严地看着自己。

才看到这女子第一眼，苏渐便相信，她就是医师老者口中的“我主”。

因为虽然她看起来年纪并不大，也就二十多岁，但仔细看，那柳眉凤眼、樱口翘鼻，组合在一起，竟在曼丽之余显得威风凛凛。

这种感觉，就如同是海边一块刚硬礁岩上，开出一朵迎风含笑的花。

这样容貌之外的气质，苏渐以前只在华夏国国主李翊身上见过，所以只是看了她一眼，苏渐便确定，眼前这女子便是此际北沧海国的女国主萧君嬛。

猜出她的身份，苏渐却丝毫没什么喜悦感。

作为玄武卫的一员，他看过许多情报，十分了解这位萧国主。

事实上，因为极度铁血无情、杀伐果断，萧君嬛还有个外号，叫“罗刹女”，又号称“沧海罗刹”。

一国之主被起外号，自然不是什么好事，在当时都有可能引起大搜捕；但偏偏萧女主十分喜欢这个绰号，不仅不禁止，甚至还经常自称“萧罗刹”。

知道这样的逸事，苏渐不敢造次，立即准备装死。

在他心中这般转念时，那女国主也在打量他。

上上下下看了他半天，萧罗刹忽然开口：“你是不是苏渐？”

对于萧国主的问话，苏渐有过无数种预测，却丝毫没料到，一国之主头一句话竟就说出了他的名字！

听得此问，苏渐不喜反惊，心中害怕道：“难道是通缉榜文已传到沧海国？否则以她一国之主，完全不可能知道我的样貌和名字。”

这般想时，他立即故意沙哑了声音道：“不、不是……”

“这样啊，”萧君嬛目视着他，带着惋惜说道，“我还以为，你就是我仰慕已久的屠龙大英雄苏渐呢。可惜了。”

听得此言，苏渐不为所动，依旧木愣愣地接话道：“噢，这么说的话，小人和那个什么苏渐，长得有点像呢。”

“是很像。”萧罗刹道，“本来，我看见你，还以为是他。不怕告诉你，我正是北沧海国国主，正在找他。因为机缘巧合之下，我找到了一些华夏国奸人陷害他的证据，便很想告诉他，为他平反。”

“哦？”苏渐眨了眨眼，“不知国主说的，是什么证据呢？”

“怎么，你也感兴趣？”萧女主玩味地看着他。

“当然。”苏渐道，“国主不知，小人其实也出身华夏，只不过落难流落至此，听到故国之事，不管如何都比较感兴趣呢。”

"原来如此啊。"萧罗刹仿佛相信了他的话，沉吟了片刻后，就看着他道，"好，你落难至此，被我臣子救着，也算缘分，不妨就跟你多说两句。

"我沧海国，向来和龙族势不两立，世代截杀妄图从海路绕行的飞龙，关防极严。半月前，竟查出有龙族之人拿着华夏国签发的关文，想从我国绕道潜回龙境。

"不必说，这龙贼自然被我国勇士当场拿下。你也知道，我们要生擒一个龙族人，何等不容易；没想到这回抓到的，竟还拿着华夏国的关防文书，我朝上下自然大感兴趣。

"于是全力拷问下，这龙族人居然说他其实是上回人龙太庙山大战中被生俘的龙兵；这回能拿到华夏关文逃窜，完全是因为他按照华夏朝中重臣贵人的授意，诬陷了屠龙英雄苏渐。

"听了这话，说实话我很吃惊，因为这种情况，他竟然没被灭口。吃惊之下继续拷问，才知道原来作为交换，也为了和恶龙国建立长久的联络通道，那朝中贵人居然没杀他灭口，竟真的依照诺言，发给他关防文书。

"只是毕竟是在人境之中，龙囚逃难艰险无比，慌不择路时，就在我北沧海国境内被抓获了。

"你说，这事巧不巧？没想到，还能抓到一个万里之外诬陷我仰慕之人的龙贼呢！"

说到这里，本来威严自持的萧国主，娇美脸蛋上也忍不住兴奋得泛起彤色的云霞。

当她叙述这番内情时，苏渐一直在不动声色地打量她。

听到这里时，他心里有些确定，萧君嬛应该没有口是心非。

毕竟，跳起来说，他就是个华夏国中的小小罪囚，听起来有点身份，但在一国之主的眼里，这算什么？根本如同微尘。

简单点说，以萧罗刹的身份，别说抓他了，想杀他都不需要任何理由。现在她还耐心说这么一大通话，这本身就几乎百分百地证明，她说的都是真的。

不过，虽然几乎能确定，苏渐却还是稳稳当当的，继续用嘶哑的声音，装作诚惶诚恐地问道："呀，原来抓到了龙贼啊，那太厉害了。不过，恕小人冒犯僭越，国主您说仰慕苏渐，小人却有些不相信呢。因为以小的乡野之人见识，很难想象一国之君，会仰慕一个异国没什么名声的少年呢。”

“哈？”听得此言，萧罗刹立即看着他笑道，“怎么，你知道苏渐是个少年？怎么开始好像不知道他一样？”

“当然知道他是少年啊，”苏渐不慌不忙道，“因为我年纪不大，国主您一开始就说他很像我，想必他也是少年了。”

“算你说得有道理。”萧罗刹靥上笑意更浓，“小后生，我现在越来越确定你是苏渐了。如果不是他，谁人能在我面前这般思路清晰、侃侃而谈？”

“呃……”听得此言，苏渐心中一惊，顿时在心中自责道，“哎呀呀，疏忽了，疏忽了。还是被海水泡晕了，没清醒啊，才犯下这天大的错误！”

不过开弓没有回头箭，这时他也只有硬着头皮道：“国主说笑了。小人还是想知道，以您的身份，怎么可能仰慕那什么苏渐呢。”

“哈哈，苏渐啊苏渐，你也真是心思缜密啊。”萧罗刹笃定地赞叹一声，便转脸朝旁边一位戎装女侍道，“冰菱，你过来，把左臂露给这人看看。”

“是！”英气勃勃的秀丽女侍走上前来，毫不犹豫地卷起衣袖，将一只嫩藕样的雪白胳膊，伸到苏渐面前给他看。

“哎呀，非礼勿视非礼勿视！”一边叫着，苏渐一边狠狠地盯着女侍的胳膊仔细观察。

“怎么样？”只听萧罗刹道，“本王仰慕苏渐，所谓‘上有所好，下必从之’，你看我的贴身女卫，手臂上也纹了苏渐的头像。”

“是吗……”苏渐一边打量，一边疑惑地嘀咕道，“看起来还真有点像，不过，却显得太大了，看看又不像了。”

“呜呜！”冰菱女卫闻言，一脸愧色，哭丧着脸道，“苏大人，其实本来很像的，可是人家最近没管住嘴，胳膊上肉鼓起来了。”

“原来如此！”到此时，苏渐终于确认了萧罗刹所言不假。于是他立即翻身拜倒，口称“外臣”，不仅承认了自己就是苏渐，还将为何流落至此，大体说了一说。

当然这番叙述中，他和沧雪那亦敌亦友的关系，很难宣之于口，便含糊地带过；而毁掉永寂之矿，涉及天宸阁的最高机密，即使此时面对的是北沧海国之主，他也同样含糊而过。

不过，即使如此轻描淡写，他这一路经历也是惊心动魄：

先逃离京华，再深入龙境，又被蛇龙截杀，最后一路北上，扬帆远航，直入魔语海渊，搅出一番天大的动静。到最后，还取道魔界，连闯两道魔界之门，来到北沧海国的万顷海涛上。

这一番经历听下来，别说那些北沧海的臣子们了，就连当世雄才萧罗刹，也听得目眩神迷，恨不能亲临其境。

倾听之时，体态略微丰满的秀丽女武士冰菱，更是下定决心大力减肥，誓要让胳膊上的大英雄恢复本来面貌。

至此苏渐与北沧海国一众君臣，融洽无间。

苏渐也是颇会审时度势，直到此时，他才跟萧女主提出酝酿已久的请求："好教萧国主得知，非我顾及个人荣辱，而是那龙囚与我朝重臣勾结，事关重大，在下想亲自审问一二。"

"苏英雄，此事依孤王看，却是不必。"萧罗刹摆手说道。

"嗯？为何？"苏渐一愣，有些惊讶。

"那龙囚，我们已经审问过不下十遍，该问到的都已经问到了。"萧罗刹道，"我们发现，龙囚被遣放前，已被下了秘药，重要之事已经记不清了。"

"哎呀，怎么会这样，可惜了！"苏渐闻言，真心觉得可惜。

"也不要紧的，"萧罗刹看着少年，轻笑一声道，"有些事情，审问不审问，已不重要。难道苏英雄会猜不出是谁暗中指使？"

"哈哈！"苏渐闻言放声一笑，快然说道，"国主果然妙言，我也只是想确认一下罢了。既然如此，此事便算了。"

"嗯。不过苏英雄，你知道吗？你来的时机太巧了。"萧罗刹面含笑意说道。

"怎么巧了？"苏渐疑惑问道。

"是这样，"萧罗刹面带狡黠地说道，"虽然这龙囚，问不出什么秘密来，但他本身可资利用啊。所以前些天我已放出风声，说逃亡龙贼已入我手，正在大刑拷问，迟早要问出底细来。

“你猜怎么样？果然有鱼儿上钩了！我已得到确切消息，有人要来劫狱了，就在今晚！”

“啊？那太好了！”苏渐听得这消息，真个又惊又喜。

“对啊，所以呢，还请苏英雄少安毋躁，今晚就随我一起看好戏吧。”萧罗刹凛然说道。

“嗯？”听得此言，苏渐却是有些吃惊，看着她道，“萧国主，恕我直言，听您话音，难道说您要亲临其地？”

“当然！”萧罗刹干脆答道。

“万万不可！”苏渐连忙急声劝谏道，“君王何起此念？臣闻‘君子不立危墙之下’，又言‘千金之子坐不垂堂’，国主您万金之躯，千万不可轻蹈险地；万一有何差池，我等简直万死莫赎！”

“哈哈！”萧君嫘见他恳切劝谏，却是爽朗一笑说道，“苏英雄，先不说别的，你看我北沧海在场诸臣子，有一人出声劝谏吗？”

“呃？是啊……”被她这一提醒，苏渐一愣，心想还真是的。

“为什么会这样？”正在琢磨时，苏渐却听萧罗刹笑道：“苏英雄，恐怕你还不知本国主虽名君嫘，却还有个别号，名叫‘沧海罗刹’，或曰‘罗刹女’。

“有如此别号，你还不知道什么意思吗？这等守株待兔，张开罗网，只等奸佞入彀之事，少得了谁，也少不了我萧罗刹！”

“这……”苏渐闻言，一脸苦笑，还是觉得有些不妥。

见他欲言又止，还想劝说，萧罗刹傲然一笑：“苏英雄，请恕本王冒犯，您当初杀死兽龙咆哮者，固然勇力非常，却不知与真正强敌对战，还是法术更为得力。而本王自幼随宫廷名师精习火灵奇术，可谓造诣非凡。区区劫狱者，对本王来说，不在话下。更何况，我已布下天罗地网，全然无忧，你不必多虑。”

“原来如此。”苏渐听她这般说，再转脸朝左右看看，见那些北沧海的文臣武将脸上，都是一副见怪不怪、习以为常的样子，便也不再坚持，相信了萧君嫘的话。

安心之时，苏渐又听萧罗刹和蔼说道：“苏英雄啊，其实你我一见如故，不必虚礼。我叫你苏渐，你叫我君嫘即可。当然，如你愿意叫我‘罗刹女’，我也是十分高兴的。”

“好吧。”苏渐这次没有再坚持。经过刚才这番对谈，他也看出来了，这位萧国主英姿飒爽，性情爽朗，绝非虚头巴脑、纠缠表面文章之人。

当然，当时顺口答应，感觉好像自然而然；等他被安顿到驿馆，再回想起先前之事时，想到一国之君竟让他直呼其名，甚至是草莽别号，对比华夏故国的情况，苏渐觉得很是不可思议。

苏渐住下的驿馆，正在北沧海国京城沧海城中；随王伴驾回返沧海城时，苏渐才知道，刚才和萧罗刹初次见面的简陋草亭，竟然算她的一处行宫……

因为夜里还要参加诱捕行动，回到驿馆安顿下来后不久，他只是草草地用了晚饭，然后便由冰菱女卫领着，前去天牢附近一同守候。

北沧海国的天牢风貌，也和华夏国的完全不同。当苏渐第一眼看到天牢时，还以为这里只是一处兵营。

反复确认后他才知道，原来用几道木栅栏围起来，上面再盖些木梁茅草顶的围栏，竟然就是传说中的天牢。

当然，别看沧海天牢造型近乎马厩，实则防备森严。

向晚的日光中，苏渐看见囹圄中的罪囚们，脚上全都戴着钢铁镣铐，并且用铁链固定在深入地下的坚实铁柱上，整个活动范围由铁链长度控制，最多不过半个房间的距离。

这种情况下，即使牢房只是围栏，囚犯们想要逃跑，也比登天还难。

更何况，苏渐第一眼的误解并没有错，这些天牢全都在兵营之中，四周全是密密麻麻的军营帐篷，更外围还挖着像护城河一样的壕沟，因为离海近，全都引满了海水，看上去极为深邃宽阔。

这样一来，囚犯们简直插翅难逃。

当然，为了引诱劫狱者前来，萧君嫘这几晚特地进行了准备，整个天牢区域外松内紧，以免吓跑了劫狱者。

所以这些天来，环绕天牢的军营中，大多数沧海国官兵，都以各种理由开出军营；大部分营房帐篷现在都空空荡荡的，只在一些关键位置的营帐里，埋伏着沧海国一等一的好手。

尽管如此，监禁龙族逃亡者的天牢，还是处在整片区域的中央。这是因为一开始，萧罗刹并没有想到守株待兔的计策，因此毫无疑问地把龙囚放在天牢最当中。如果这时候把龙囚移到外围，痕迹就太明显了，绝不可取。

当苏渐到来后，他被特地安排在龙囚监牢附近一处牢狱中。

当然，为了今晚的行动，这里和周围其他几处牢狱一样，原先的囚犯全都被暗中转移。

本来苏渐还怀着一丝期待，但进了这牢狱后，发现这儿虽然视野很好，却很不利于隐藏。

见得如此，苏渐立即明白了萧罗刹的用意。

今晚，女国主摆明要在他这个华夏异国人面前，好好显示一下沧海国的实力，根本就没想让他动手。

事实上，这时候他回想起萧罗刹和冰菱女卫今日几次有意无意的叮嘱，便终于明白了，其实已经不是暗示，而是明确让他今晚只需袖手旁观便好。

明白了这一点，苏渐心说，看来对自己的传闻事迹，沧海国主和她的近臣们还有些不服气；和国内一些人一样，他们也只当是自己运气好。

也许，他们这样的想法，在亲眼看到自己年纪不大后，就变得更加强烈和笃定了吧。

想通这一点，苏渐只是一笑，并不如何放在心上。毕竟客随主便，那今晚就按主人的意思，安安心心地当一个单纯的看客吧。

打定主意，苏渐便拖着脚下虚设的铁链，“哗楞哗楞”地走到牢房围栏旁，耐心地寻找到一根还算干净的柱子，背倚着它，坐了下来。

等待的时光，颇为漫长。

苏渐清楚地记得，自己随冰菱进入天牢区域时，已是酉时；若在华夏国中，酉时已经太阳西下，暮霭四起，眼看就是夜色深沉。

苏渐以为不用等太久，天就会全黑。

谁知道，他倚靠在围栏上，闻着难闻的牢狱气息，又等了几乎一个时辰，几乎快到戌时之中时，发现那太阳还高高地挂在西边离地两三丈的地方。

不仅如此，本应昏暗无光的夕阳，却光华四射地照着天牢，将四处照得明晃晃的。见得如此，苏渐不禁一声苦笑。

“哎，是我傻了。”他心想道，“我忘了这北沧海国在极北之处，日落自然是极晚的。早知道如此，先前还不如跟冰菱姑娘说说，我晚点再来报到。”

当然这也就是想想；为了不露出马脚，即使自己只是看客，也要提早进入阵地的。

等待得百无聊赖之际，他便忍不住东张西望。

当他望着在不远处潜伏着的萧君嫘时，这位沧海国主就对他报以自信矜持的微笑。

当他望着女王近卫冰菱时，这小姑娘就羞红了脸，先是下意识地把脸别过去，过了一阵后又忍不住转回来，和他羞涩地对视。

见得如此，苏渐不敢向她多看。

于是他又把目光看向远近那些囚牢，心中情不自禁地赞叹：“还别说，难怪这女王陛下威名在外，就这些埋伏暗桩的位置和伪装，以及远射和近攻的巧妙搭配，就算咱的轩辕大统领亲自来布置，也不过如此吧。”

做出这样的评价后，苏渐便确定，今晚自己真的只是看客了。

确认抓捕不成问题后，苏渐便心想：“说真的，我也很好奇呢，来救龙囚的人究竟会是谁？听萧罗刹的意思，来人竟好像还不是龙族，居然是我们人族之人。

“啧啧，如果真是这样，那就有意思了。我倒要看看，是哪路英雄好汉，不仅勾结龙族，还有心情来陷害我这么个小小的玄武卫。”

龙潜于渊

夜幕终于降临。

北方海岛的天空，白天晴朗得出奇，所以虽然好不容易进入黑夜，苏渐仰观天幕时，却看见好像只是白天的蓝天白云，忽被加了个暗色。天还是那个天，云还是那个云，它们的形状轮廓都没有变，只是颜色变黯淡了而已。

这样的景象，对近来一直待在昏暗海渊中的苏渐来说，颇有些奇妙。

即使感觉奇妙，无所事事的等待还是太过无聊，几乎都快让苏渐睡着了。

这时候，已被用药的龙囚，不时发出意义不明的咿呀龙语，和着远方的海涛，飘入苏渐耳里，就变成了极好的催眠曲。

正昏昏欲睡时，忽听东北方向，传来一声异响。

静谧的夜晚，这声异响显得十分突兀和响亮。事实上就算放在人声嘈杂的白天，这声音也依然显得过于响亮。

听得如此，苏渐心里咯噔一下，忽然变得有些不安。

“怎么，来人根本没想掩饰自己的行踪吗？”

这念头刚刚一起，他便听到东北角一阵大乱！

苏渐一惊，猛然站起，攀着囚牢的栅栏朝那边看去，只见一个黑影已经在牢囚营中冲杀，纵横往来如入无人之境！

见此情景，苏渐固然吃惊，萧罗刹更是惊异。

作为北沧海国国主，一直守在抗龙第一线，她布下的力量不可谓不强。但当那个黑影冲入囚牢营时，萧罗刹还是立即发现，自己轻敌了。

本来她确实布置得很好，外围伏兵先按兵不动，将劫狱者放入垓心，之后再一举绞杀。没想到，那个黑影窜入牢囚营后，人挡杀人、佛挡杀佛，竟然没一个人能拦得住他——要知道，他只是孤身一人啊！

“对啊，”想到这里，萧罗刹忽然心里一动，“他毕竟只是一个人啊！我这里布下天罗地网，还怕他跑了？”

一念及此，她不再惊惶，一振手中骨链双刀，发一声喊，身先士卒地朝那劫狱者冲去。

见国主身先士卒，本被杀得人仰马翻的北沧海众高手，立即重振士气，结起阵型朝来人冲去。

“哼！”见他们蜂拥而至，一身黑色劲装、带着鬼怪面具的劫狱者，竟是丝毫不惧，鼻子里还极其轻蔑地哼了一声。

也不知是否艺高人胆大，敌潮汹涌而来时，鬼面黑衣人竟在原地等了一会儿后，才慢悠悠从背后拔出两只黑骨鬼爪钩，一言不发地朝人群迎上去。

这时的北沧海牢囚营，已是灯火通明；被放在旁观者位置的苏渐看得极其分明，面对潮水般的伏兵，这鬼面黑衣人竟是丝毫不落下风！那两只鬼爪钩，舞得虎虎生风，如同来自九幽炼狱的转轮，真是触着即死、挨着就亡。

见得如此，苏渐顿时倒吸了口冷气。

“好贼子！”这时萧罗刹见属下成片倒下，更是气恼非常，舞动骨链双刀，不要命般朝黑衣人冲去，试图跟他决战。

没想到，暗夜来人竟好像故意羞辱她一般，明明武力并不弱于她，却偏偏绕着她走，专去杀伤别人，如此一路往中央龙囚处奔行，好似入无人之境。

见他这样，萧罗刹惊心之余，不免羞恼非常。她立即收起骨链双刀，踽步作法，霎时间一片火雨望空生发，照得她所站之处灿烂耀眼，转眼炽烈火雨带着炎烈之气，朝黑衣人兜头罩去。

“怎么样？烈焰雨！”萧罗刹作法之时，咬着嘴唇恼恨想道，“好贼子，没想到我魔武双修吧？这招火灵术位列中等，包管你浑身焚燃而死！”

正发狠想时，她盯着黑衣人的目光却猛然一缩，刹那间就好像见了鬼一般！

原来，那席卷而去的烈焰之雨，还没到鬼面黑衣人近前，就见他袖子一甩，如同做了个厌恶的手势，那迅猛飞降的火雨就倏然掉转了方向，竟向四下胡乱飞去。

霎时间，那些正围攻上来的沧海国高手躲避不及，全都被火雨淋着，霎时间哭爹喊娘，惨呼哀嚎声响成一片。

不仅如此，火雨乱飞之际，还把牢囚营中的旗帜和帐篷点着；没过多久，整座牢囚营都燃烧起来，在暗夜中烈焰冲天，如同人间炼狱一般。

间接点起这把大火的萧罗刹，看着修罗地狱一样的情景，已是脸色苍白，又惊又悔。这时那鬼面黑衣人又转过脸来，朝她投了一个无比冰冷的眼神。

被这样的眼神一盯，萧罗刹觉得就好似被毒蛇盯住一样，虽然置身火丛，竟是浑身发凉，禁不住打了个冷战。

萧罗刹战意颓丧，但不知鬼面黑衣人到底怎么打算的，这时候并没有理会她。

黑衣人很快飞身而起，手握鬼爪钩，左右开弓，杀伤一片，不到片刻工夫已靠近了关押龙囚的栅栏。

不管怎么说，除了漏算来人武力如此之强，今晚之事萧罗刹还是做了充足的准备，以策万全。因此，当黑衣人兔起鹘落，飞速来到龙囚栅栏前，想手起钩落砍断栅栏门上的锁链时，只听“噌”的一声，锋利的鬼爪钩竟从那把大铜锁上滑了开去。

黑衣人显然经验极为老到，一看这情景，他甚至没砍第二钩，便一回身，“当”的一声架住那个正从背后袭击的冰菱女卫，蹿身上前，双手指点，眨眼工夫就将冰菱制住。

“说！”他将鬼爪钩架在女卫脖子上，冷语如冰地说道，“开锁的钥匙，在哪儿？”

“不、不不、不不不知道……”平素勇敢无畏的冰菱，这时候却吓得结结巴巴。

“哼！休要骗我，你——”刚说到这里，黑衣人忽然看见冰菱左臂上的文身，顿时一愣：“咦？这胖子是谁？怎么有点眼熟？”

“胖、胖子？”吓傻了的冰菱还没反应过来。

“是我。”这时候，忽有个声音，在他二人身后不远处响起。

烈火场中，这个简短的话语，语气的森冷程度，完全不亚于魔鬼一样的诡秘黑衣人。

“是我”，短短的两个字，包含了一种说不清道不明的深沉意味，以至于不仅黑衣人一愣，甚至包括萧罗刹在内的北沧海国将士，也全都一惊，下意识地朝声音来源处看去。

众人目光的聚焦处，正是那个外表普通的囚牢栅栏。正当众人视线汇聚，平凡普通的木栅栏，却猛然“轰”的一声炸开！

刹那间，一团灿烂无比的金红烈焰冲天而起，刚升到半空中便倏然向两边舒展起华丽巨大的火翼！

“那是什么？！

“巨灵火鸟？？”

还不等众人反应过来，火鸟一样的金焰团中，忽然升起一只朱雀之首，昂然向天，睥睨四方间发出一声清越无比的凤鸣。

“星流术！是星流术！”到这时，众人终于反应过来！

紧接着，便有识货的沧海国高手意识到，自己看到的不仅是宝贵的星流术，还是传说中的顶级星流术“神焰朱雀”！

见得如此，识货之人的脑子里竟忽然一片空白；先前的恐惧、愤怒等，一瞬间全都消失，转而充塞的是满满的崇敬和感动。这情绪如此强烈，少数人还为之激动得泪流满面。

在众人的仰望中，化身“神焰朱雀”的苏渐，很快金红焰羽翩跹飞扬，如同流星般划过幽暗的夜空，倏然来到黑衣人的面前。

见他冲到近前，鬼面黑衣人也不废话，眸光骤然一缩，抛下冰菱，也仰天一声怒号，转眼间黑碧两色光影缭乱升腾，身躯迅速膨胀，还不断变形，很快也变成“碧眼狂牛”的星流化身之形。

当然相比金焰飞扬的朱雀星流术，碧眼狂牛就显得有些阴气森森；不仅牛角黝黑，弯如地狱号角，那两颗巨大的牛眼中绿光幽烁，好似冥狱鬼火不断燃烧。

很快，黑衣人化身的碧眼狂牛，“嗷”一声狂吼，奋蹄飞跃，朝半空中的神焰朱雀凶猛撞击。

见他如此，苏渐倒好像一时有些吓傻，竟悬浮在原地，呆愣愣地看着狂牛冲来。

“嘿嘿，果然只是个少年人！”见他如此，鬼面黑衣人心中既轻蔑又凶狠地想道，“哼，看样子，虽然习得极品星流术，也只不过是误打误撞而已；说不定，今日我就会让世上朱雀星流术的又少一个！”

心中翻腾着这样凶恶的想法，碧眼狂牛的冲撞速度，变得愈发凶猛迅疾。

见得如此，别说苏渐了，那些北沧海国之人，也全都把心提到嗓子眼儿。虽然有些遗憾，但他们全都认为，苏渐必死无疑。

这时候的萧罗刹，甚至眼角已经渗出一滴眼泪，她在心中暗下决心，如果今天自己能侥幸逃生，定要将苏渐追封为护国英烈。

就在所有人都认为苏渐要当烈士时，当事人却悠然自得。眼见狂牛奔近，他倏地伸出手去，望空一抓，霎时一柄“烈凰神矛”已握在手中，矛尖向外，正对着直直撞来的碧眼狂牛。

苏渐这一招实在太坏，时机拿捏得如此之好，以至于虽然黑衣人技法卓绝，被他这么一搞，也闪避不及。

判断出必然发生的后果，黑衣人心中痛骂“这人真坏”之余，也把心一横，心说既然这样了，大不了同归于尽，我被烈焰之矛戳着，有狂牛之革护身，最多就是个重伤，但你也得被狂牛之势重重一撞，摔在地上，不死也残。

心中打着这样的主意，奔腾而去的碧眼狂牛便丝毫没有改变方向，直愣愣地朝烈凰神矛上撞去。

烈凰神矛，凤首凰缨，作为传说级的星流技，被正面扎上，岂是能轻易打发的？

于是黑衣人纵然有狂牛之革护身，也只听“嗤”的一声，护身的光影被扎穿了！

霎时间，只听“嗷”的一声惨叫，原本气焰喧天的护身黑气碧火一齐消散，碧眼狂牛的光影瞬间消失，黑衣人整个从半空滚落，“轰”的一声砸在了地上。

不过饶是受此重伤，黑衣人还在心中得意道：“小子，你刚才也被我正面冲撞，伤势定然比我还重，不死也残吧！”

只是，跌倒尘埃，等了半天，他却没等到期望中落在他身旁地上的苏渐。

片刻后他也觉得不对，猛然向上一望，却见那少年正光翼舒展，傲然悬浮于更高的夜空，居高临下地冷冷看着他。

“怎么回事？！怎么回事？！”黑衣人吃惊之下，竟是惊呼出声。

他却不知道，智勇双全的少年，怎么会在自己握得主动权之时，愿意和他拼个两败俱伤？在凝出烈凰神矛的同一刻，苏渐的“千羽幻光翼”已经发动。

于是，就在碧眼狂牛猛然冲撞上烈凰神矛，被刺穿不到三分之一的时候，苏渐便在狂牛冲击波触及自身之前，骤然加速千羽幻光翼，将自己整个人凭空向上提升了一丈多，完全避过了碧眼狂牛的冲撞。

一般来说，人如同草木般“不能自拔”，但苏渐偏偏利用星流术，硬生生向上自拔，所以躲过了黑衣人志在必得的一击。

当然，也拜他为求两全其美所赐，扎穿碧眼狂牛光影的烈凰神矛，并没有着着实实地完成整个过程，所以才让鬼面黑衣人捡了一条命，并且伤势并不算太严重。

虽说刚才这过程，可以用文字充分描述，但在旁观者眼里，简直兔起鹘落，电光石火，根本看不清发生了什么事。

于是在萧罗刹等人的眼中，刚才的过程完全匪夷所思！

他们先是看到苏渐傻瓜似的等着狂牛冲撞，紧接着就看到黑衣人同样傻瓜似的朝酷烈无比的光焰之矛直撞而去。还等不及想通为何如此，已见“轰隆”一声中，狂牛坠地，火凤升天，一切都已尘埃落定。

尘埃落定之时，刚才连评两个“傻瓜”的沧海国众高手，几乎不约而同浮起一个念头：“呵，你说他们是傻瓜？你有资格吗！和他们一比，你才是傻瓜啊。”

萧罗刹此刻的念头，也和这个差不多，并且还比他们多了一层想法：

这次行动前，她可是天经地义地认为，靠自己的力量就足够应对；华夏国来的少年，只需要当个观众，好好见识见识他们这些北洋沧海高手的风采。

因此，她现在心中充满了负罪感，眼见罪魁祸首坠地，竟然兴不起任何指挥人上前围捕的想法。

此刻的她，羞愧，颓废，意兴索然，觉得整个现场中，只有那个傲然凌天的朱雀少年，才有资格将敌人拿下。

萧罗刹如此纠结迟疑，却不用担心贻误战机；玄武卫出身的苏渐才不会客气礼让，很快就收起朱雀焰翼，倏然落在鬼面黑衣人的面前。

脚踏实地后，苏渐毫不犹豫地伸出血歌剑，要去挑开黑衣人脸上那个故意遮着的可怕鬼面。

见他做出这个动作，四下躺倒的沧海国伤员们，再次把心提到了嗓子眼儿：

因为他们看多了戏剧话本，那里面总会说，在揭开敌人真面目的那一瞬，揭秘者会被突如其来的飞镖或流火击中，悲惨死去。

但戏文毕竟是戏文，那里面的桥段全然没有发生；在苏渐出剑如电后，那黑衣人脸上的鬼面应声挑落。

“是你？！”挑落鬼面后，苏渐看清来人面容，竟是大吃一惊！

原来，苏渐竟发现，鬼面之后，上演刚才那一场大屠杀的劫狱者，竟是自己当年的龙血者同窗厉华楚！

很显然，刚才战斗爆发得极其突然，厉华楚也没太看清苏渐；或者说，就算看清了，他也不敢确信，因为印象中苏渐已经被废去了大部分武技，区区几年的时间，完全没办法跟他势均力敌。

所以，直到现在面对面，四目相对，厉华楚才终于确认打败自己之人，竟然真的就是那个以前还要自己照顾的龙血者小师弟！

“苏渐！”厉华楚脱口大叫，刹那间也是惊愕仓皇。

“为什么是你？！”这会儿苏渐也完全不能接受来人竟是厉华楚。

“你们根本不懂！”片刻的惊惶立即从厉华楚眼中隐去，转而他大声疾呼，“这些都是龙族的阴谋！”

“龙族的阴谋？”无论苏渐还是萧罗刹等人，闻言全都一愣。

正当众人怔愕之际，刚刚受伤倒地的厉华楚，却蓦然如一只大鹏般腾空而起，无比矫捷地朝火场外的无边黑暗逃去。

逃跑时，厉华楚严厉的话语还从黑暗中传来：“苏渐！你知道你干了什么吗？看来离开组织，你真的什么都不知道了。将来你会后悔的！”

“后悔？”苏渐听了夜色中传来的话语，在口中重复了一遍，便抬起头，忽然朝飞遁的厉华楚叫道，“厉华楚，你的随身阴云呢？”

“什么？阴云？你在胡扯什么啊！”随着这一声惊讶的话语，厉华楚的身影从夜色中彻底消失了。

听得他最后这句话，苏渐陷入了沉思。

本来，看着厉华楚今晚在牢囚营中的表现，苏渐便早有预谋，想用突然发问的办法，验证厉华楚是不是当年寂灭林中突然出现的高绝杀手。

要知道，一个人仓皇之时，被突然发问，就算答案依然可以编造，但语气和态度，往往难以作伪。

但正因如此，苏渐才陷入了困惑。

本来厉华楚刚才大杀四方的身手气势，和当年寂灭林中突然出现的可怖杀手非常相似，但刚才那一句惊讶话语，完全不似作伪，反而证明他并不是苏渐寻找的真正凶手。

所以，本来已经燃起的希望，这时候却和现场的火势一样，很快熄灭了。

苏渐的情绪，变得非常低落；他伫立原地，看着远处的夜空，怅然若失。

因为他刚才的表现，在场的北沧海国军民已对他视若神明，此刻没人敢上前打扰。

于是，刚才沸反盈天的修罗杀场，这时候却异常安静，只听得见北方海岛惯有的夜晚海风，还有火场余烬的噼里啪啦声。

又过了一会儿，罗刹女萧君嫒忽然如梦初醒，叫道："厉华楚！我想起来了，他不是你们华夏的'京华四杰'之一吗?!"

"是啊。"这时苏渐也恢复了正常，苦笑着回答她道，"厉华楚正是我华夏"京华四杰"中排名第三的人。想不到，他今晚竟来贵境劫狱杀人，并且要劫的还是龙国敌族。这件事，我回去一定要好好查查！"

"要查吗?"萧罗刹看着他，压低了声音道，"既然是贵国"京华四杰"之一，应该没有问题吧？况且他刚才说的那番话，应该有我们不知道的苦衷隐情，说不定还是我们坏了他的计划呢。"

"是吗……呵呵，也许吧。"苏渐轻轻一笑，显然有些不以为然。

"怎么？你还是想查他?"萧罗刹对他的反应很奇怪，立即追问道，"苏渐，这厉华楚杀了我们北沧海这么多人，我都可以不追究，怎么你却好像还要死咬着不放?"

"我和您不一样。无论于公于私，我都要彻查的!"苏渐语气坚决地说道。

"为什么这么说？这人不是你们的四杰之一吗?"萧罗刹奇怪地问道。

"是四杰之一，但这也算不得什么。"苏渐耐心地解释道，"于公，虽说我正被通缉，但还是华夏玄武卫一员，还没被除名，所以就算是王侯将相犯了事，有可疑，我一样要查一查。"

"于私嘛，嘻嘻，如果这人出了事，我排进"京华四杰"的可能性就大大增加了啊!"苏渐忽换了戏谑的语气道，"国主您可能还不知道吧？原本排在第四杰的吴山云，已经出事被除名了，咱华夏京华之人对谁增补进去一直争论不休。如果现在厉华楚的名额也空了出来，那您看，嘿嘿，小弟上榜的可能性就大大增加了啊!"

"啊？是这样啊……"看着苏渐这样用戏谑的语气说出理由，萧罗刹哭笑不得，有心揶揄几句，但经历过这一场浩劫，见识到苏渐有若神明般的救场，于是一国之主居高临下的揶揄话语，竟再也说不出口了。

在她心中转念之时，刚才嬉皮笑脸的少年，内心却肃然想道："厉华楚啊厉华楚，不想还不知道，一想啊，你还真的颇有疑点呢。

“这次就不说了，上回在龙境中，我失陷于沧雪女魔头之手，明明已经用龙血者的暗语跟你求救，你却视若无睹。对，也许你有你的苦衷，但你丝毫不作为，终归说不过去。

“而且，你来自厉家啊……这个家族，我看过玄武卫的资料，说你们厉家人在人龙大战前，并没有什么声名，但龙族侵我神州后，你们就迅速崛起了。

“嗯，也许，这也很正常，发战争财、国难财嘛。但，略去细节，这厉家崛起的时间点，不有些太巧合了吗？”

想到这里，苏渐忽然想到了一种可能，便蓦然间觉得整个后脊梁骨都开始发凉。

心惊之时，正要往下深想，他却听得女国主又在身边开口道：“苏——苏爱卿，苏英雄啊，那个……回头得空时，你能教教我火灵法术吗？”

“当然可以。”苏渐毫不犹豫地点头答道。

听他此言，萧罗刹纵见四下满目疮痍，哀声遍地，内心悲伤之余，也禁不住生出一丝愉悦。

不过苏渐却没注意到她这样复杂的心情。

夜色中，他看着厉华楚遁去的方向，心中想道：“厉华楚啊厉华楚，你是真冤枉，还是有问题，我会查清楚的。”

心中如此转念，再想起当年在无名山庄中受到厉华楚的那些照顾，苏渐心中忍不住有些怅然。

“唉，终究要告别当初的那些日子……”

今夜之事了后，苏渐便在北沧海国中暂住下来。

这对苏渐来说是很自然的选择，毕竟魔语海渊中那番争斗，让他也受了伤，在这里暂住，一边可以养伤，一边也可以探听华夏国中有关他的消息。

自己这些年在京华城中广结善缘，苏渐相信，这番被诬落难，他们不会全都无动于衷的。别人不说，端木楚和唐求，定然会极力替自己脱罪的。

当然他也很清楚，自己这罪责，十有八九就是宰相连同鲁王一起陷害;有这两位要员横在前面,想要把案子扳过来,十分困难,他应该要有耐心。所以不管怎么说,当下对他而言,在北沧海国中暂避,都是最好的选择。

北沧海岛,景色优美,气候宜人,除了整日多食海鱼,苏渐没什么不适应。

尤其因为那晚牢囚营出手,现在北沧海国中从上到下都对他奉若神明,待遇自然没得说。

甚至,以罗刹女萧君嬛国主之尊,也亲自陪他,不仅遍游本岛,还出海游玩。

于是在寒波浩荡的北方大洋上,苏渐不仅见到了华夏国难见的海洋风物,还见识到北沧海国军民如何对付那些意图绕道攻击大陆的飞龙战骑。

只有亲眼看见苏渐才知道,虽然北沧海国将士单兵作战能力,比之华夏、天雪多有不如,但对海船操控、海上围攻猎杀之术,却精湛无比,简直独步天下。

见识过几次围猎飞龙骑士大获全胜后,苏渐彻底收起了那一点轻视之心,认真地观察起这个民风彪悍的海岛民族。

不仅是军事,通过与罗刹女萧君嬛的相处,苏渐在她身上,也看到了不同于中原女子的豪迈与爽直。她出波入浪的健美姿态,也完全不同于中原女子奉行的柔弱之美,让苏渐眼前一亮。

拜北沧海国国主所赐,他还乘着萧罗刹巨大的凤头王船,远航到极北之洋。

在那里,他看到冰封万里的雪白大地,看到了毛羽皆白的异兽珍禽。

尤其是,极地冰原大陆上,那些绵延千里、高耸入云的冰山冰川,让他头一回知道,这世上居然有完全由寒冰组成的山丘!

极地的冰山,因为由亿万年雪花直接凝集压成,中间有很多被极度压缩的气泡,因此阳光一照,这些被极度压缩的细密气泡,让冰山整体呈现出一种奇异的冰蓝之色。

这样鲜蓝色的冰山,在苏渐这个平原丘陵长大的少年看来,只觉得实在太过瑰丽雄奇，如梦如幻。

到这时，苏渐才在心中感叹，古人那一句“读万卷书，行万里路”，有多么正确。

除了这些极地冰洋风物，苏渐还了解到，原来北沧海国和南沧海国，一直联系不断。

由同一族群分居神州南北二岛而成的沧海国，从来都没有断了联系；连通两国的陆路海路上，两国的使者常年都在路上奔波，将本国的信息告知对方。

因此，苏渐虽然还没去过南沧海国，但通过北沧海人之口，便也知道了不少南沧海国的情况。

他得知，现在的南沧海国国主，名“萧君远”，乃是北沧海国国主萧君嬛的堂兄。从名字上来看，南北沧海国人虽然远隔万里，但同辈人依然严格地按照辈分取名。

和寒风呼啸的北沧海岛不同，南沧海国所在的大岛终年阳光灿烂，十分炎热。所以南沧海国的首都南沧海城，又被称为“永夏之城”。

相应地，北沧海国首都北沧海城及周边地区，因为夏季转瞬即逝，冬日漫长，也被称作“永冬之地”。

苏渐在永冬之地悠游时，南方的神州大地上可不平静。

先是缥缈云山之巅的天宸阁，本来一切运转如常，突然有一天，一个消息让世外仙山般的天宸阁整个都沸腾了起来！

“什么？永寂矿洞被炸塌封闭了？我没听错吧？”惊人的消息在天宸阁众人中口口相传，搞得这些平时“道貌岸然”的恬淡高人，一个个神色激动，奔走相告。

“究竟是谁呢？”当这个消息传到天宸阁阁主太叔无用耳里，这位站在当世人族之巅的绝世人杰，也陷入了苦恼之中。

苦思一阵全无头绪后，白发飘飘、仙风道骨的太叔阁主，立即吩咐下去，务必查清究竟是哪一条伏下的暗线，完成了这样的惊天壮举。

没错，颠覆永寂矿洞，完全可以称得上是惊天壮举。

作为人族，要渗透进龙境本就千难万难，光龙血者计划本身，实施到今天,也没见到多少成果。

更何况永寂矿洞在远离龙境大陆的深海,一路上千难万险;就算最终能找到魔声岛,还要面对可怕的魔岛机关,面对魔语海渊中的强大守卫。

所以想毁灭永寂矿洞这件事,对人族来说,属于不得不完成,却又完全不可能完成的诡异任务。

从这一点想,就能明白为什么天宸阁这样作为人族巅峰存在的智囊组织,会为之如此激动。

其实不要说完成这个任务了,因为涉及龙境偏远之地,就算想查清这个任务是谁完成的,都已经千难万难。

所以从收到这个消息开始,又过去了几个月,天宸阁主太叔无用,才从多方汇集的线索里隐约勾勒出最有可能完成者的特征。

"男的……"

"年纪不大……"

"去了冰龙国内……"

"卷入一场蛇龙族不成功的刺杀……"

"在黑潮港出现……"

"匆匆吃了几只海鲜,也不讨价还价……"

"和一个疑似沧雪龙巫女的少女一同登船……"

事实上,费了这么大人力物力,最后摆在太叔无用面前的,也就这么寥寥几条信息。当苏渐和沧雪扬帆北航后,根本没有任何人知道后来发生了什么事。

不过就算这样,对太叔阁主来说,已经足够了。因为,满足所有条件,有"作案时间",也只有这个"年纪不大路过冰龙国、从黑潮港登船、吃海鲜不讲价、与少女同行"的少年了。

确定了目标,再查清这少年的面貌特征,相对来说就容易了。当人龙之境中各路明线暗线的消息传来,很快太叔阁主便确定,这位无名英雄就是苏渐!

在此后不过一天的时间,华夏国京华城中央的帝苑皇宫中,就飞来了一只鸽子。

这只鸽子，毛羽暗灰，个头普通，十分不起眼，几乎都比不上寻常人家驯养的雪羽信鸽。但正是这只普通到极点的信鸽，却熟门熟路地飞进了帝苑的天空。

见是它飞进来，宫墙下的禁卫军们神情一肃，本来都已经高高举起的弓箭，立时放了下来。

不仅如此，他们此后还肃然站立，一直目视灰鸽飞入看不见的皇宫内院，这才收回视线，重新回到自己的岗位上。

此后鸽子扑扇着翅膀，一路飞到宫廷中央偏南的一座高大紫阁中。

当它在栏杆上停下时，一位好像一直等在这儿的宫掖内廷官员，竟是神色崇敬，先跪地磕了个头，才趋步上前，小心翼翼地取下了鸽脚上的小纸卷。

当纸卷被取下后，这灰羽信鸽如有灵性一般，朝官员点了点头，便腾空而起，展翅高飞，飞向了远处灰淡的云空。

此后没过多久，正在御书房闭目想事的光武帝李翊，就听得书房帘外有人传报："陛下，天宸阁灵鸽传公函来……"

无巧不巧，当御书房外这声通传声响起时，那个苏渐在玄武卫中最交好的两人之一端木楚，正来宫中看他的姐姐，也就是当今皇后端木娥。

本来对这个弟弟，端木皇后最是宠溺，以前都怪他来宫中太少，经常主动派人去嘘寒问暖，问缺不缺东西。

但现在好像有点不一样，听得宫女通传，说端木少爷前来拜访，秀丽端庄的端木皇后，却是有些苦笑。

此时她心中想道："哎，我的好弟弟啊，你现在来看姐姐，倒是来得勤了，可每次不出三句话，必绕到你那个好兄弟苏渐身上去。

"唉，要说呢，苏渐这孩子，毕竟是杀过龙兵的英雄，我也不相信他会通敌。可宰相大人和鲁王殿下，全都信誓旦旦地说他通敌，就算我有心替他开脱，也无从开口啊。

"再说了，纵然皇上对我恩宠有加，只要本宫提的要求，他无有不应，可弟弟啊，你知道吗？这可是我谨守本分、从不干政才有的结果。皇上他何等英明神武？如果你姐姐想要干涉朝政，哪怕只是沾点边，他也会生气的。

“唉，其实为了弟弟你，姐姐什么都愿意去做，就算失宠也没关系。可、可我这一身，系的是整个端木家族的荣辱啊，哪是姐姐能自主的！”

心中哀叹之际，端木皇后表面却保持着微笑，起身去迎接他这个弟弟。

这一次姐弟相会，端木皇后抢在前头，故意去问端木楚最在意的玄武卫公事，希望这样能让弟弟忘了给苏渐求情的事。

没想到，端木楚随便敷衍了几句，便十分生硬突兀地道：“姐姐，你知道吗？弟弟我今天才听到，当年苏渐老弟被冤枉抓捕的时候，城卫军在京华街头追捕时，还发生了一些怪事呢。”

“小楚啊，”端木皇后叫着他的乳名，有些无奈地说道，“姐姐可要纠正你，那苏渐，在没有翻案前，可还是逃犯，‘冤枉’这种话，可不能乱说的。”

“噢……”端木楚情绪低落地应了一声。

见他这样子，端木皇后顿时又有些不忍，纵使心中不愿意，脸上也堆起笑容，装作很有兴趣地问道：“到底发生了什么怪事呢？哀家也很喜欢听这种民间市井趣事呢。”

“哈，真的很怪呢！”见姐姐这样，端木楚顿时来了劲，兴奋说道，“姐姐你不知道，当日城卫军要阴谋，想在咱玄武卫所中伏击苏老弟，没想到本事太差，被苏老弟逃脱，之后苏老弟一个纵跳就跳到街上去了。

“本来城卫军前堵后截，要在长街抓住苏老弟也是不难；没想到当时街上的老百姓，竟全都堵住城卫军的去路，骂他们陷害忠良，搞得这帮孙子狼狈不堪；等终于挤出人群，苏老弟早就跑得无影无踪了。

“姐姐你说，这难道不是民心所向？难道这还不能证明苏渐他是被冤枉的吗？姐姐姐姐，你就帮我把这个事情说给皇上听吧，这又不是求情，只是说说民间趣事，难道也不行吗？我们华夏朝一直都可以‘风闻奏事’呢！”

第八十七章

陌上花开

说真的，最近这大半年，也实在难为端木楚了；为了帮他的好兄弟脱罪，他这么个五大三粗、络腮胡丛生的大老爷们儿，这时候居然变得跟小时候一样撒娇，拉着姐姐的袖子使劲摇，务必让这位皇后姐姐帮忙。

见他如此，满心不愿意的端木皇后，不由得也有些心软了。

所谓知姐莫若弟，一见她眼中神色有微妙变化，端木楚立知有戏，于是那撒娇萌态“变本加厉”，简直“骇人听闻”了。

见他如此，一旁侍奉的宫女们，即使宫规森严，也实在忍不住，全都“扑哧”笑出了声。

这笑声端木楚听在耳里，虽然尴尬无比，但也顾不得了，继续撒娇充愣。

“好吧……”功夫不负有心人，端木楚这一番牺牲，终于换来了端木皇后松口。

不过也许是惯性太大，端木楚竟然一时还没反应过来，继续摇着姐姐的袖子。于是端木皇后只得白了他一眼，提醒道：“弟弟啊，别摇了，姐姐都答应了。你再这样，这些小蹄子们，要笑得更欢了。”

“噢！”到这时，端木楚才反应过来，既欣喜又尴尬地松开了皇后姐姐的袖子。

“对了，最近你自己怎么样？”了却此事后，端木皇后才来得及拉家常，毕竟对她来说，什么苏渐的安危并不太放在心上，弟弟的冷暖才是她第一关心的。

不过她这样的关心，端木楚显然不领情，立即道："姐姐，弟弟最近除了忧心苏渐老弟的冤屈，其他什么都好。如果姐姐不快点去跟皇上讲这个事，你弟弟真要吃不好、睡不好，很快一病不起了。"

"你呀！"端木皇后闻言宠溺地一笑，抬手打了一下他的头道，"小楚啊，你整天苏渐长苏渐短，再这样，我这个做姐姐的都要吃醋了——好好好，别拿这个可怜的样子看着我，姐姐这就去找皇上。"

"快点去快点去！"端木楚一听，喜得抓耳挠腮，立即起身让路，生怕皇后姐姐走得慢了。

见得如此，端木皇后又好气又好笑，只得加快了速度，在宫女的搀扶下，朝寝宫珠帘外走去。

没想到还没走到珠帘边，便听得一阵急速的脚步传来，转眼间便有个宫女急匆匆地跑进珠帘内，叫道："苏渐无罪了！苏渐无罪了！"

"什么?!"一听这话，正在往外移动的所有人，全都一愣，停住了脚步。

"慢点说慢点说！"端木楚首先反应过来，抢步向前，站在那小宫女面前道，"你说什么？苏渐怎么就无罪了?"

"啊?"小宫女吃了一惊，连忙跪了下来，惶恐地说道，"端木大人……奴婢还以为您希望苏渐无罪呢，奴婢知罪，奴婢知罪！"

"什么乱七八糟的！"端木楚一脸莫名，眼见小宫女磕头如捣蒜，便大喝一声道，"胡说什么？我当然希望苏渐老弟无罪了。我是说，这事翻案如此之难，怎么你突然就跑过来咋咋呼呼说苏渐无罪？难不成有心戏弄本大人？如果这样，小心你的脑袋！"

他这般威胁时，端木皇后也一脸不快地看着地上的小宫女，显然和弟弟心思一样。

"不敢欺骗大人，"到这时，地上的小宫女反而镇定下来，抬起头说道，"皇后娘娘、端木大人，是皇上御书房那边传来信儿，说天宸阁用灵鸽递公函来，说苏渐大人在龙境中立下了'不世之功'——

"呃，奴婢也不知道这个'不是之功'是什么，到底是不是，为什么不是功劳听起来却好像立了功。总之皇上命奴婢赶紧过来，说跟您讲一声，知道皇后娘娘一直关注此案，让您尽快放个心。就是说，苏渐大人立了那什么‘不是之功’，证明他没罪了！”

“哈哈哈！太好了太好了！没罪了没罪了！”这次端木楚再也没有误解，听到苏渐终于平反，霎时喜得手舞足蹈，原地直转圈儿。

“呵呵，什么‘不是之功’？你这妮子，该读点书了。”端木皇后嘴上数落着小宫女，脸上却也是一脸的高兴。

京华宫廷中发生的这一幕悲喜剧，显然会影响到数万里之外的北沧海岛。

当消息传到北沧海岛时，已是神州大陆第二年的开春之际。从年历上看，这一日正是“立春”，苏渐不免有些怀想故国的春日。

一念既起，他漫步到海滩草亭，再看看眼前的海天美景，却发现已然心不在焉。

思乡情切，苏渐变得坐立不安，恰在这时，有沧海国信使奔走而来，向他呈递上一封远方的书信。

漫不经心地接过信件，苏渐随眼一扫，却见信封上右下角落款处竟写着“端木、唐”！

霎时间，苏渐身躯一震，一扫散漫之气，立即飞快地拆开了书信。

剥开信壳，苏渐看到，雪白的信纸上内容无他，只用稳健内敛的笔触，写着短短的两行字：

“陌上花开，

可缓缓归矣。”

苏渐是读过书的，“陌上花开”的典故怎会不知？此虽然是吴越王写给夫人的鸿雁之语，两位兄弟在此处引用，自然别有一番含义。

虽只是短短九字，苏渐却看了又看，良久之后才放下信笺。

此时他再看眼前海立云垂的壮景时，心情已是截然不同。

观海片刻后，他悠然自语：“此事甚妙。罪愆一洗，亲朋心宽，国中兄弟，正翘首待我吧。”

一旦得知平安音讯，苏渐便再也待不住了。

苏渐归心似箭，萧国主纵然万般不舍，也无法挽留。

此前，因为惜才，萧君嬛早就对苏渐许以高官厚禄，却依然被少年委婉拒绝。

几次三番后，萧君嬛便明白，苏渐心怀远志，更愿在神州觖望风云，而非在北洋破浪乘舟。

即使心知如此，临别时萧君嬛还是依依难舍。

即将于斯扬帆南去的海港码头，送行的队伍旌旗蔽日。在少年临登船时，即使差一步就要踏上上船的跳板，健美的女国主依然紧握少年的双手，不肯松开。

见她这样，随行的史官神色尴尬，装作视而不见。没想到萧君嬛这时却转过头来，大声提醒他道："本王正与华夏人杰依依惜别，难道你没看见吗？快给本王记下来！"

听得如此，史官只得赶紧落笔如飞，揣摩圣意，于北沧海国的帝王起居录上写下这样的话语：

"国主与华夏苏将军于南港别，其情凄切。临别挽手，晕生双颊；千般难舍，万泪沾衣。怅然空望，唯见帆樯远逝，望云飘远，望鸟飞灭……"

苏渐放舟南渡，即将回归故国；不过在他蛰伏于北沧海大半年时间里，神州的局势已经发生了重大的变化。

先是忽然有魔人国崛起于北方。

魔人国，由人魔混血之族建成，国民称为魔人。

魔人之名，不仅因为其血统源自人魔二族，更因为他们的外貌特征也综合了人魔两族的特点。他们大多头生双角，或像羚羊角，或像犀牛角，瞳光或绿或红，如鬼火如血光，和人、龙二族完全不同。

不过除了这两点魔族的特征，魔人倒也和人族无异。

在魔人国突然立国之前，神州大陆上无论人国还是龙境，也有零散的魔人出没，不过从来没见过成千上万的魔人，他们忽然间组成了强大的军队，在神州北方边陲开疆辟土，竟一夜间竖起大旗，立国了！

除了出现得突然，魔人国的选址也颇耐人寻味。

虽然魔人国位置在神州北陆海滨，似乎极为荒远，但严格来说，那里乃是天雪国的领土。只是因为天雪国疆域广大，又多是苦寒之地，地广人稀，对很多地方的统治，也只存在于口头上。

但不管怎么说，魔人国还是占了天雪国的土地，并且从其东西方向来看，无巧不巧地居于北沧海国与雪晶国正中间，在北沧海国之西一千五百里，又在雪晶国之东一千五百里。

如此精确的选址，不太像立国者的个人趣味。魔人族显然要在立国之初，避开周边所有势力的锋芒，低调地生存发展。

不得不说，这样的阳谋，还真的就起到了作用。

作为受害者天雪国，本来有充分的理由去剿灭魔人国，但无奈鞭长莫及；其统治中心天雪城离魔人国的距离，简直比北沧海和雪晶国还要远，几乎有三四千里。所以面对魔人国的崛起，天雪国暂时只能睁一只眼闭一只眼。

而雪晶国新立，北沧海国要应对来自海上的威胁，两国对阻止魔人国立国一事，就算有心，也是无力。于是这么大一件事，最后竟然没有惹起任何战火。

当然，这只是针对具体的国与国之间来说的。

从魔人国的内部来看，其立国过程充满了血腥。他们的立国之地北洋之滨，原本都有渔民居住；面对世代所居的领地，竟然被这些面目可憎的混血异族侵占，渔民们自然奋起反抗。

无奈面对蓄谋已久的魔人族，北滨渔民完全不是对手，奋起的反抗最后都演变成一边倒的屠杀。

眼见反抗无用，残存的北滨之民不得不接受了悲惨的命运，开始向外逃难。

虽说魔人国周边各国都采取了绥靖的态度，但随着北滨难民的涌入，魔人国血腥残忍的恶行被揭露扩散，情况也就开始渐渐地发生变化。

听到魔人族的可怕罪行后，天雪国最先采取行动，开始大举搜捕混血之族。

在以前，对于混血种族，其他态度暧昧的王国就不用说了，就算是态度最激烈的天雪国，最多也不过是把最可能惹事的壮年混血族男丁抓入劳役营，用繁重的苦工劳役消磨他们的精力。

但现在不一样了！天雪皇雷烈心一声令下，无数天雪国中的混血民众被赶出了居所，无论老弱妇孺，全都被赶入劳役营充当苦役。

于是在这个疆域广大的北方大国中，产生了这样一个奇怪的境况：

造恶的魔人没有受到任何惩罚，反倒是逆来顺受的天雪国混血之民，承受了和受害者北滨渔民差不多的悲惨下场。

更值得注意的是，天雪国对混血之族的态度，渐渐影响了人族其他王国；原本态度暧昧的人族各国，对境内的混血之族开始变得不友好，不少王国很快开始清理混血者。

当然，和那些突然集中出现在北滨的魔人不同，人族王国中大多数混血者，都是类似亚飒的龙人；他们顶着混血者之名，被大肆驱赶抓捕，还被强加了一个充满屈辱的新名字："污血者"。

人族王国的帝王将相，采取管制混血者的措施，动机听起来都很合理，都是为了消除潜在的危险，避免发生类似魔人国那样动摇人族根基的悲惨事件。

但他们可能没意识到，仅有正义的动机，却采取了不正义的手段，则种下的这段因果，到最后很可能会变成苦果。本就纷扰的乱世，究竟滑向何方，变得更加未为可知。

这场变乱的发起国天雪国国主天雪皇雷烈心，现在却在苦恼另外一件事。

当然这件烦心事并不是什么新情况，而是长久以来一直埋藏在他内心的一件事情。这就是，如何励精图治，夺取人族王国联盟的领导权。

一直以来，八大人类古国全都唯华夏国马首是瞻。虽然天雪国仗着幅员辽阔不太买账，但毕竟综合国力不及华夏国底蕴深厚，所以一直以来最多也不过是小打小闹，大局上并没有什么出格的举动。

唯一一次过分的举动，还是上回太庙山之战，天雪国救援缓慢，最后幸亏雷冰梵出动雪狼骑，让两国至少在明面上没撕破脸。

随着时间的推移，天雪皇雷烈心的野心，变得越来越大。

他越来越不服气华夏光武帝李翊，觉得这家伙无论年龄、资历、武力都不及自己，凭什么一直受天宸阁认可，占着联盟盟主的位置不放？

人心一旦偏移，所思所想会越来越局限偏执。

多年的执念酝酿至今，都已经达到让雷烈心坐卧不宁的地步了。

终于，到了这一天，正当雷烈心在卧雪殿中越想越憋气，如热锅上的蚂蚁一般来回转圈踱步时，他那位新晋一年多的贵妃雪奴儿，腰肢款款地走进卧雪殿来。

“雪奴给皇上请安。”纤衣软袖的雪贵妃，娇滴滴地跪倒请安。

“起来，起来。”雷烈心看了她一眼，摆摆手让她起来，便又继续兜自己的圈。

见得他这般心不在焉，雪贵妃很是惊异，毕竟自己在天雪皇的心目中，就像个开心果一般，无论再愤懑生气，只要见她来，他总是笑脸相迎。

察知此情，雪奴儿惊讶之余，嘴角却流露出一丝不易察觉的笑意。

“皇上，”她温柔无比地说道，“不知您究竟为何事心忧？是否需雪奴歌舞一曲，让您暂解忧愁？”

“没用的。”雷烈心摆了摆手，苦闷道，“爱妃舞姿，天下无双，只可惜朕心中所忧，更是天下无双，岂是歌舞能解的。”

“啊？这么厉害呀。雪奴真有些担心呢。”娇柔的女子摆出一副惊诧忧心的模样，用最温柔的语调问道，“皇上，不知道方不方便把忧心之事说出来呢？虽然雪奴见识浅薄，不能为君王解忧，但曾闻人言，无论什么愁人事情，只要跟人说出来，心情就会舒服很多呢。”

“哈！”听到她这番话，雷烈心神色倒是稍稍舒缓，转过脸来看着她道，“爱妃啊爱妃，你真是单纯得可以。这么简单的道理，还需要听别人说？也罢也罢，反正你也不懂这些军政大事，说与你听，也无妨。”

于是接下来，雷烈心就把自己心忧之事，原原本本地都说与雪奴儿听。

本来他也只把这当成一个倾诉，没对解决问题抱什么希望。没想到当他说完，雪奴儿却微微垂首，一副若有所思的模样。

“咦？”见她如此，天雪皇打趣道，“莫非雪奴爱妃真有什么定国安邦之策？哎呀，那朕真是小看你了！”

“皇上，”雪奴儿抬起头，看着帝王，一脸谦卑地道，“定国安邦之策不敢说，不过小女子还不算笨，刚才听了，是不是说到底，还是要咱的国家变强大？”

“咦？”虽是同样的语气，这一次，雷烈心看向女子的眼神，变得有些惊奇。

“你很聪明，”雷烈心看着雪奴儿，缓缓地说道，“可是，我天雪国虽然占地广大，但多是苦寒之地，物资匮乏，短时间内想变强大，去和华夏抗衡，谈何容易？”

“也不一定啊，”没想到雪奴儿说道，“‘世上无难事，只怕有心人’，只要有这个心思，说不定就有办法呢。”

“嗯？你仔细说说。”原本神色散漫的天雪皇，忽然变得有些认真起来。

“那，皇上，奴家说说可以，但若是说得荒唐，皇上可不许笑呀！”雪奴儿撒着娇地说道。

“哈哈——呃，不笑不笑，爱妃说吧。”雷烈心笑道。

“嗯，谢谢皇上。刚才，听了皇上所说事情，雪奴也觉得，要按寻常的法子赶上华夏国，虽说不是不可能，但也要很长很长时间，说不定要上百年呢。真的有些久呀，所以皇上您最好找些快点的法子。”雪奴儿眸光闪闪地说道。

“我也知道要寻些快点的办法。”刚才抱着希望的雷烈心，面露失望之色，“可是，哪是这么容易的？朕已经苦思十几年了，也与朝堂重臣密议了不下几十回，但终究没什么好办法，唉。”

“皇上，不要苦恼。也许是商量此事时，找错了人呢？”雪奴儿道。

“咦？爱妃此言何意？”雷烈心目光一紧，盯着雪奴儿问道。

“皇上，”雪奴儿道，“我一个女儿家，也没什么主张，但就喜欢听那些民间俚语。奴家听说过，‘大隐隐于市’，又言‘高手在民间’，所以吾皇何不广开言路？拿出重金，张榜悬赏，广征民间异人奇术，说不定，有惊喜呢。”

“这……”听得此言，天雪皇沉吟不语。

说实话，本来雷烈心还怀着点期望，觉得雪奴爱妃会不会人美心也灵,说出什么惊人的治国安邦之策来。谁知道一听,也只是张榜悬赏的老套路。

虽然这么说有点不忍心,但雷烈心暗地里不得不说,雪奴爱妃这法子,别说朝堂了,就连乡间老妪随便丢个猫狗,也会许诺几个铜板,弄个悬赏榜。

不过,虽然心中疑虑,不以为然,但雷烈心这一两年间,已经完全被雪奴儿给迷住了——毫不夸张地说,他对雪奴儿的喜爱,已经深入骨髓。

所以虽然内心认为不管用,但他见一直坚持不干政、谨小慎微得都有点过头的爱妃,好不容易提出个建议,便决定还是答应吧,虽然明显没什么新意,必定不管用,那就当取悦爱妃,玩玩罢了。

怀着这样的心思,天雪国的一项新政——"屠龙悬赏榜",就此出炉了。

雪奴儿建议的悬赏榜,现在冠以"屠龙"之名,自是朝中老成持重之臣建议加上的;这样华夏诸国看在眼里,也只当是针对龙族的,不会起疑。

天雪国地处北方苦寒之地,贫苦之民甚多,因而屠龙悬赏榜一经张贴,根本不用担心没人呼应。果然,不出半月,揭榜应征者便络绎不绝。

他们献的奇术也五花八门,但很不幸的是,果然如天雪皇雷烈心所料,几乎全都是些上不得台面的奇技淫巧,根本不堪大用。

能不能用倒也罢了,更可气的是,各种所谓的民间奇术中,有不少根本就是骗人的!

比如有所谓乡间野老,呈上一种浓稠的橙红汁液,自称是"恶魔之血",信誓旦旦地说只要天雪将士饮用了,就能和当年恶魔国的猛士那样,直接和龙将抗衡。

一开始,负责接纳奇术的官员也没什么经验,竟然信以为真地收了下来,还让县尉兵丁饮用尝试。

结果很不幸,经品尝者确认,这根本不是什么"恶魔之血",分明就是猪血。

如果这样也就罢了,更可气的是,因为前后拖延时间比较长,这猪血还过了保质期,饮用的县尉兵丁们全都上吐下泻,拉了好几天肚子!

得知这情况，正巡视到该处的天雪皇勃然震怒，当场就要下令杀掉欺诈者。

不过恰好这时候雪奴贵妃也侍奉君王一同出巡；见此情形，她竟是出言劝阻，力谏君王效仿昔时“千金买马骨”之旧事，依旧对骗赏者许以承诺的赏赐。

也不知道这骗子祖上积了什么德，就因为受宠的雪贵妃这近乎天真幼稚的谏言，不仅捡回了一条性命，还挽救了整个家族。要知道，他这行径算得上欺君罔上，是要诛九族的。

经历此事，虽然雷烈心表面还是不说什么，但内心对爱妃这点子，更加不以为然了。

而在这想法之外，念及骗赏之事，雷烈心心中想想，也觉有些心酸：

自己的国民，究竟穷困潦倒到何等地步，才敢冒着诛九族的天大风险，为了一点金银赏赐，就铤而走险，不惜犯下欺君大罪！

这般想时，他心中的强国之念便更加炽烈。

经历“过期猪血”之事后，力主此事的雪奴贵妃，想必也心中愧疚，便在恳求雷烈心同意之后，几乎全身心地投入应征者的甄别之中。

见她如此，雷烈心虽然不以为然，但也十分感动，便给雪奴儿送去了更多的赏赐。而每次送赏的内官回来禀报都说，贵妃娘娘一收到赏赐，就都添在了悬赏榜的赏金里了。

这么一来，对于雷烈心这个一心治国的君主来说，心中就不仅是感动，还隐隐生了几分敬重。

就在屠龙悬赏榜启动大概两个多月的时候，这一日，一身便装的雪奴贵妃，忽然兴冲冲地跑进卧雪殿，跟正在欣赏歌舞的雷烈心禀告说，悬赏榜终于召到了有真才实学的惊人奇术之士了！

“爱妃，此事……要不你再好好确认一下？”看着一脸兴奋的妃子，毫无信心的君王，委婉地规劝。

对他话里的意思，雪奴儿一下子就听明白了。不过她并不气馁，反而珍而重之地恳求天雪皇召开朝会，当场试验这罕见的强国之术。

听她这么说，雷烈心惊讶之余，却有些心疼她。

他心中已经断定，肯定又是什么厮混市井的无赖之徒，只合来骗骗雪奴儿这样涉世未深的女子。如果真是这样，私下看看也就罢了，召开朝会，大庭广众之下，再闹出个猪血丑闻，那可实在要丢贵妃的颜面。

有心这么说，但雷烈心看着雪奴儿因为劳累而略显憔悴的玉颜，忽然间心就软了；原本规劝的话，说出口时，却变成："好，就依爱妃所奏。"

当然，他很快就后悔了；只可惜雪奴儿一听这话，一下子就兴奋得转身蹦蹦跳跳地出去安排了。

乱世之中，朝会自然没那么多繁文缛节；很快天雪国朝中的重要臣子，全都在主殿中齐聚一堂。

在黄门官简单介绍后，雪贵妃便亲自领上来一人。

"在下鄂伦，乃边陲胡人，幸得明皇相召，欲献祖传秘术。"贵妃领来之人，不卑不亢地自我介绍。

"胡人？"天雪皇和众朝臣听得此言，仔细打量这个叫鄂伦的献术之人，果然见他深目鹰鼻，颧骨高耸，瞳孔深邃，颇具异族之相。

"鄂伦爱卿，"虽然兴致缺缺，雷烈心还是强打精神，跟他和蔼地说道，"你有何奇术？快快呈来。"

"禀告陛下，在下欲献之物，乃'神仙泉'，又名'星毒灵液'。"鄂伦拱手说道。

"哦？"一听此名，雷烈心心中叹道："唉，估计又是什么'恶魔之血'的故事吧。可怜的爱妃啊，你又被骗了。

"算了，看在爱妃的面子上，这人待会儿就不杀了，我丢他去喂狼。"

心中转念之时，便见那鄂伦胡人，变戏法一般，端出一碗奇异的液体来。

"咦？"还别说，包括雷烈心在内的殿中所有人，都被鄂伦手中忽然端出之物给吸引住了。

此时殿外日上三竿，日光斜照进殿内，虽然并没有直接照在鄂伦手捧的海碗上，却依然让其十分明亮。

众君臣看得分明，他手中粗糙的海碗里，竟盛着一团从来没有见过的液体。

首先它看起来比水要黏稠,形态竟和水银接近。

它的颜色也很奇怪,第一眼看时好像是一种晶莹的淡蓝之色,但换个角度再看时,却又觉得好像还有点碧绿之色,并且碧蓝交替之间,还可以看见些银色光点星星点点地闪烁。

见得如此,众朝臣不由得微微点头,连雷烈心也在心中想道:“嗯,这才对嘛,想从天家骗点钱,好歹也该下点血本;先前那个用猪血冒充的算怎么回事? 还有没有点敬业精神?”

心中转念之时,他便随口问道:“鄂伦爱卿,你这什么……哦,神仙泉啊,到底有什么功用?”

听帝王随口一问,刚刚微微弯着腰的鄂伦,竟忽然直起腰,挺起胸膛,带着一丝傲然神色答道:“禀吾皇,莫怪小人大言,这星毒灵液神仙泉,可在短短数日内,让我天雪兵将勇力倍增,独步天下!”

“哦?”雷烈心不为所动,从帝座上俯视他道,“鄂伦,朕言路开明,不会因言获罪,不过你此言甚大,朕要验证;若是不符,你该当如何?”

“如若不符,请陛下丢我去喂狼吧!”鄂伦昂然答道。

“呃?!”一听此言,雷烈心一愣,顿时凝神注视,头一回认真地看着鄂伦的表情。

见帝王相望,鄂伦毫不畏惧,也抬眼迎向天雪皇的目光。

“有点意思……好好好!”雷烈心终于来了兴趣,拊掌笑道,“鄂伦爱卿,此物功效你欲如何验证?”

“简单。”鄂伦道,“陛下只需寻一全然不会武技之人,让他饮下我这星毒灵液,再从殿前寻一金瓜武士,与他对决,结果如何,一望可知。”

“啊?!”听得此言,雷烈心终于动容。

要知道,只要这人不是疯子傻子,在存了骗人心思的情况下,就绝不会夸下这番海口。这世上什么事最难骗人? 可以当场立即验证的事情!

于是到这时,雷烈心终于收起了藐视之心,开始认真地打量起鄂伦和他碗中的奇异汁水来。

沉吟了片刻,他便一指身旁的黄门官,道:“去,你去喝了那碗东西。”

“……是。”虽然小黄门心中疑忌,很是害怕,但也不敢违逆圣旨,只得走下玉阶，趋步走近鄂伦，接住了他递过来的海碗。

看了眼碗中荧光碧蓝的未知液体，小黄门迟疑了一阵，便一狠心，举起海碗咕咚咕咚地全部喝了下去。

当他做此举动时，殿中几乎所有人，都用同情怜悯的目光看着小黄门，心想道："这次如果只是拉肚子，就该谢天谢地了……"

这时只有鄂伦一人仰天大笑，将近癫狂地说道："恭喜大人贺喜大人！您将是天雪国第一个星毒武士！"

话音刚落，已喝光汁液的小黄门，忽然间"嗷"的一声发出号叫！

这声嚎叫，凄厉，凶悍，不说近乎野兽，也和小声小气的儒雅小黄门完全不相称；发出嚎叫后，小黄门整个人都好像在扩展壮大，随着口中痛苦的呻吟声，灰绸锦衣下隐隐发出碧蓝色的异光。

见此情状，众人齐齐一惊，有反应快的已经开始招呼金瓜武士上前，以防不测。

这时却见鄂伦一摆手，高声叫道："诸位大人请安心，这是小黄门大人的四筋八骸，正受星毒灵液的浸淫淬炼，以行脱胎换骨之功。"

这时雪奴贵妃也娇声说道："诸位少安毋躁，静听鄂伦法师之旨即可。"

见她也这么说，再看到御座上的雷烈心也没什么表示，众臣也就不再做什么了。

此后没过多久，便见小黄门已经完全跟变了个人一样。

能选在帝王身边听令，这小黄门乃是文士出身，温文儒雅，但这会儿他竟是筋强骨壮，原本合身的锦衣全部被胀破，整个人倒好像比原来高了一头。

不仅如此，众人再与他对视时，却见他眸子精光四射，竟与浸淫武学多年的高手无异。

当然更明显的是，小黄门原本的乌黑头发，这时候竟变了颜色，乌黑中透着碧蓝，看着颇为诡异。

小黄门的变化意味着什么，已经十分明显；所以也不等鄂伦提示，雷烈心便一击掌，喝令殿前当班的金瓜武士，上前徒手与小黄门对打。

除了鄂伦，在场其他人都没想到，千挑万选才能站在殿前的勇猛武士，和这位刚刚喝了灵药的小黄门一对战，还没过几招，就被小黄门手足并用，横扫得飞了出去！

见此情形，满殿君臣全都骇然！

非常明显，刚获胜的小黄门，根本不知武艺，只是靠着强壮的筋骨身躯，完全靠蛮力把金瓜武士打飞。甚至在打飞敌人之后，他还懵懵懂懂，似乎完全不敢相信亲眼看到的战果。

到这时候，别说那些精通武技的武将朝臣了，就算外行的文官也立即想到，小黄门喝了灵液后，就算不会武技，也将金瓜武士打倒，那如果他经过了训练，已有一身武艺呢？

霎时间，满朝文武全都惊喜交加，所有人的目光都聚焦到鄂伦的身上！

这时雷烈心更是兴奋得站起来，不顾仪态地冲下御座，直接去地上捡起那个盛过星毒灵液的海碗；紧接着他又冲到大殿门边，对着日光，想看清那些残存的药液究竟是什么。

见帝王都如此，整座天雪皇宫主殿中，刹那间沸腾了！所有文武官员前拥后挤，全都要去皇上身边一睹为快。

还有些机灵的官员，眼见腿脚慢了，挤不进人群，立即掉转方向，冲到鄂伦法师的身边，极力跟他搭话。

这些官场的人精，这时候跟荒野胡人所说的话，看似矜持，实则是赤裸裸地向他示好。

整座大殿中，最兴奋的人当属天雪皇。

很快，查看完碗中残液，他就转过身来，被众人簇拥着来到鄂伦面前。

“鄂伦仙师，”雷烈心已经换了称谓，一脸敬重地问道，“如此惊人结果，不知仙师如何做到的？此术究竟传自何方？”

“陛下，”鄂伦恭敬答道，“此术乃在下族中祖传秘术，来历久远，甚至有传言，可能来自龙魔二族巫术的结合。所以祖上也曾向人王献过此术，却都被驱逐。不知陛下您……”

“无妨！”雷烈心断然说道，“非常时，行非常事，那些人真是有眼无珠！”

“那就太好了！”鄂伦闻言激动道，“‘士为知己者死’，承蒙陛下如此厚爱，小人当尽心竭力，为天雪国效命！”

“很好，很好！”雷烈心拊掌赞道。

停了片刻，他忽然想起一事，便问道：“仙师这灵液，究竟如何制得？”

“禀陛下，非是小人自夸，这星毒灵液的炼制，着实不简单。”鄂伦一脸诚恳地禀道，“不瞒陛下说，此灵液以草木禽兽的生命为代价，经过秘法炼制，提取出生灵精魂中蕴含的天顶星海晶河之能，化为‘星毒灵液’，便有突飞猛进、造化之功。

“正因提炼过程稍显酷烈，敝族祖上才用‘星毒’之名来提醒后人，此术不可滥用，唯恐有伤天和。”

说起来，鄂伦这话，已经老老实实地点明了，这星毒灵液的提取过程，实在非常符合“邪术”的特征。但正因为他老老实实地说出来，天雪皇反而对他毫不猜疑。

并且，在炽热无比的野心烧灼下，雷烈心哪管什么邪术不邪术？只要能实现他的“宏图伟略”，用点邪术，牺牲点草木禽畜，他根本就不放在心上。

在这种心态下，别说他主动怀疑和顾虑邪术了，他甚至都想当场制止鄂伦再说出类似的“实话”。

于是，听得鄂伦话中还有自责警醒之意，雷烈心立即道：“仙师不必有顾虑，若牺牲这些灵物，对实现大道能有帮助，想必上天也会赞同宽宥。

“倒是仙师，朕有一事想知道：这星毒灵液这么好，想必炼制起来很难，那不知如何才能大量产出呢？”

第八十八章

鹿苑机锋

“这……”鄂伦微一沉吟，尔后沉声说道，“陛下开拓之心，鄙人已知；可只怕此事要费些本钱，恐怕陛下舍不得。”

“哈哈哈！”雷烈心闻言，仰天大笑道，“鄂伦啊鄂伦，你听过‘天子富有四海’之语吗？为成大业，什么本钱舍不得？你且说吧，休要以小民之心度天子之腹！”

“好，那我可就说了——”鄂伦目视君王，昂首慨然道，“臣闻离此天雪城东南三百里处，有寒灰山延绵二百里，那里正是万里雪原的贵国中，山林最丰富、飞禽走兽最密集的山场。

“如果君王能将此山赏给鄙人，鄙人当召集弟子，在寒灰山中为君王制造更多开疆辟土的利器，纵使赴汤蹈火，在所不辞！”

“哈哈，原来如此！这有何难？”雷烈心一击掌，傲然道，“鄂伦，朕即封你为‘寒灰山主’，又号‘星毒仙师’，专为寡人炼造‘星毒灵液’，淬炼星毒武士。待到功成，你与一众弟子，皆厚封赏之！”

“微臣谢主隆恩！”到这时鄂伦也不再孤傲了，立即翻身拜倒，朝帝王叩头谢恩。

见得如此，在场诸臣立即纷纷颂扬，说什么天生圣主，方有异人来朝，想必天赐国运，自此天雪国要称霸人境。

在这不算新鲜的奉承中，还出现了少数朝臣，顺带也对雪奴贵妃进行颂扬，说她真是忧国忧民的贤妃，是后宫的典范，有了她从此君王伟业新张。

当谀辞渐息，却有一人忽然高声叫道："鄂伦道友，小弟对所谓灵液，却有异议。"

此言一出，满殿皆静；众人愕然回头，却见是一位青袍飘飘的道人，正对鄂伦高声发问。

"原来是孔休。"看到他，朝臣们心中顿时想道，"呵，孔休此人，因为进献'皇子煞星，离京不祥'的乩语，便得恩宠，封为国师。现在他一定是看到鄂伦抢了风头，得了好处，不免心生敌意。也好也好，倒要看看这个异形异相的胡夷高人，究竟如何应答。"

当众人心思各异，瞩目之时，便听鄂伦不卑不亢应道："敢问先生，有何异议？"

"异议不小。"孔休国师咄咄逼人道，"贫道不才，颇习相面之术；刚才小黄门饮用灵药，虽是骤然勇猛不凡，但看他相貌，却有问题。"

"当然有问题了。"出乎众人意料，鄂伦竟一口应承有问题。

"啊？道友你、你这是什么意思？"很显然孔休也很意外，有些惊愕地看着鄂伦。

"当然有问题，"鄂伦一本正经地说道，"他一朝变得勇猛如斯，以后再也没法当小黄门侍奉君前了，从此要去沙场杀敌立功当将军了。"

"哈哈哈！"看着他一本正经地说出戏谑之言，围观众臣立时发出一阵哄笑。

"陛下！他巧言令色！他这灵液——"孔休见状急得转向天雪皇，想要点出自己的猜疑；没想到他话还没来得及说完，便听得雷烈心重重地哼了一声，冷冷说道："先生，不必说了。"

听得此言，孔休张口结舌，那张老脸先是涨得通红，转而好像意识到什么，一张红脸瞬间又变得煞白。

这时候，也不用看他的脸色，那些嗅觉灵敏的在场之人，已经意识到，这位孔休孔国师，恐怕真要休了。

于是，那些同情大皇子的朝臣们，立即在心中快意叫道："哈哈，报应啊报应！孔休孔休，你也有今天！"

朝堂上的变化，其影响立即如涟漪一样向外扩散。鄂伦的得宠自不必说，连孔休失去圣心的消息，也开始向外传播。

这一日，在天雪国一处荒山野岭，有几个普通百姓打扮之人，正在岩石的阴影里说事。

这几人，衣衫都有些褴褛。他们以其中一人为中心，其余人在四外散开，更有两人立在外围的荒草中，向四野警惕地注视。

虽然都是寻常布衣打扮，但这几人神色凌厉，举止彪悍，作风老辣，绝非普通百姓可比。

尤其最当中那人，更是身材高大，外表粗豪，虽然身上衣服都有些破烂，但言谈举止间风度豪迈，宛如燕赵慷慨悲歌之士。

此时，这位明显为首之人，说话也有些慷慨悲歌的意思，一开口就是："唉，诸位兄弟，我血义盟当年何等声势？却不料命途坎坷，先被玄武卫鹰犬奸计所害，之后在梦泽国事业又告失败，以致现在事业低落，大伙儿四散乡野，我夏侯怒风愧对各位兄弟啊！"

没人能想到，在这样荒野之地说话的，竟是凶名四播的血义盟盟主夏侯怒风！

"大哥千万不要这么说！"见盟主情绪低落，旁边那个长着浓密络腮胡子的孔武汉子立即道，"圣人无言，而这世上愚民甚多，朽朝又是极凶恶的，我们血义盟的正义事业本就艰难困苦。偶尔有些挫折，是很寻常的，大伙儿绝不会因为这个有什么怨言。反正我耿彪，是誓死追随盟主大哥的！

"再说了，人不是常说'否极泰来'吗？我们现在不也是没法更惨了吗？说不定好事儿就快到来了。"

"唉，希望如此吧。"夏侯怒风叹息一声，心情显然并没有因为耿彪的话好转。

见他如此，副盟主耿彪，立即抬起胳膊，朝众人振臂高呼道："摧毁朽朝，正本清流；屠尽龙族，光复神州！"

口号喊起，周围的血义盟教徒也条件反射般地跟着振臂高呼，一时间倒也心潮澎湃，气氛热烈，没刚才那般低沉了。

正热烈喊口号时，却忽听得外围放哨的教徒叫了一声："大伙儿噤声！"

于是刚才热烈无比的口号声瞬间消失，荒野中陷入无边的沉寂。

"会有谁来？"带头喊口号的耿彪闻声想道，"这片荒野没什么人烟，我们事前都看好了的，否则老子也不敢带头喊口号哇。"

正犹疑间，他们便听到空中传来一阵窸窣之声，好像是飞鸟振翅高飞。

众人闻声抬头，却没看到什么飞鸟，只觉得有一片阴影从头顶飞下，转而悬停在夏侯怒风的面前。

直到来到近前，众人这才看到，这片阴影确实呈飞鸟之形。不过非常奇怪的是，他们根本看不到眼前有什么实体，只觉得那处的空气如同水波一样动荡，似乎组成了飞鸟之形，但仔细看看，却好像又什么都没有。

"是娘娘的'灵鸟传书'！"这时夏侯怒风又惊又喜，朝这无形之鸟侧耳倾听。

之后又是一阵窸窸窣窣声，众人什么都没听到，但夏侯怒风的表情却越来越喜悦。

到最后，他躬身一礼，送走了无形之鸟飞入云天，然后整个人都乐得差点蹦起来！

"太好了太好了！"只见他攥着拳头仰望天空大叫道，"我夏侯出头的日子来了！咱血义盟的事业又要迎来高峰了！哇哈哈哈！"

"怎么了怎么了？"耿彪见状心痒难熬，连忙问道。

"耿兄弟，诸位，刚才我之前说的宫中贵人来消息了。"夏侯怒风憋着笑意，故作矜持地说道，"贵人说，她已帮我铺好路，只要我按她说的做，不用多久，天雪国的国师之位，就是我的了！"

"天雪国国师！"听得这话，包括耿彪在内的所有血义盟教徒，全都倒吸了一口冷气。

不过这只是第一反应，很快在场这些血义盟核心教众，全都欣喜若狂，不少人还热泪盈眶！

这当中，耿彪欢喜一阵，倒是很快冷静下来。他小心翼翼地提醒夏侯怒风道:“大哥,天雪国国师啊!天雪国可是咱人族第二大国!有这样的好事吗?况且,那个宫中贵人,神神秘秘的,先不说她有没有这个能耐,就算她有,她凭什么帮咱?”

“凭什么?当然因为我们正义的事业!”一身破衣的夏侯怒风义正词严地说道。

不过,他也看到耿彪眼里的神色,显然耿彪没被这个理由说服。

这其实是很明显的,有些正义的口号,只是喊给普通人听听的,真正血义盟的核心高层,有多深信,很难说。比如这位耿彪,虽然在血义盟中上蹿下跳,乃是铁血骨干,但和其他大部分教徒都不同,他对这一切都看得“门儿清”,单凭一两句大话,很难说服他。

“好吧,”显然夏侯怒风也深知这一点,便微微低头,凑近了自己的第一心腹,压低了声音说道,“耿兄弟,你说的疑虑,大哥我都知道。可是,我只问你一句话:咱血义盟,现在还有其他选择吗?”

“……明白了。”耿彪立即领会了夏侯怒风的意思,不再犹疑,转过头加入欢呼的人群,施展煽动本领,将众人欢庆的气氛煽得更上一层楼。

不久之后,一身新衣的夏侯怒风,就去天雪城最大的城门口,揭下了“屠龙悬赏榜”。当他被宣入宫,天雪皇问他究竟进献何术时,他却说,自己进献的不是奇术,而是异人。

也不知当时他和天雪皇雷烈心对谈了多久,谈话的内容是什么,总之不久之后,血义盟盟主夏侯怒风,就被奉为了天雪国的“护国圣师”。

当日后天雪国与华夏国全面交恶时,有识之士梳理前因后果,便指出,两国交恶,恐怕从天雪国任用华夏国严厉缉办之人为国师时,就开始了。

当听到夏侯怒风当了天雪国师,华夏国立即以宰相司徒威的名义,专门派使臣质询此事。

结果天雪皇雷烈心左推右挡,虽然并不来硬的,但种种言行都表明,夏侯怒风这个人,他用定了。

见他如此,华夏国朝堂一时也拿他没办法。

当血义盟的盟主成为天雪国的国师后,自然而然地,原本一直被打压的血义盟，也成为天雪国的新国教。

于是这个一直在夹缝中生存的激进组织，终于在梦泽国短暂的好日子之后，又迎来了事业的第二春。

不过对这个结果，天雪国的周边各国，就算没像华夏国那样当面质询，内心也深感不安。毕竟，血义盟可曾造出了“翡翠惊天雷”啊……

但接下来事情的发展，就让人觉得很奇怪了。那一向极端的血义盟，入主天雪国之后，竟然偃旗息鼓，在很长时间内都没折腾出任何动静来。

这段时间里，天雪国中最出风头的，还得数“寒灰山主”“星毒仙师”鄂伦，以及他制造出来的“星毒灵液”。

当然，鄂伦显然还是个很诚实的人，在受到天雪皇极度恩宠之初，便坦率明言，说这号称“神仙泉”的奇异灵液，不仅制作困难，不太可能大规模生产，更重要的是，它也有时效，短则几天，长则数十年，并且和饮用之人自身的武技力量有关；往往武艺越深的人，星毒灵液的强化时效越长。

对他的开诚布公，雷烈心十分欣赏，并且对鄂伦的提醒，完全没放在心上。

有时效怕什么？别说最短几天了，在生死战场中，就算效果能有一两个时辰，那也很了不得。

对这一点，当年真的上过阵打过仗的马上皇帝雷烈心，再明知不过了。

所以，鄂伦这一自揭其短，反而让他的圣眷更隆了。

“星毒仙师”鄂伦说的话，也都是实话，星毒灵液的制造并不容易。此后两三个月中，他和一众门徒在寒灰山中，只炼制出少量灵液。

因为产出不多，当前只能配给天雪国御林军及最精锐的雪豹骑、雪彪军，并且只能限定高级将领少量配用。

一时间，如同“洛阳纸贵”，有神仙泉之称的星毒灵液，在天雪军中异常火热。

许多天雪兵将开始走动门路，务必求得一瓶灵液，因为拥有它，本身就是身份地位的象征啊。

在天雪国的军队序列中，雷冰梵统属的幽州雪狼骑，排名很后。不过等了五六个月后，还是有二三十瓶水晶瓶盛装的星毒灵液，送到了他的手中。

无巧不巧，当天雪皇庭赐来的星毒灵液抵达幽州城时，一路南行的苏渐，也恰好来到幽州城，顺路拜访自己的好兄弟、旧相识。

当兵丁传报苏渐求见时，雷冰梵正端坐城守府中，看着案前一排排的星毒灵液发呆。听得苏渐前来，一贯高冷示人的雷冰梵，立即蹦了起来，在下属们目瞪口呆的目光中，旋风般地冲出了城守府。

见到昔日好友，雷冰梵什么话都没说，端详一两眼后，便箭步上前，和苏渐紧紧地拥抱在一起。

久别重逢，自然有许多话要说。当苏渐被请入城守府后，他便对雷冰梵说了自己近来的种种经历。

本来幽州城守府那些属官们，还对雷冰梵如此失态地去迎接一个少年感到匪夷所思；但这时听了苏渐谈起的内容，不禁一个个呆如木鸡，人人心说自己真是瞎了狗眼，没想到这个清神俊朗的少年郎，竟有这样惊人的经历。

互相道过别后之情，苏渐便指着案上晶瓶问道："冰梵，桌上瓶中盛着的碧蓝莹莹之液，看着便不凡，究竟是何灵物？"

"正是'星毒灵液'。"雷冰梵道，"现在它的大名，已经传遍天雪国境，简直一瓶难求。不过父皇恩典，终于也给我幽州城军，赏赐了二十八瓶。"

"原来是它啊。"苏渐恍然说道，"一路往这边行时，我便听得路人纷纷传扬，说有神仙在寒灰山中炼制灵药，能让手无缚鸡之力的书生，转眼变成屠龙搏虎的勇士，没想到我竟能在你这里看到它的真容！"

说到这里，少年有些奇怪地看着兄弟道："冰梵，怎么看你眉间若有忧色？这不应该是宝物吗？"

"人人都说它是宝物，可我看未必。"银发皇子道。

"啊？何出此言？"苏渐惊讶地看着他。

"嗯，"雷冰梵苦笑一声道，"我比常人，更知此物来历。首先炼制之人，那所谓'星毒仙师'的鄂伦，便来路不明。其用心如何，尚未可知。也有消息传来，说寒灰山灵液炼制之所，草木干枯若败絮，禽兽碳化如灰石，场面颇为惊心动魄。”

“这！”苏渐倒吸一口冷气道，“这么说来，如此炼制之术，颇近邪术啊。”

“我之忧心，正在此处。”雷冰梵沉吟说道，“那鄂伦也曾明言，说星毒灵液乃是提炼草木禽兽的生命星能，显而易见是以生灵性命为代价。这法子一听，便似邪术，只可惜父皇他……”

说到此处，雷冰梵欲言又止，不过未尽之意，苏渐立即领会。

“嗯。”苏渐想了想，点点头道，“不管如何，此物炼成，几近‘倒行逆施’，若是饮用，真正后果未为可知，还是慎重为之。”

“此言正合我意。”雷冰梵点了点头，立即提高声音，对城守府中大小官员道，“各位官佐听清：幽州城并无战事，灵液饮用暂不急迫，且先纳入库房，徐徐再议。”

颁完此令，雷冰梵便转脸朝苏渐笑道：“苏兄远来，今夜当抵足而眠，通宵夜话。”

“甚好甚好，我也正有此意。”苏渐笑着答道。

见他俩如此，阶下众官员个个惊心。因为在他们的认知中，天雪皇长子雷冰梵，从来冷若冰霜，怎么可能像今天这样满面春风？还主动说要和来客同榻夜话，简直匪夷所思！

于是，除了少数知道苏渐来历之人，那些新入官署的幽州将官们，全都暗下决心，一定要弄清此子来历，并和他打好关系。这正是：

莫放春秋佳日去，最难风雨故人来！

这一晚，雷冰梵果然和苏渐抵足而眠，通宵夜话。

除了畅叙当年同窗之情，他俩更多的是夜话天下大势。

有些话，白天城守府中不宜多讲，但此刻联床夜话，尺度便放开了许多。

于是，雷冰梵明白无误地表达了对父皇近来种种举措的担忧。不仅是星毒灵液和鄂伦，他对雪奴贵妃的忽然崛起，也颇为不安。

这种不安，说不上从何而起，要仔细分析，好像也没什么道理。毕竟雪奴贵妃谨慎明达，种种作为，特别是“屠龙悬赏榜”，已经为她赢得了广泛的尊重。

而这种不安，也并不来自所谓对后宫干政的成见。

毕竟人龙大战后，许多不合理的旧礼教也被一并摧毁；乱世之中，只要有助于抗龙大业，什么“后宫不得干政”“防止牝鸡司晨”之类的旧法礼教，已经没什么市场。

所以，对雪奴贵妃崛起的担忧，无论从哪方面讲，都好像完全没有道理。

但雷冰梵对此就是心中不安，并且当他布下的耳目传来更多的情报时，他这种不安感就越来越强。

以雷冰梵的身份地位，这种没道理的担忧自然不方便对他人讲；但今天恰好苏渐前来，于是冷月清辉中，雷冰梵就对自己的好兄弟，一吐心中的忧烦。

如果换个倾听者，难免要劝他不要作这样无谓的担忧。但幸运的是，能与雷冰梵相知，又岂是一般人物？苏渐没听多少，便立即理解了他的这种不安感。

因为，经历了这么多凶险风波后，苏渐也养成了一种没法用理性分析的奇特直觉。他的感觉和雷冰梵一样，那个声名鹊起的雪奴贵妃，带给天雪国的，恐怕不只是现在看到的这些。

至少，他和雷冰梵都在灵鹫学院中学过一句智者之言：

“身怀利器，杀心自起，慎而重之。”

现在雷冰梵的父皇有了星毒灵液，不就是“身怀利器”了吗？身怀利器，如无意外，必然杀心自起；那天雪皇能“慎而重之”吗？

纵观天雪皇雷烈心的事迹，雷冰梵和苏渐对这个问题的答案心知肚明。毕竟除星毒灵液之外，血义盟的盟主，正被天雪皇用为国师呢。

所以，他二人的忧虑，变得更加强烈。

天雪国的月色，冷淡清幽；如水的月华透窗而入，照着两个久别重逢的少年，如同在他们的身上镀上一层淡淡的银光。远处的荒野中，偶尔传来一两声冰原雪狼的嚎叫，衬托得夜晚更加安静。

长夜静谧，冷清的月光里，除了说起令人忧心的军国大事，他们俩还谈到了两人共同的朋友，亚飒。

天潢贵胄毕竟是天潢贵胄，当雷冰梵听说了亚飒居然欺骗苏渐，夺走了可怕的“永寂之刃”时，变得气愤难平。

虽然苏渐还说着缓和的话儿，猜测亚飒也有难言之隐，但雷冰梵完全不以为然。他对苏渐愤怒地说，果然“非我族类，其心必异”，亚飒这样的混血者不值得相信。

虽说苏渐对亚飒的作为也非常生气，甚至不惜用小春原进行威胁，但在他的内心中，依然对亚飒怀着美好的期望。

苏渐期望，混血少年只是一时糊涂，最终还会重新回到那个正常的热血男儿。

不过对他这样的看法，雷冰梵却只是用冷哼回应。

并且，朦胧的月色中，他还认真地警告苏渐，让他在此事上不能抱任何幻想，千万不可有妇人之仁。并且声明，以后再也无法相信亚飒。

听他说到这种程度，苏渐别无他法，只能报以苦笑。这时候，他转脸看向窗外冷清的月色，仿佛又见到灰发少年那阴郁低沉的眼神。

这一晚，久别重逢的两个同窗少年，就这样抵足而眠，喁喁夜话；不管说的事情让人欣喜还是忧心，他们俩都好像有说不完的话。

于是，这一场夜话，持续到东方破晓，直到天光放亮，苏渐二人才一同滑入了梦乡……

曾在华夏国最高学府深造的雷冰梵同学，在同班高才生老友的建议下，暂缓了星毒灵液的运用。

这样的事情，根本瞒不住人，很快就有天雪皇安插在幽州城中的眼线，暗中传报给天雪城。

当天雪皇雷烈心收到这消息时，他正和二皇子雷冰烨在皇宫鹿林苑中问答治国方略。

和沉溺武技的长兄相比，二皇子雷冰烨更喜欢读书，从小各种圣人典籍、兵书战册尽皆烂熟于心。

说起来有些奇怪的是，虽然值此乱世，但包括雷烈心在内的各国君王，还是更喜欢爱好读书的子孙。

这一点已占了先机，雷冰烨做人的本事却还要更高，尤其和父皇在一起时，他从各方面察言观色、揣摩心意，再加上满腹诗书，对答的效果，便可想而知。

当幽州城的消息传来时，雷烈心正“朕心大悦”，用无比欣赏的眼光端详着二儿子。

这种情况下，雷烈心听到皇长子竟然阳奉阴违，心情顿时由“悦”转“怒”。

当然，虽然心中不快，雷烈心也只是微微皱眉。

“父皇，皇兄他……应该也是有苦衷吧？”这时候，倒是雷冰烨看着父亲的神色，小心地替同父异母的兄长开脱。

“此事不须你说。”雷烈心摆了摆手，阻止二皇子再往下说。

不过，稍停了片刻，他却用关怀的语气说道：“烨儿啊，有件事为父早就想提醒你。”

“啊？父皇何事？儿臣洗耳恭听！”雷冰烨连忙神色恭敬地说道。

“烨儿，你热爱读书，本是好的。可是，毕竟现在纷纷乱世，世情险恶，很多东西光看书是学不来的。你……不可过于宅心仁厚啊。”天雪皇罕有地推心置腹说道。

“儿臣谨遵父皇教诲！”雷冰烨恭敬行礼，一脸感激之情。

“你记住就好，以后——”雷烈心刚说到这里，却忽听环佩叮当，一阵香风吹来，紧接着就听到一个娇柔的声音说道：“你们父子俩，在说什么事呢？这么认真。”

雷烈心父子俩闻言，一起转脸，正看见雪奴贵妃捧着茶盘，上面摆着两只白瓷茶盏，长裙曳地，往这边款款而来。

见此情景，雷烈心微微皱眉，开口道：“爱妃啊，这些奉茶之事，便让宫女下人去做即可。你贵为皇妃，怎可干这些粗活？”

“嘻，这怎么是粗活？”雪奴贵妃嫣然一笑道，“不打紧的。为天子、皇子奉茶，正是我的荣幸呢。”

说着话，雪奴贵妃已来到近前，柔软的腰肢款款跪低，抬起双手，将茶盘举过眉心；向雷烈心父子二人示意后，她便轻轻放下，伸出纤纤玉手，次第端起茶盘上的白玉茶盏，优雅无比地递向雷烈心与雷冰烨。

一边奉茶，雪奴贵妃还一边柔声说道："皇上，不管您相不相信，臣妾对荣华富贵并无所念。妾身只愿和夫君过市井普通人的生活，那样虽然艰苦平淡，臣妾却感觉很幸福呢。所以呢，皇上您不要见怪，雪奴我一定要给您素手传羹、亲手奉茶的。"

听得她这话，周围那些宫女侍卫全都惊呆了。

要知道后宫礼法森严，一言一行莫不规矩滔天；雪奴儿这话放到外面只属寻常，但此刻在君王之前，说出这样的话来，简直是大逆不道啊。

于是众人脸色惊恐，全都等着性子刚烈的天雪皇勃然大怒。

但没想到，对雪奴贵妃这番话，天雪皇竟然极为受用。

"哈哈，爱妃，"他举起茶盏，对雪奴儿宠溺地一笑，"你呀，说话真是天真烂漫、不计后果。也罢，朕也着实烦透了后宫争斗，这些娘娘们整天在朕面前钩心斗角，自以为纵横捭阖、惊心动魄，其实在寡人眼里，有如儿戏，真是烦透了"。

"倒是雪奴爱妃你，抽身事外，一心只为寡人着想；朕虽身为帝王，却还要说，遇见你，是朕之幸，如此纯净如白莲、清新似碧茶、天然去雕饰的人儿，还能去何处寻？朕心实喜、朕心实喜啊！"

"嘻嘻，承蒙皇上欢喜。"雪奴贵妃轻轻一笑，看了旁边雷冰烨一眼，又朝雷烈心笑道，"皇上啊，奴家可不敢当您这般赞誉。奴家没读过多少书，不像二皇子殿下饱读诗书，以后万一有什么话说得不对，还请皇上万万恕罪。"

说到这里，她忽然话锋一转道："皇上啊，请恕臣妾多嘴，刚才奉茶趋前时，竟见皇上眉宇略蹙，不知有何事烦扰？"

"哈，就说还是爱妃你真心关心我。"天雪皇笑道，"不像那些女人，一来就叽叽喳喳地要赏赐、争恩宠，真是愚蠢、愚蠢！侍奉好寡人，恩宠赏赐不都是随之而来的事吗？"

"陛下，"雪奴儿闻言，立即正色道，"难道您还要奴家再说一遍吗？只要能替君王解忧，什么赏赐和恩宠，雪奴全都不要！"

"好好好,不说这个——还不是因为大皇子之事!"雷烈心有些没好气地道,"对这个皇儿啊,朕这当父亲的,已经极为体恤;当初他想外放去幽州,朕虽然担忧他的安危,但最后还是放他去那里了。

"虽然他远在边陲,朕却时时刻刻地关心着他。这不,爱妃的屠龙悬赏榜,引出鄂伦仙师这样的高人,好不容易提炼出神仙宝物一样的灵液,本就不多,朕还特地挤出几十瓶送给他,结果他……"

"难道他嫌少?"雪奴儿讶异道。

"什么嫌少!"雷烈心没好气道,"若嫌少,我怎会皱眉?实在是他这次太过顽劣,竟然私下听信狐朋狗友的妄言,对仙师的灵药无端猜疑;他也不跟我禀报,就擅自把这般珍贵的灵药锁在库房了!"

"啊!大殿下他怎么会——"脱口惊呼的雪奴儿好似忽然意识到什么,连忙神色一霁,展颜笑道,"皇上啊,大殿下他这么做,也不是完全不可理喻。毕竟他远在边陲,难以体察皇上您的美意。更何况他还是少年,年轻气盛,总有一些自己的坚持,也不算坏事。"

"哼,少年?"雷烈心冷冷一笑,"若说少年,烨儿难道比他还年长?冰梵怎么不学学烨儿,与朕亲密无间?"

说到这里,他看着神色急切的爱妃,忍不住叹息一声道:"唉,爱妃啊,你倒是深明大义,对任何人都善良,就怕我父子二人生隙。可是爱妃你有没有想过,此灵药说到底也是从你屠龙榜而出,他这番拒绝朕,也是拒绝爱妃你的好意啊。"

"皇上!"听到这里,雪奴儿已是泫然欲泣,"臣妾宁愿被大殿下误会,也不愿您因此而生气;臣妾宁愿皇上治臣妾坚持主张屠龙榜之罪,也不愿皇上父子心生嫌隙啊。"

"哎呀,爱妃莫哭、爱妃莫哭!"听得肺腑之言,已是感动莫名,再看她眼眶泛红,雷烈心简直心疼得要死;他连忙趋身向前,双手扶住雪奴儿的香肩,急声安慰。

安慰到一半时,雷烈心忽然意识到什么,便转过脸,眼神朝周围一扫,冷声说道:"听好了,今日对答,如有一言半句传出去,'所有人',都得死!"

此言一出,宫女侍从们顿时跪倒一片,连称不敢。

此后再闲谈一阵，雷烈心想起还有政务，便先走了。

见他走了，其他人也不敢多留，没过多久，二皇子雷冰烨便起身送雪奴贵妃离去，态度十分恭敬。

一切都很自然，唯一有些特别的是，二皇子陪着雪奴贵妃走出很远，都没有离去的意思。

见得这样，雪奴儿有些讶异，留心观察了几次，便发现雷冰烨的眉间眼角，和他父皇一样也有些烦闷之色。

见得如此，雪奴儿便轻启朱唇，柔声问道："二皇子殿下，不知你有何烦忧？"

听她相问，雷冰烨好似有些惊讶，也没有直接回答，而是以欢欣的语气说道："原来贵妃娘娘，也和关心父皇一样关心儿臣呢。"

"那是自然，"雪奴贵妃掩口笑道，"你们父子二人，都已是臣妾家人，自然一样关怀。对了二皇子殿下，既是一家人，我等也不须这般拘礼，我叫你'冰烨'，你称我'雪奴'，这样显得亲切。"

"这……"雷冰烨眼中闪过一丝异色，只是稍作迟疑，便欣然叫道，"那冰烨恭敬不如从命，便呼'雪奴'吧。"

"嗯，这样很好啊，毕竟我们几乎同龄呢。"雪奴贵妃微笑道，"不过冰烨你还没回答我，究竟为何而忧？"

"唉，"雷冰烨叹息一声道，"还不是因为自己不成器？皇兄大才，却不知他怎么想的，竟自愿去幽州那样临近星降高原的恶劣之地。作为亲兄弟，我一直替他担心，刚才又见父皇不喜，便更为担忧了。"

"原来如此。"雪奴儿看着他道，"你和兄长的关系，很好吗？"

"当然！"雷冰烨毫不犹豫地回答道，"我和他虽非一母所生，但同父即为亲兄弟。自幼冰梵兄长便教我诗文剑术，'长兄如父'的话，也许在别人家那儿只是客套话，但在我天雪皇家却是真的。所以雪奴你想，父皇这样生兄长的气，怎叫我不担心？"

"哦，如此真好。"雪奴儿笑道，"冰烨孝悌之心，溢于言表，雪奴愈加佩服了。至于你的忧虑，我却觉得不须担心。"

"嗯？此言何解？"雷冰烨疑惑地看着他。

“很简单啊，”雪奴儿道，“这世上哪家做父亲的，不觉得儿子不成器？他刚才好像对你皇兄不满，却反而说明，皇上内心十分关心呢。”

“这样啊，那太好了！”雷冰烨立即击掌欣然应道。

尽管语气欣然，雪奴儿却分明从他眼中看到一丝奇怪的不悦之情一闪而逝。

察觉到这缕不一样的神色，雪奴儿的嘴角悄悄地爬上一丝冷笑。不过她很快神色如常，好像什么都没看见，继续不动声色地沿着鹿林苑花圃小径往前行。

说起这鹿林苑，也是天雪城中一处少见的皇家园林。虽说天雪城地处北方，气候清寒，但正因如此，作为皇家御花园的鹿林苑，反而特地从人族各国搜罗来奇花异草，务求四季都有鲜花盛开，并且花型花色都追求热烈鲜艳。

所以，相比二皇子有些低沉的心情，鹿林苑中此时却是百花怒放，争奇斗艳、姹紫嫣红之际，令人十分赏心悦目。

察觉出二皇子言不由衷时，雪奴儿正和他走过一片蔷薇花圃。

也许为了排解心中的纠结，雷冰烨没话找话般，指着路边一丛盛开的蔷薇花说道：“雪奴你看，这片蔷薇，有白，有黄，有红，有紫，密密匝匝的，真是五颜六色，繁茂细密，煞是好看。”

本只是随便说说的话，按雪奴儿这样善解人意的人，肯定也就顺水推舟，一起称赞。

没想到，雪奴儿听后，却摇了摇头，用极认真的语气，说出另一番话来。

第八十九章

夜探寒山

只听她道:“冰烨此言,雪奴却大不认同。鲜花之美,岂求量多?你看这些蔷薇花朵,个个比铜钱大不了多少,挨挨挤挤的,反落下乘。

“雪奴反倒觉得,应该将这些形色不美的冗余之花全都剪掉,只留一朵;至此养分充足,空间足够,这才能让它长得又鲜又美。”

说到这里,雪奴儿好像十分感慨,叹息一声道:“唉,世人皆痴,难下决心,觉得既然它们能来到世间,那就每一朵花都要爱护,一朵也舍不得剪掉;岂不知,这样做反而违反了初心——我们最初想要的,不就是最大限度的赏心悦目吗?”

听雪奴儿说着这样的长篇大论时,雷冰烨却没有作声,只是目光闪烁,若有所思。

又走了一阵,雷冰烨忽然开口道:“雪奴,能否请你帮一个忙?”

“你说。”雪奴儿立住脚步,回身看着他。

“是这样,”雷冰烨说道,“我有一忠仆名‘盖世雄’,一身武艺,也擅土灵之术,前些日子蒙父皇恩典,也饮了灵药,战力果然变强。

“只是世雄事后告诉我,他武艺术法皆强,丹田气海相比常人大很多,因而只饮一瓶灵液,只能激发他两三成潜力,没有后继,十分可惜。”

“不瞒你说,世雄对我忠心耿耿,事事追随,我便有心成全抬举他;只可惜星毒灵液配额紧俏,就算以我皇子之尊,也搞不到更多,真是可惜。”

“这样啊,真是有点可惜呢。”雪奴儿闻言,一脸惋惜地道,“奴家倒是有心帮忙，只是星毒灵液已是军国重器，我区区一个后宫嫔妃，想拿到更多，也难以办到呢。”

“哦？”雷冰烨看着她，停了一下，若无其事地道，“贵妃娘娘岂可如此自谦？毕竟屠龙悬赏榜，是娘娘您亲自主张的，虽然皇儿没有派人细致探察，更没有命人查探鄂伦仙师的来历，但总觉得贵妃娘娘有办法帮到呢。”

雪奴儿闻听此言，瞥了雷冰烨一眼，忽然间笑得花枝乱颤，几乎笑得弯下腰来。

待笑声稍歇，她直起身，盯着雷冰烨道：“哎，不愧是盛名在外的二皇子。奴家这点小心思、小手段，果然只是女人家的本事，落在二皇子殿下这样的大英雄眼里，简直不值一提，一眼看穿——

“哎呀，就和方才皇上说的一眼看穿宫斗那样呢。冰烨，不要怪雪奴刚才推脱，因为虽然有点门路，却也不敢保证。”

“无妨，只要你有这份心就行。”雷冰烨看着娇美柔媚的女子，淡淡地说道，“其实这只是小事。天地如炉，人力渺小；欲成大事者，还需有力者团结互助才好。”

听得此言，雪奴儿不由得一愣。她没想到，这位二皇子殿下，这么快就说出了结盟的意思。

不过她也没有迟疑，嫣然一笑，便腰肢下摆，款款一个万福，说道：“殿下心意，雪奴已明。果然父子相承，你和皇上很像，值得雪奴亲近。

“唉，天意果不可知，我费尽心思寻来的神仙灵药，本来一心只为辅佐吾皇，说不定却终为殿下所用呢。”

说罢此言，她再没停留，转眼便飘然远去。

看着她远去的身影，雷冰烨想着她刚才最后一句话，忽然间那颗心“砰砰砰”地剧烈跳动起来。

望着女子袅娜飘逸、凹凸有致的身影，雷冰烨又想起她三番五次提到自己和父皇相像，便在心脏剧烈跳动时，忽然还浑身火热，心痒难熬。

神魂激荡之际，雷冰烨在蔷薇丛中站了很久。

天空的云团从头顶飘过，在大地上投下阴影；皇子的身形便一会儿笼罩在云影之中，一会儿又沐浴在阳光之下。

直到女子的身形彻底消失，再也看不见，又过了好一会儿后，雷冰烨才如梦初醒。

他看着女子消失的方向，下意识地攥紧拳头，低声说道："我一定会向你证明，我比皇兄强，我比父皇强！

"还有，你的蔷薇之喻很对，但有一点我要纠正：最后留下的蔷薇，不该只有一朵，而是两朵！"

从这一刻起，原本还算平静的天雪帝国，就从帝苑开始，逐渐搅起漫天的风波……

如同"灯下黑"，接近于风暴眼的天雪城军民们，对即将到来的剧变，反而没有太多的感知。

反倒是远在千里之外的幽州城，有两个意气相投的年轻人，嗅出了里面蕴含的绝大危机。

"读万卷书，行万里路"，有过博览群书、纵览神州的经历，苏渐和雷冰梵二人，拥有了和其他人不同的视角。

更何况，雷冰梵还不为人知地掌握着一流的潜藏组织"雪杀组"。于是，有些事情即使发生在天雪皇城深宫中，只要他想知道，假以时日，他都能知道。

这种情况下，当感知到涌动的暗流，看出星毒灵液中暗藏的杀机，简单商量后，他们二人便决定深入虎穴，去炼制星毒灵液的寒灰山脉一探底细。

寒灰山位于天雪国的中部偏东，在天雪城的东南方三百多里处。

寒灰山脉本身延绵二百多里，其中多奇峰峻岭、幽谷深潭。

因为多变的地形和落差极大的高度，寒灰山不仅林木丰茂，种类还特别多。这里固然有数不清的北地乔木，还有不少本应生长于南方的树木。

光是乔木，寒灰山中就有松、柏、杨、柳，桦、栎、枫、榉，槭、樒、楝、梧桐、核桃、连香、火焰木，等等。

在它们之下，又是灌木丛生，不仅常见的一应俱全，就连别处罕见的龙袍木、安息香、曼陀罗、醉叶草等，在这里也并不罕有。

复杂的地形、丰沛的流水、丰富到夸张的草木种类，无疑滋养了无数飞禽走兽。

当日鄂伦开口跟天雪皇要寒灰山场，不是没有原因的。

作为冰雪之国中罕有的繁茂山场，这寒灰山雷冰梵自然是来过的。只是当这一晚他和苏渐、昭武长风潜入寒灰山中时，眼前所看到的景象，却让他大吃一惊！

原来，虽然离鄂伦入主寒灰山还不到半年的工夫，但雷冰梵看到，这寒灰山已大改了模样。

原本自由生长的草木山林，已被大量砍伐。

原本原生态的原始山场，这时建立起高大的木寨栅栏，连绵数十里之远。

木寨栅栏中间，还间隔着不少敌楼石堡；要是不知情的远方客商路过此处，还会以为这里有新的匪寇占山为王。

不仅如此，当雷冰梵几人小心翼翼地潜入寒灰山时，已将近午夜子时，但没想到眼前的寒灰山寨，竟是灯火通明！无数的松油火把遍布寨中，火头烧得正旺，照亮了许多大灶和熔炉。

借着火把的光芒，雷冰梵他们看见，这寒灰山中有不少兵丁往来巡游。

当然更多的还是光着膀子的劳工，正在不少长袍之人的指挥下，喊着号子，往来穿梭，将无数青葱的树木枝叶，送上大灶和熔炉。

这些长袍之人，面目并看不太清，但能看见他们所穿的长袍颇为奇异，虽然样式和中原人族的相似，但那黑底上刺绣的白色花纹，扭曲诡秘，是雷冰梵几人见所未见的。

很显然，这些黑袍客，应该就是鄂伦的术士门人。

当然这些并不是最让雷冰梵震惊的。

在火把照不到的黑暗阴影中游走一阵，他悲伤地发现，印象中十分美好的寒灰山，已经满目疮痍。

不少山丘的侧面，别说高大树木了，就连草皮也不见了，只露出光秃秃的石壁，和周围一对比，便如同苍翠的山体上长出了一块块苍白的疮疤，看来十分触目惊心。

而这还只是山寨的亮光能照射到的一小部分；雷冰梵几人继续游走，还看到远处在星月光辉的映照下，更多的山林被砍伐一空，露出灰白的山体，景象十分惨淡。

说起来，华夏诸族向来崇尚“天人合一”的理念，本就尊崇与自然和谐相处。而对于雷冰梵来说，寒灰山还有更深一层的意义：

这里的山林走兽，是他童年美好记忆的一部分；那时候每年的夏秋之交时，他都会随父皇前来寒灰山的猎场，看父皇和将士们纵马围猎。

他自己也曾拿着短小的弓箭，在宫廷武师的协助下，追猎小狐、小兔。

所以，当看到寄托着童年美好回忆的山场，半年间就变得满目疮痍时，雷冰梵心中的憎恶和愤怒可想而知。

当然，和小时候不一样，雷冰梵现在已经能很好地控制自己的情绪了。

潜伏了一阵，他便和同伴们一起，寻找了一个偏僻之处，翻越了栅栏，借着房屋树木的阴影，朝寒灰山寨的深处潜去。

随着对寒灰山营地的深入，雷冰梵和苏渐等人看到了更多的秘密。

当他们潜近一座山谷时，便远远地看到，在一处相对高大的石屋前，正围着几个人。

借着火把的亮光，他们看见，这几个人正紧张地盯着一个劳工打扮的苦役。

这个身形还算高大的苦役，此时正被一位黑袍术士强行灌下一碗墨绿色的汁液。

星毒灵液那碧蓝色的样子，雷冰梵他们是见过的；所以看到这碗墨绿色的汁液，他们不由一愣，心说：“这是什么？”

正疑惑间，那苦役已经被强迫着喝下了墨绿汁液。

一开始时，这苦役虽然有些反应，但跟传闻中刚喝下星毒灵液产生的强化反应差不多。

“哦，原来还是星毒灵液。”见此情景，雷冰梵和苏渐交换了个眼神，心说这换汤不换药，样子不同，却还是那个星毒灵液。

不过接下来的变化，却让他们大吃一惊！

当石屋前众人仔细观察苦役变化时，那为首之人忽然上前，走近了嗬嗬有声的苦役。

火光中，苏渐等人看见，从此人的样貌特征来看，应该就是所谓的“星毒仙师”鄂伦。

鄂伦走到苦役面前，先是饶有兴趣地观察一阵，俄而抬起了手，口中念念有词，转眼就有土黄色的光线应手生发，转而呈螺旋之形，朝眼前苦役的身上缭绕而去。

看见螺旋形的光纹，苏渐忽然一愣，口中“咦”了一声。

这声音虽然极轻，但身边一起埋伏的雷冰梵还是听到了。

“怎么回事?”雷冰梵转过脸来，低低地问道。

“冰梵，你看，”苏渐悄声道，“那鄂伦手中牵引的螺旋光纹，非常像上回红焰晶海幻火宫前，那个神秘龙族妖女所发的星光螺旋。虽然光色、灵能完全不可比拟，但这螺旋样式，颇有那龙族妖女的影子。”

“这……”雷冰梵的神色，一下子就变得十分凝重。

虽说他那回并没有参与幻火宫的战斗，但如此重要的人和事，苏渐早就告诉了他详情。

整个事件虽然跌宕起伏，但最让雷冰梵动容的，却还是最后那两个神秘男女惊天动地的对决。

他甚至不止一次地想过，以自己的剑技水术，和那两人之一对战，有几成胜算；不过每回推演，他都颓然发现，若自己亲历其中，很可能两三个回合都挨不过。

这个结果对于嗜武成痴的雷皇子来说，刻骨铭心，所以苏渐今日只是稍微一提此事，他就遽然动容。

当然此时并不是深究此事的时候。

他两人都把这个发现，暂时埋在了心底，继续小心潜伏，仔细观察那鄂伦放出土黄螺旋光线，究竟要干什么。

夜色中，他们很快便看见，螺旋形的黄色光环围绕着苦役，开始快速地旋转。

那光环越转越急，到最后几乎看不见具体的光线纹路，只觉得苦役整个人都笼罩在一团朦胧的黄光中。

“他究竟想干什么？”见此情状，雷冰梵、苏渐、昭武长风三人面面相觑，都不知道鄂伦葫芦里卖的什么药。

正疑虑间，那旋转成一团的黄光突然消散，只剩下苦役一个人茫茫然地站在空地中。

“咦——”正当苏渐几人莫名其妙时，猛然间，那苦役发出一长声凄厉的哀嚎，还没等苏渐等人反应过来，便看到苦役那么大一个人，竟然开始向内坍缩！

自从来到世上，苏渐几人还从来没见过有人能往回坍缩；因此刚开始时，他们还下意识地揉了揉眼睛，以为是自己盯了这么长时间，眼花了。

但很快他们就知道自己错了。

那身材高大的苦役，明显正在不断缩小，没多大会儿就缩得只有原来三分之一大小了！

好好一个人，缩去了三分之二的体积，那带来的痛苦可想而知。

所以在这个过程中，苏渐他们听到了可怕的惨呼声，并且刚开始还能听出“人味儿”，到后来那声音也不知是像猛兽还是鬼怪了。

而这还不算完；当坍缩到一定程度，苦役的身形不再变化，但这个状态持续时间极短，很快便听得“嘭”的一声巨响，苦役整个人都炸裂开来，一时间血肉横飞，惨不忍睹。

“这！”目睹此景，苏渐等人无比震惊。

“怎么会这样？”苏渐转过脸，正想跟雷冰梵商议，没想到却看见雷冰梵另一侧的昭武长风，一脸的痛苦悲愤，甚至眼含热泪，如丧考妣。

虽说苏渐看了刚才情形也非常愤怒，但还保持着理智；但他一看昭武长风的模样，就发现这位石国王子，竟好似控制不住，下一刻就要冲出去。

见得此情，苏渐立即低低叫了一声：“长风！”

听他相唤，雷冰梵也立即反应过来，转脸一看，立即出手如电，按住了昭武长风蠢蠢欲动的身形。

“怎么回事？”雷冰梵有些不悦地低声质问。

“那、那人……穿着我们石国之民的服饰……”低声回答雷冰梵时，昭武长风已是声音哽咽。

“原来如此。”雷冰梵和苏渐这才恍然大悟。

“且少安毋躁。”雷冰梵低沉说道，“鄂伦如此作为，已是倒行逆施，有伤天和，异日我定让他付出代价。不过今日我们是来侦察底细的，昭武你先忍住，免得坏事。”

“是，殿下，是在下唐突了。”昭武长风这时也恢复了清醒，连忙低声道歉。

他们这边安顿下来，恰好听到鄂伦的话语顺着夜风传过来：“可惜啊，这星毒灵液，还是不圆满。刚刚本座略施小术，加速其发作进程，片刻如同数月，结果果然还是挺不过去。”

“既然如此，嘿嘿，”他阴恻恻地笑了一声，对自己的心腹门人道，“你们几个，听我之令，今夜就将那小黄门杀掉。

“须知本座当日为求金殿之上君臣面前取得好效果，星毒灵液不仅过量，还加了料。算算日子，这小子骨肉溃缩爆裂而死之日就快到来；若不尽快除掉，后果不堪设想。”

“是！”听他此言，心腹弟子们垂首称是。

听到这里，雷冰梵几人只觉得惊心动魄。

暗影里，他们相视一眼，全都从对方的眼里看到了震惊和凝重。

这时还听得石屋前有弟子讨好道：“哎呀，要说还是吾师见识高强！早知那小黄门会有问题，便特地跟皇上讨了来，说是作为守卫寒灰山道场的将领。这不，要除掉他，今晚就行，不用千里迢迢去找他了。”

“哼，当然。”对弟子的这个奉承，鄂伦显然很受用，傲然说道，“本座身负重责，自然算无遗策，每个环节都不能出错。否则若非如此，君上她怎会派我承担此任？”

“是是是，吾师当然……”此后众弟子言语嘈杂，苏渐等人听听，无非是赞颂阿谀之辞。

“走吧，”见此情形，雷冰梵立即道，“我们快去寻那个小黄门。只要找到他，护送他活着到金殿父皇前，让父皇亲眼看看他的下场，则鄂伦贼人的奸计便不攻自破了！”

“我也正有此意。”苏渐点了点头,三人便准备一起去寻那个小黄门。

没想到恰在这时,听得身后忽然有人惊叫道:“你们三个是什么人?趴在那儿干吗?!”

刹那间,正在石屋前纷纷说话的鄂伦师徒,“刷”的一下子全把目光投了过来。

“快给我拿下! 拿下!”鄂伦只是往这边一瞥,就立即大叫起来。

听他这么一叫,发现雷冰梵几人的护卫武士,立即拔刀朝这边冲来。

“找死。”雷冰梵见状,冷笑一声,立即飞身向前,出剑如电。

昏暗夜空中,只见寒光一闪间,这几个天雪城派来的守卫兵丁,便都已经受伤倒地了。

“一不做,二不休,我们杀过去,杀了那奸人!”雷冰梵厉声叫道。

“好!”苏渐和昭武长风一听,打心眼儿里赞同,立即毫不犹豫地跟在雷冰梵身后,朝山谷石屋那边杀去。

“嘀嘀!”见他们如此,鄂伦冷笑一声,不仅毫不畏惧,甚至还阻止了手下弟子冲前迎敌。

他就这样傲然挺立,直等雷冰梵三人冲到一半距离时,才伸手探怀,取出一根短小黝黑的笛管,放在口边吹了起来。

也不知是什么乐器,看着像笛,但鄂伦吹出来之后,却像某种罕见的猛兽尖啸声。

类似尖啸的刺耳笛声一起,山谷四周的黑夜中,忽然响起沉重的怒吼声。

“不好!”雷冰梵三人心知不妙,扭头一看,正看见无数的豺狼虎豹猛兽从黑暗中扑出! 它们的眼中都闪烁着凶狠的幽光,正朝山谷这边猛冲过来。

被笛声驱动的猛兽,如此之多,奔腾而来时,那蹄爪震地,嘶吼震天,让整个山谷都好像在刹那间沸腾起来。

看是猛兽扑来,虽然数量很多,但雷冰梵还想奋力搏击;不过很快就听苏渐高声叫道:“快走! 它们都被喂了星毒灵液了!”

雷冰梵闻声一惊,凝目一看,果然见奔腾而来的虎豹皮毛,在夜色中都发出碧蓝荧荧的光。

见得如此,雷冰梵不再犹豫,立即掉转头,和其他二人一道,朝猛兽包围圈的最稀疏处冲了过去。

也幸亏他们见机得早,虽然冲出包围圈时也费得一番苦战,差点逼得苏渐和雷冰梵施展星流术,不过在剑技和法术都发挥到极致时,他们也把拦路的发狂虎豹给杀死了。

等冲出包围圈后,回想起突围的艰难,他们就知道,今晚带走小黄门已经不可能了。已经暴露了不说,刚才突围的艰难,也让这几个功法不凡的少年,有了新的判断。

特别是,刚才冲出重围时,当苏渐施展出火焰灵术,本应天生怕火的猛兽们,竟然依旧悍不畏死地冲过来!

这个细节,让三人十分震惊;尤其是雷冰梵,更是忧心忡忡。

他不知道,如此霸道猛烈的"星毒灵液",将会把整个天雪王国带向何方……

而在撤离寒灰山的回程途中,他们简单地讨论了一下,还想到一个极其可怕的可能性:

鄂伦这帮人,现在是用草木和小动物的生命来提炼邪药,那将来会不会变本加厉?先从草木小兽,再到凶禽猛兽,最后发展到用人的性命?

这猜想,乍听起来好像匪夷所思,但以他们今晚的所见所闻,还真的不是没可能。因为他们发现鄂伦这人,做事好似毫无人族应有的底线。

想到这一点,夜色中的三人,忽然只觉得浑身发冷,毛骨悚然。

这一晚寒灰山发生的事情,很快就传到有关人等的耳朵里。

和很多人想象的不同,作为寒灰山主,鄂伦第一个传报此事的对象,却是宫中那个贵妃娘娘。

现在的雪奴儿,因为屠龙悬赏榜立了功,行动非常自由;特别那星毒灵液因她而来,所以她格外关注寒灰山和鄂伦,在旁人看来也是顺理成章。

所以,鄂伦很容易地就跟雪奴贵妃见了面。

简要地说明了那晚的情况后,鄂伦便有些急迫地道:"娘娘,夜探寒灰山的为首那人，我看着竟像是大皇子雷冰梵！”

“呵，”雪奴贵妃闻言，竟是毫不吃惊，冷笑一声道，“也就是他了。天雪国中除了他，还有谁敢这般胆大妄为？不过——”

说到这里，贵妃娘娘的目光忽然锐利如刀，直视鄂伦：“鄂伦，如此良机，你怎么就放过了？就该顺手将他解决，推入深谷，用药化掉，能有谁知道？皇上即使知道有可疑，也查不出原因，还会主动遮掩掉。”

没人能想到，外表娇娇滴滴的雪奴贵妃，竟能眼睛都不眨地说出这般大逆不道的凶狠话儿来。

而对这样耸人听闻的话，鄂伦竟也是毫不吃惊，理所当然地道歉道：“娘娘，那晚事出突然，我也没想到他以一国皇长子之尊，竟敢只带两个随从就过来探山；如果早知道，我……”

“没有如果。”外表清丽的贵妃娘娘一抬手，阻止他继续往下说。

停了一阵，她冷笑一声道：“呵，胆大妄为啊……只带两个随从，很好，很好！鄂伦，此事你不必管了，把寒灰山经营好比什么都好。雷冰梵这人，自有人替我们去对付他。”

“好。”雪奴贵妃话只说了一半，鄂伦却丝毫不追问。应了一声后，他就悄悄地离开了。

此后，不到两天的时间，天雪国二皇子雷冰烨，就得到了兄长夜探寒灰山的消息。

听得这消息，在外人面前如同谦谦君子的雷冰烨，却暴怒得如同一头发怒的狮子！

他在自己的寝宫书房里不停地来回急速踱步，同时还低沉地愤怒咆哮：“皇兄，皇兄！我雷冰烨自幼就对你尊敬有加，什么都让着你；结果没想到，到了逐鹿之时，我不动手，你倒先来坏我好事！”

“那雪奴与鄂伦，已与我结为联盟；你坏星毒灵液的好事，就是挡我的路！

“好好好，那就别怪我不客气了！

打定了主意，雷冰烨反而变得冷静。

在书房中又静思了一会儿，他叫来心腹侍从，沉声吩咐：“传我口谕，叫盖大人来，就说本皇子有要事与他商议。”

北地酝酿风暴，南边的幽州城中，也并不平静。

对雷冰梵来说，夜探寒灰山的意义非常重大。

虽然，那一夜他们没有取得任何实质的效果，没毁坏任何邪术设施，也没能救下那个小黄门，但如果没有那一晚亲眼所见、亲耳所听，雷冰梵无论怎么想象，也很难真正认识到整件事的严重性。

于是，夜探寒灰山后，他开始厉兵秣马，不仅继续加强幽州城的战力，还开始重视周边县城村镇的武备和防御。

因为很忙，苏渐和他单独相处的时间就很少。

直到寒灰山之事后快到一个月时，雷冰梵忽然想起一人，便停下了手中忙碌的事，邀请苏渐往城郊一行，兄弟两人说说私交的话儿。

不用说，雷冰梵要跟苏渐提起的，正是两人共同的同窗洛雪穹。

贵为一国皇长子，感情之事无小事，平时怎好随便向人言？随便一说都可能引起轩然大波。

而且，要说起的对象，乃是洛雪穹，对她，雷冰梵也只和苏渐有共同语言了。所以当他牵挂起这个幽若寒梅的女子时，不仅要远离幽州，还只能跟苏渐这位老友说。

于是，在雷冰梵的提议下，苏渐和他一起纵马雪原，往城北一处人迹罕至的山丘松林边驰去。

雷冰梵这样的安排倒是很周到，但苏渐就尴尬了。

他又不是傻子，洛雪穹对自己的微妙感情别人不知道，但自己已经清清楚楚地感知到了。

虽然不知道她现在当了一国之主后有没有变心，但至少对雷冰梵的态度，也应该还是没什么改变的。

雷冰梵对此，却还是没太多察觉；他是个很冷静的人，所以对苏渐和洛雪穹之间的微妙关系，也十分冷淡地看待了。

于是一路上，苏渐不得不听着雷冰梵跟自己大谈特谈他对洛雪穹的感情，还说现在形势变得更好，雪穹她也变成一国之主，跟他更是门当户对；以后若是联姻，强强联合，倒是好上加好了。

本来苏渐对洛雪穹的情意，倒是没太多感觉；但这会儿听雷冰梵大谈特谈，心里却忽然生出一种怪怪的感觉。

他发现，自己的心，竟然有些隐隐生痛，好像有什么宝贵的东西，正要被别人拿走。

如此微微刺痛的感觉，并没有持续太久。

苏渐觉得自己还是一个很理智的人，所以很快就把这种按理智不该出现的感觉，努力从心中清除出去。

在这微妙的心情变化时，苏渐并没有察觉到，自己胸前那个月歌寄魂的星降之链，微微地闪烁了几下，尔后又陷入了长久的沉寂。

他们此行要去的地方，名叫“松山”，是幽州城北郊一个相对偏僻的小山丘；因为山脚长了许多黑松树，故此得名。

到了松山脚下，他们并没有停留，而是扬鞭打马，直接往山顶飞驰。

当到达松山山顶时，雷冰梵与苏渐一起勒马，执鞭远望，欣赏这初秋的山景。

西幽州地处北方，虽然只是初秋，放眼望去，远近丘陵中的枫树、槭树，树叶已经全都红了。

相比松树，无论枫树还是槭树，都不是这里的优势树种。

它们在松树林中，这儿几棵，那儿一丛，于是红叶烂漫之时，在苏渐二人的眼中，就像星星点点的红花，缀于一张苍青色的绿茵毯上，竟让北地的秋景，呈现出几分奇妙而壮丽的气象。

无论俗世如何纷扰，在这壮丽的山河面前，仿佛一切都归于渺小，无论多么烦忧的事情，也好像变得不那么重要。

见得如此雄丽的秋景，苏渐心生慨然，而本有一肚子话要说的银发皇子，也一时间沉默无言。

直过了很久，雷冰梵才如梦初醒。

于是他扬鞭一指远方，对身旁的兄弟大声说道：“看，苏渐，这就是我天雪的大好山河！”

苏渐闻言，正要接话，却忽听得附近传来一声轻微的声音，好像是树枝断裂的响声。

“嗯?”苏渐一愣,都不用转过头,眼角的余光便已扫到,附近一处灌木丛中,忽然飞出一个磨盘大小的黑影,带着呼啸的风声破空疾飞,直朝雷冰梵砸来。

而此时雷冰梵正转过脸朝自己说话,只听得有些异常的风声,并没有意识到事情的严重性。

见此情形,苏渐大吃一惊,立即从马鞍上飞身而起,以迅雷不及掩耳之势扑向雷冰梵,将他一把抱住,然后两个人一起坠马,骨碌碌地滚下山坡去。

当然,由于灌木丛的阻挡,他们并没有滚出多远,只滚出二三十步,就被一丛龙袍木给挡住了。

而刚才带着风声袭击雷冰梵的东西,也恰好砸地滚了过来,就在苏渐二人旁边擦肩而过,继续朝山下滚去。

苏渐探头一看,只见刚才自己心中形容“磨盘大小”的袭击之物,正是一只沉重的石磨盘!

这时雷冰梵也反应过来,两人立即分开;还没等他们跳起站稳,紧接着又是一团黑影从山上被什么人掷来。

如果说刚才磨盘让他们吃惊,当他们看清这次投掷的黑影是什么时,简直可以称得上震惊了——

云空下,苏渐刚骑的那匹黄骠马,正哀鸣着从山上飞下来!

这么重的活物,能举起来已经不易,没想到被人抓起掷来,速度竟然极快;苏渐和雷冰梵急切间没其他法子,只得十分屈辱地再次倒地,顺着山坡往旁边一滚,这才堪堪避过了。

当他们重又站起身,耳中听着黄骠马哀鸣着坠落山谷,心中惊惧可想而知。

事情发展到这里,毫无疑问这是一次刺杀。并且雷冰梵和苏渐立即就想到,这一刺杀绝对是精心策划的。

别的不说,先前雷冰梵出幽州城那么多次,都没任何动静,这一次头一回少于三人出行,刺杀就立即发动,则足可证明,刺杀者拥有惊人的耐心和充足的准备。

意识到这一点，雷冰梵和苏渐二人立即知道，今日之事绝难善了。

他们立即抽出兵刃，雷冰梵的快雪时晴剑宛如雪电盘空，苏渐的血歌剑冰火之光灿烂闪耀，两人立时如飞雁惊鸿，不仅不朝山下逃，反而不约而同地朝山坡上方疾速掠去。

见他二人如此反应，山坡上倏然出现的高大黑影，也忍不住暗暗点头称赞。

若换了一般人，遭遇到刚才的状况，还不吓得魂飞魄散本能地朝山下逃？但只要再往深里想一层，就知道碰上山上这样强大的刺客，把后背露给他，让他居高临下地飞扑，无疑是主动自杀。

不过，虽然心中认同雷冰梵二人的做法，这戴着宽沿斗笠的高大刺客，心中却冷笑道："雷冰梵啊雷冰梵，你在世上的日子，今天也就到头了；你是多托大啊，竟敢只带了一个护卫就出门！今日你盖爷爷就要你死无全尸！"

带着这样凶残的念头，他一振手中长镗，发一声怒吼，朝山下二人迎面杀去。

瞧这做派和心思，这刺客就不是一般人。原来，他正是二皇子的心腹武将盖世雄。

当然，现下雷烈心的几个皇子，除了雷冰梵在幽州城之外，其他皇子都没有正式开府建牙；但这只是明面上的，作为圣眷正隆的二皇子，怎么可能没人来投效？事实上，天雪国第二大城玄霜城的主力守将盖世雄，早已暗中投靠了二皇子雷冰烨。

别看盖世雄只是个正四品的壮武将军，但这人在天雪国中却是一号响当当的人物。

他本就是玄霜城出身，勇武非常，不仅武技超群，竟然还魔武双修，一身土灵法术施展得出神入化。

并且，和其他很多靠军功出头的武人不同，盖世雄居然出身玄霜城的书香望族，只不过是盖氏族长与夷狄女子所生。

因此在他强壮的身躯上，还有一副极其聪明的头脑，晓得将武技与土灵法术结合使用，造成更出奇的效果。

于是盖世雄入伍后短短几年间，就以智勇崭露头角，战功赫赫，一路升迁，不仅在官面上成了正四品的壮武将军，在民间的口碑上，甚至斩获更丰。

他现在不仅号称“玄霜城第一猛士”，同时还在天雪国民间盛行的武力排行榜上，名列“天雪第八条好汉”。

第九十章

冰火狂潮

别看盖世雄排名只是第八，但要想到天雪国民风彪悍、强人辈出，盖世雄能排到第八，其实力如何可想而知了。

这些排行称号，虽不见于官面，但实际对盖世雄的仕途极有帮助。

这不，二皇子风头正劲，想投靠他的人简直能从天雪城里排到天雪城外；但盖世雄当时只是托人稍微流露了一下意思，二皇子便二话不说，立即遣心腹来，安排两人在安全的地点见面。

当然，皇子结交武将，特别还是大城的守将，还是非常受忌讳的。因此他们行事低调，手尾干净，现在几乎没什么外人知道，原来响当当的天雪国第八好汉盖世雄，已经暗中投靠了二皇子，还成了他的铁杆亲信。

这样重要的秘密力量，雷冰烨一般是不会动用的；所以从这一点也看得出来，现在他动用盖世雄来刺杀自己的皇兄，表明他心中已经下了最后的决心了。

而对他这一点，细思来也是极令人恐惧的。因为不管如何，雷冰梵之前一直对他多有照顾；就算不提这种兄弟真情，至少迄今为止，他们兄弟两人并没有任何真正的冲突。

所以，少数知道雷冰烨动了这样心思的人，对这位表面温文尔雅的二皇子，已经有了新的评价。

当然，别以为他们会对雷冰烨的冷酷无情有任何恶感，那只是普通小民的看法；相反地，这一小撮人，以前只担心雷冰烨太过仁厚文弱，现在反而一扫疑虑，开始死心塌地地为他效命，把自己整个家族的身家性命，都寄托在他的未来上。

这群人里，就包括盖世雄。

本来就已经誓死效命，最近二皇子为了他，还不惜动用情分，说动雪奴贵妃弄来更多更精华的星毒灵液。于是作为一个视武勇为安身立命之事的武夫，盖世雄对二皇子的厚待感激涕零。

所以，当二皇子叫他暗中伺机刺杀自己的亲兄长时，盖世雄没流露出任何其他情绪，只是十分爽快地一口应承。

不过，在他临行前，雷冰烨还特地嘱咐他，让他要注意一下雪杀组。

因为，他的情报渠道说，神出鬼没、亦正亦邪的雪杀组，好像在幽州城附近也有活动的踪迹；为了更好地完成任务，盖世雄一定要避免跟这些难缠的隐秘反抗者发生冲突。

盖世雄并不是一个单纯的武夫，听到二皇子这样的叮嘱，他不仅没觉得不耐烦，反而郑而重之地记下了。

不得不说，二皇子挑中盖世雄来完成这个任务，十分有眼光。

盖世雄本就不凡，现在吃了精华星毒灵液，更如同雄狮和独狼的结合体。

自到了幽州地界，他便乔装打扮，隐蔽下行踪，谨慎而耐心地等待，一点都看不出着急。

于是，即使雷冰梵勤修武备，重视武事，特别在暗中还有雪杀组悄悄协助的情况下，竟一点都没有发现可疑。

盖世雄的耐心，还体现在他事先就给此行立下了一条铁律：

不管雷冰梵出行，带的是多么弱小不起眼的人，只要总数超过两人，他便必不出手。

虽然这铁律看起来好像很笨，但盖世雄始终坚守；因为正是这样看起来很笨的类似规则，让他出生入死这么多年来，一直都能化险为夷。

潜伏了快有一个月，今天终于让他等到了符合铁律的机会：

雷冰梵不知道吃错了什么药，竟然只带了一个少年随从出了门！不仅如此，他们还一路往偏僻的北郊松山而去！

一看到这情况，盖世雄便在心中冷笑一声："大皇子，对不住，你的死期到了！"

此后他如同一条迅疾的猎犬，在幽州城北荒野的灌木丛中飞速潜行，一直缀在雷冰梵和苏渐两人的马后，一起朝松山而去。

并且，因为有了星毒灵液的作用，他竟然能在如此潜伏疾行之时，不仅随身背负那柄一直惯用的夺命金骨镗，甚至还怀抱着一只沉重的石磨盘。

盖世雄打的主意是，只要找到合适的时机，他便将石磨奋力抛出，将那个挡二皇子登基之路的银发少年，瞬间砸成肉饼！

不过他没想到的是，当雷冰梵背对着自己，磨盘大力飞出时，那不起眼的少年侍卫居然反应如此神速，几乎就在磨盘砸到雷冰梵的前一刻，将他从马背上扑离。

当然对此情况，盖世雄也有预案。

见事不谐，他立即冲前，举起少年侍卫所乘的黄骠马，再次奋力向山坡上两人砸去——不过没想到，两个少年人竟然再次逃过了如此巨物！

两次失败，终于激起了盖世雄内心的凶性。

他一振夺命金骨镗，发一声怒吼，就冲着两人杀去。

人常说"一寸长，一寸强；一寸短，一寸险"，虽然苏渐和雷冰梵用的都是长剑，但相比盖世雄的夺命金骨镗来说，还是短得太多。

于是当盖世雄将金骨镗挥舞如轮，势如猛虎而来时，才一个照面，苏渐两人就节节败退。

不过作为灵鹫学院的学生，苏渐和雷冰梵二人心有灵犀，面对强敌立即施展出合击剑技。

这样的合击剑技，在灵鹫学院中每个学生都演过无数遍，在此生死攸关之际，苏渐和雷冰梵被逼迫得施展出来，那认真程度绝对超过当年的考试之时。

于是山坡上，三人兔起鹘落。

盖世雄一柄夺命金骨镗倏然来去，宛如夺命的乌金蟒蛇；

雷冰梵的快雪时晴剑震射出无数雪花电光，将乌金巨蟒冰冻笼罩，令它减速；

苏渐的血歌剑则被灵力激发到极致，舞动间那些残影居然组成了生动鲜明的幻象！

那锋锐剑刃激发出冰蓝海浪，不住朝敌人迅猛拍击，你来我往之际惊涛拍岸、巨浪滔天；极化后的剑身更是映射出漫天的血火，一条火龙划空飞动，向敌人凶猛咬噬，挟带无边烈焰。

于是这一把从巨龙口中所获的血歌古剑，被苏渐奋力使来时，宛如响彻九天云霄的一曲冰与火之歌。

虽然盖世雄武力盖世，也见识过不少高手，但今日看到苏渐突然展露出这一手神幻剑技时，也禁不住整个人都惊呆了。

"怎么回事?!"盖世雄心中震惊不已，"怎么雷冰梵身边，多了这么个高手？这么多天的观察我居然没发现，怎么搞的?!"

自怨自艾之际，盖世雄却不知道，自己虽然谨慎再谨慎，却还是犯了"烈日光晕"①的错误。

他每天都盯着雷冰梵，或是他身边那些出名的武将文臣，但对于苏渐这个其实经常出现在雷冰梵身旁的少年，盖世雄却从人堆中把他给有意无意地忽略了。

今天他决定出手，是因为他认为雷冰梵不知吃错了什么药，只带了个无名小辈就敢出门，这才毫不犹豫地出手。

但现在，面对苏渐掀起的冰火狂潮，他后悔了。

他发现，不仅这清俊少年剑技出奇，更要命的是，他好像还和雷冰梵心意相通，两人配合无间。

更让他心惊的是，情报中从来目中无人、自矜武技的天雪国大皇子，在两人配合之中，竟然还处于辅助的位置！

只见天雪皇子那一柄快雪时晴剑，挥舞如风，只为营造出能够减速的

---

① 烈日光晕的意思是，如果一个人或者一件事，太过于杰出或瞩目，便如同一轮当空的烈日，人们很容易把所有的注意力都放在这样烈日般的人和事上，这时便极容易忽略光晕之外不该忽略的细节。

冰寒环境，同时还承担了大部分的防御任务，让黑发少年能全力攻击。

如果不是如此，手持古怪剑器的无名少年，怎么可能打出这样完美的剑气幻象效果？

当盖世雄看清楚这一点时，虽然手里还在不停地攻击，心中却已凉了半截。

别说聪明如盖世雄了，就连傻子都想得到，连高贵冷傲的雷冰梵都愿意打下手，那这个黑发无名少年，该是何等的高手？

“唉！”现在盖世雄心中满是后悔，“我还是失策了。雷大皇子也是狠辣谨慎之人，怎么可能只随便带一个侍卫就出门？我真是太傻了！”

想到这一点，盖世雄心中便哀叹一声，知道别看现在两相搏击，好像还是自己掌握主动，但这一次的刺杀行动，实质已经宣告失败了。

他想到，如果再这样战斗下去，不仅眼前的战斗胜负为未可知，幽州城的皇子卫队们，听到这边的动静，也会很快赶来。

但即使万念俱灰之际，这位壮武将军还是悍勇非常，竟还想做最后的努力。

只见他将金骨镗猛地挥舞了一个半圆，飞身向后急退数步，口中念念有词，转眼竟是一只土灵傀儡破土而出，瞪着猩红的巨眼朝苏渐二人扑来！

盖世雄打的主意是，用“土灵召唤”之术召出土灵傀儡，扰乱雷冰梵二人的攻防节奏，然后自己乘虚而入，挥镗将两人连同土灵傀儡一起，拦腰砸成两截。

只可惜，土灵傀儡刚刚破土而出，张牙舞爪地朝苏渐二人扑去，才扑到一半距离时，苏渐已经还剑入鞘，双手望天挥舞几下，然后朝下猛地做了个力压的动作——

霎时间，一团烈火凭空生发，位置恰在土灵傀儡的脑袋上方；并且鲜红的火焰瞬间变得炽烈灿耀无比，如一条火焰瀑布从土灵傀儡的头顶兜头流泻！

炽烈的高温，转眼就将土灵傀儡烧成了陶俑！

而火瀑兜头浇下的瞬间，土灵傀儡正好张牙舞爪地朝前扑去；于是火瀑流泻而下，将它高温烧制成陶俑时，还恰好将这个生动无比的动作瞬间定格了；不知情的人看了，定会惊叹什么样的能工巧匠，竟能烧制出这样巧夺天工的生动陶艺品？

当然此刻盖世雄绝对不会联想到艺术上去；目睹苏渐瞬间迸发的灵术，盖世雄忍不住脱口惊呼："火瀑流炎！"

到这时，目睹了剑技不凡的苏渐竟然也能施展出中高级的火灵之术，盖世雄便终于放弃了任何幻想。

"失败了。"

意识到这一点，盖世雄也极其果断。

他猛地发一声吼，手中夺命金骨镗猛烈挥舞一圈，略略逼退了两位少年，又往前大踏一步，好似要奋不顾身地作最后的搏杀，没想到眨眼间的下一刻，他竟然一转身，双脚如飞，跑了！

"居、居然跑了？"重新拔剑在手的苏渐，看着盖世雄飞般逃离的背影，竟是愣住了。

"是啊，竟跑了。"雷冰梵手握利剑，一脸恼恨地说道，"就差一招，便轮到我主攻了！没想到这混蛋居然跑了，太没骨气了！"

原来，刚才他辅助、苏渐主攻，只是灵鹫学院中学生合击技的套路；基本再过一个回合，攻守就会轮换过来，变成雷冰梵主攻，苏渐辅助和防御。

对嗜武成痴、生性好斗的雷冰梵而言，早就盼着下一刻了；甚至在刚才的对战中，他还有些祈祷战斗别这么快结束，好不容易遇上强敌，就让他也主攻一回吧。

但很可惜，今天果然不宜出行，这不，就差一回合轮到他主攻时，刺客居然跑掉了！

虽然懊恼无比，但也没办法。

雷冰梵恨恨地望了刺客飞逃方向几眼，便转过头，极郑重地跟苏渐叮嘱道："一定要记住，下一回，轮到我先出手主攻了！"

此后没过多久，雷冰梵的卫队将士们也急匆匆地赶过来了。

他们到近前一看，此地草木凌乱，飞沙走石，并且雷皇子和苏大人都拔剑在手，袍歪鬓斜，一看就知道刚经历过一场生死大战。

一看这情形,卫队所有兵将,全都惊惶不已,一齐跪倒连称死罪。

“都起来。”雷冰梵不以为意地一摆手,“今日之事,不怪你们。我和苏兄弟许久没这样大动手脚,甚是痛快。”

“对啊,”苏渐接话道,“现在我真是全身爽利,美中不足的是,那刺客竟是如此软蛋,架还没打完,就跑了。”

“哈哈哈,软蛋,他是软蛋,不错不错!”平时冷头冷脸的天雪皇子,听得苏渐此言,竟是哈哈大笑了起来。

见得如此,卫队将士们心安之时,也想到,看来自家高贵冷傲的雷皇子,也只有苏渐这个老朋友,能逗笑了。

这时雷冰梵和苏渐二人,倒没管他们。

山坡上,苏渐对着还伫立一旁的土灵陶俑端详了一阵,忍不住赞道:“哎呀,雷兄,你看,这陶俑张牙舞爪,神态凶狠,竟比市面上常见的陶俑摆设好看呀。说不得,我不比你家大业大,手头正是缺钱,这陶俑战利品归我了。”

“哪儿话!”雷冰梵叫道。

“呃?”苏渐一脸吃惊地看着他,“哎呀,莫非雷皇子也要跟我这玄武卫穷汉争战利品?!”

“当然不是。”雷冰梵又恢复了冷峻神态,看着张手前扑的陶俑,冷冷说道,“你的话没错,这陶俑乃是上佳之品,相比你我二人,有一位比我俩更适合做这陶俑的主人。”

“谁?”苏渐一愣,问道。

“就是我的二弟咯。”雷冰梵面无表情道,“冰烨他自幼习文学艺,爱好文玩;这等上佳的陶俑,正合送他赏玩。”

他这句话,周围的亲兵卫队听了,并没什么太多感觉,只想到主上和二皇子果然兄弟情深,大战之后还不忘把战利品送给二弟。

不过,这话听在苏渐的耳里,却完全是不同的感觉。

他太了解这个曾经朝夕相处的同窗了。

相比自己和唐求,雷冰梵从来不会说废话。所以,听他忽出此言,苏渐瞥了他一眼,一时若有所思。

回城路上，苏渐发现，虽然雷冰梵还是那样面色冷峻，但偶尔没人注意到他时，他的神色也流露出一丝黯然。

于是，回到幽州城之后，苏渐觑了个空闲，便拉住雷冰梵到一边单独说话。

“冰梵，你是不是知道那刺客是谁?”苏渐郑重问道。

“当然。”雷冰梵道，“我不仅看出他是谁，更猜出他是谁派来的。”

“啊?”苏渐一听忙问道，“那这人是谁? 是谁派来的? 怎么好像跟你有这般深仇大恨?”

听得此言，雷冰梵神色黯然，有些伤心地说道:“松山那刺客，正是玄霜城的壮武将军盖世雄。

“虽然他出手时，无论容貌形体还是手握的那柄长镗，都做了伪装，但我早就收到他的详尽情报，一眼就看出他是谁了。”

“嗯，这我明白。”作为雷冰梵的亲密同伴加战友，苏渐知道，天雪国闹得很厉害的反抗组织雪杀组，正是雷冰梵一手建立和领导的，所以对他收集情报的能力，苏渐毫不怀疑。

“那，”他想了想便又道，“盖世雄我也听说过，你们天雪国有名的勇士好汉嘛，不仅号称‘玄霜城第一猛士’，在你们天雪国的好汉榜上，还名列第八呢。

“可是，就算不看他这些名号，他自己可是堂堂的壮武将军，也是贵国第二大城的主要守将，怎么却做这样的鸡鸣狗盗之事? 刺杀的目标还是你! 雷兄你可是贵国皇长子、幽州城的实权城主呢!”

“呵!”雷冰梵冷笑一声道，“盖世雄这等人物，是不该做出这样的事情。可是，这也得分什么人给他什么价码了。”

“你是说……”其实苏渐心中，已经差不多有了答案，但他还是想看看雷冰梵怎么想。

“你猜得没错。”雷冰梵看着他，直截了当道，“出价的，正是我那位好二弟! 唉，很好，很好……”

说着“很好”之时，苏渐却看到雷冰梵眼中，露出好几分悲伤之色。

见这样冷峻的人竟伤心如斯，苏渐倒有些惊讶。

他看着银发皇子，也直言不讳地道："冰梵，虽然此事骇人听闻，但难道你对这种事没有预期？不至于现在这般伤心吧。"

"不，苏渐，你想错了。"雷冰梵痛心地说道，"我伤心的不是二弟对我心生杀意，而是伤心他不敢直接面对我争夺皇位。

"没想到我这么多年悉心教导，他却搞出这种上不得台面的手段来！唉，我多年的苦心，算是付诸流水……"

"这……"苏渐听了，一时不知道该说什么才好。

沉默了一阵，他忽然心中一动，便问道："冰梵，你和他……是一母所出吗？"

"不是。"雷冰梵摇了摇头，"我俩虽是兄弟，但我是母后所生，雷冰烨却是德妃生的。"

"哦，还好，还好……"苏渐语意含糊地嘟囔了一句。

"还好吗……唉……"雷冰梵也发出意义不明的一声叹息。

当雷冰梵将二皇弟称为"雷冰烨"之时，这两位皇子之间的兄弟之情，便正式地宣告结束了。

雷冰梵与雷冰烨，还真应了那句话，"树欲静而风不止"。

出了松山刺杀这样的大事，心性冷峻的雷冰梵可以不予追究；但幕后主使之人，已经停不下来了。

盖世雄仓皇逃回，刚回到玄霜城，便用两人间单线联系的特殊秘密通道，向雷冰烨报告了刺杀失败的详情。

听说刺杀失败，二皇子雷冰烨顿时惊慌失措，完全没有当初指使盖世雄出手时的狠辣冷酷。毕竟自幼相处，雷冰梵已在二皇子的心目中，形成了无形的威压。

于是，被刺杀的苦主还没动手，雷冰烨却惊惧过度，经历过一个烦躁惊恐的不眠之夜后，他终于决定，要跟皇兄大哥雷冰梵，全面开战了！

在京师天雪城风雨欲来之时，南方边陲的幽州城中，这一日从南城门外来了一行华夏国的公干之人。

他们个个风尘仆仆，刚来到城门边，就迫不及待地跟守城官兵说，他们自新京华城而来，有要事求见幽州城守大人。

见是华夏国京城来人，幽州南城门的守门官兵不敢怠慢，验证了他们的关牒文书无误后，便连忙恭恭敬敬地将他们护送至城守府。

这时雷冰梵和苏渐已知传报，听得是新京华来人，全都十分重视，一起在城守府议事厅中耐心等待。

本来还以为是谁，没想到当领头的华夏来人一进门，别说苏渐了，就连雷冰梵也一下子乐了起来！

“唐求！”苏渐率先大叫一声，如一阵旋风般冲到议事厅门口，和头一个进来之人热烈拥抱！

“唐求，怎么是你？”这时雷冰梵在后面看见，也有些惊讶。

不过刚说到这里，他忽然愣了一下，看着门边惊讶说道：“咦？这位姑娘，莫非就是苏兄口中的‘红焰女’？”

“啊？！”只顾着和唐求拥抱的苏渐，听得雷冰梵之言，不由得一愣。他这时这才感知到，在唐求身后，忽然有一阵熟悉的热意扑面而来！

这种热意，暖入人心，就好像如红焰晶海畔永恒吹拂的熏风，朝苏渐扑面而来。

“这是……”苏渐松开唐求的怀抱，还没反应过来，就被一个温软热烈的胸怀，给紧紧地拥住……

这时候，苏渐晕晕乎乎，“只缘身在此山中”，还不能一窥全貌，暂时没能反应过来；但这时候城守府中一众官员幕僚，看到议事厅门口发生的这一幕，全都惊呆了！

他们首先震惊的，便是拥抱苏大人的女子，那出奇的外貌和衣饰。

他们从没有见过，竟然有女子生着一头金色的发丝；那金光闪闪的长发从女子肩头柔顺披下，熠熠生辉，如阳光照耀下的金色瀑布。

而这女子，不仅容貌极美，身材也婀娜曼妙得惊人；如果说这一切都还好，那她现在身上那极简、极少的衣物，真正让北国的官员惊呆了。

作为苦寒之地的天雪官员，他们看到这女子身上，除了必须遮住的敏感之处覆盖着简短的鲜红胸衣和短裙，其他部分竟然一览无遗！那白生生、粉腻腻的肌肤，就这样任性地裸露在寒凉空气中！

先不说她这样合不合礼法，就这样几乎赤裸裸的样子，怎么受得了北国寒冷的？

当然，这女子不仅穿戴不守礼法，和苏渐一见面就在众目睽睽下热烈拥抱，更是不合礼法至极。

于是这些幽州城守府中的大小官员，一边大饱眼福，一边心中愤怒谴责，同时还十分遗憾，遗憾这火辣女子不守礼法的对象，居然不是自己……

不用说，这位曲线玲珑的热辣女子，便是来自红焰晶海的万年焰气之灵红焰女了。

红焰女和她一心倾慕的苏哥哥，也是太久没见，所以在此久别重逢之际，难免表现得比本身热辣的性情，还要更加大胆热烈十倍。

这样的作风，对红焰女来说倒是没什么出奇，但苏渐就吃不消了。

很快他就意识到这是在大庭广众之下，于是连忙连挣带推地挣脱了红焰女的怀抱，连退了四五步，这才定下了心神，看着对面这群久别重逢的好友故人。

这时那胖子唐求，眼中早已饱含热泪，定定地看着苏渐，目光一瞬不瞬；他的口中，却还一副若无其事的样子，按照往常的作风嘲笑着女子：

“我说，红焰姑娘啊，来的路上你不是还说，见到你的苏哥哥，你会很镇定的吗？你看看，这一上来就又搂又抱的，这就是你说的‘镇定’吗？”

“当然。”红焰女语气哽咽地说道，“这，已经是人家极镇定的结果啦……”

回答时，红焰女的明眸中也饱含了热泪，目光紧紧盯着对面温然含笑的青衫少年，一刻也舍不得转移。

这时候，还是雷冰梵清咳一声后的话语，打破了凝滞伤感的气氛：“咳咳，唐求，难道你忘了本皇子也是你的同窗故友吗？还有这位红焰姑娘，你穿这么少，难道不怕我北地的寒凉吗？”

听他此言，唐求的胖脸上立即露出了欣然的微笑。

他看着悠然踱近的银发少年，也是颤抖着声音说道：“天雪国的大皇子，灵鹫学院的旧同学，原来你还记得我唐求啊。”

“当然。”雷冰梵看着他，微笑回答。

“当然”，只是这样短短的两个字，便融化了唐求和他之间仿佛遥不可及的阶级距离。

“对了,你们怎么来幽州城了?”寒暄完毕,苏渐有些奇怪地问唐求。

“还不是为了你们两个!”唐求指着他和雷冰梵叫道。

“什么?”这下苏渐更摸不着头脑了,“唐求,你说清楚点,到底怎么回事?”

“好,那你听好了,”唐求的神色忽然变得极为郑重,“轩辕大统领不仅让我将他的指令带给你,还带来了皇上的旨意。”

“啊? 皇上有旨?”苏渐又惊又喜,连忙想下跪接旨。

“大哥,莫急,”唐求连忙伸手拦住他道,“大统领来之前,特地叮嘱我,无论他的还是圣上的令谕,都只是口谕,全无半个文字落在纸面。”

“啊?”苏渐一愣,很快反应过来,神色古怪道,“胖子,那就是,虽然他们说过了,但万一有问题,都可以不认?”

“哇,对啊!”唐求夸张地叫道,“临行前我使劲问,大统领就是跟我这么解释的! 大哥您是怎么知道的?”

“我怎么会不知道……”苏渐苦笑道。

看着一副震惊模样的唐胖子,他在心里叹道:“唉,看这样子,这次大统领和圣上交代的事情,小不了啊。”

正想着,唐求便上前一步,也不掩饰,就在这幽州城守府议事厅中高声宣道:

“轩辕大统领着我有要事传谕铜徽卫苏渐:前番海捕罪名,今已查明,乃敌族龙囚意图反间,遂信口雌黄,妄言子虚乌有之事。

“冤屈一洗,本望尔早日归来,然闻天雪国中将有大事,则不若留其域中,静观其变。

“又闻天雪之南,侨置‘西幽州’故郡,其城伏踞星降高原下,近瞻华夏。其城主竟为尔同窗旧友,则可择此城暂驻旅足,徐徐观之。”

传完这大统领的令谕,唐求看着苏渐,故弄玄虚道:“苏渐,你听懂了吗?”

“听懂了。”苏渐也毫不掩饰地说道,“我华夏严令通缉的血义盟,竟然堂而皇之地立足天雪朝堂,还几番攻讦太庙山之战中给我华夏雪中送炭的大皇子。想必我华夏国中君臣，也是心中忧虑吧。所以大统领要我带你们，暂驻幽州城，看看形势的发展如何！”

“大哥，”唐求闻言，苦笑地看着苏渐，“你能说人话吗？”

“好吧，”苏渐忽然声音一寒道，“大统领这是要我们，协助幽州城，和天雪国中的逆流斗到底！”

说出此话时，他脸色一扫先前的笑容，变得神色凛然，双目如剑，整个人也傲立如苍松，当年那扳倒高衙内、挖出吴山云的冷厉肃杀之气，重又回到了他身上。

见他这样，雷冰梵、唐求、红焰女，以及同来的玄武卫好手，并不觉得奇怪；但此时议事厅中那些幽州城的官员幕僚，并不了解苏渐先前的事迹，见了这一幕后，便觉得无比惊奇。

这时只听苏渐又开口道：“唐兄弟，还有圣上的口谕呢？你应该先说它啊。”

“别急，”听出埋怨之意，唐求挤了挤眼睛，笑道，“我把圣上的口谕放在后面说，是让你先苦后甜啊。

“皇上可说了，这次你在海岛中立了大功——对了大哥，你究竟立了什么大功啊？还有海岛是什么？北沧海岛吗？好好好，稍后再问你——因此，皇上就要赏你个爵位。

“皇上说了，你这次功劳极大，从勋爵来说，完全可以从白丁布衣，一下子提到大夫级爵，成为八等‘公乘’之爵！”

“啊？！”听到皇上竟愿意一下子赋予自己八等爵位，苏渐霎时又惊又喜。

原来，华夏国奉行唐体汉辅，这爵位制度依照汉朝旧制，共分二十等。

其中一至四等为士级爵，爵位名称依次为公士、上造、簪褭、不更；

五到九等为大夫级爵，依次为大夫、官大夫、公大夫、公乘、五大夫；

十到十八等为卿级爵，依次为左庶长、右庶长、左更、中更、右更、少上造、大上造、驷车庶长、大庶长；

十九和二十等则为侯级爵，为关内侯与列侯。

列侯再往上即为诸王，不过这个除非偶尔有谁功勋太过卓著，否则一般封王者皆为皇家子弟。

对二十等爵位的颁发，华夏朝一向控制得极严，所以别说连升八级了，连升两级都很困难，所以苏渐听了才会这样欣喜若狂。

不过还没来得及高兴谢恩呢，就听唐求话锋一转道："按理说是这样，但是呢，圣上明察万里，知道了大统领的布置，就知道苏渐你在天雪国中公干，一定会闯祸，所以要预先削爵惩罚，就从大夫级的八等'公乘'爵位，预降到士级爵的最低级一等'公士'爵吧。"

"啥?!"苏渐一下子就呆住了。

片刻后他才回过神来，跟唐求苦笑道："胖子，皇上这一下子就给我连削七级，看来咱兄弟这回在天雪国中，要闯的祸不小啊。"

"啊?"直到这时，唐求才反应过来，顿时吓得脸色苍白，转身朝南边大门的方向夸张地叫道，"哎呀，灵珊啊，弄不好这次你要守寡了啊!"

"晦气!"苏渐忙叫道，"我们几个谁像命薄之人? 倒是你的口谕到底传完了没? 怎么听着都是让人寒风嗖嗖的。"

"哦……对对，还有还有!"唐求转过身来道，"圣上说了，预先削你爵位，你肯定不高兴。但是呢，皇上他老人家听到民间一些传言，便决定，把京华城东郊的火枫林，及其林中的心碧湖，一并赐给你。"

听得这话，苏渐没来得及高兴，就一脸悲愤地叫道："冤枉啊冤枉，我和小眉妹妹是清白的! 是哪个挨千刀的传谣言? 我接近她，都是为了国家啊!"

"对对，为了国家!"唐求一副理解他的模样，挤眉弄眼道，"我知道大哥您和幽小眉好，是为国捐躯，都懂的都懂的。"

"胖子你——"苏渐气急败坏地看着唐求的胖脸。

"好了好了，别生气了，"唐求连忙道，"这是好事啊，你该往好处想想。你看，你这绯闻——好好好，是谣言、是谣言好了吧? 你想想，因为这个谣言，皇上他老人家就把火枫林和心碧湖赏给你，你多赚啊!"

"咦……这倒是啊，哈!"苏渐顿时反应过来，转忧为喜道，"有了这片枫叶林子，若将来穷困潦倒，还可以围起来跟游人收钱呢。"

"你们两个……"雷冰梵在一旁再也看不下去了，插话道，"你们这说得也太远了。唐求，贵国皇上的旨意你都说完了吗？说完了的话，我要大排筵席款待你们了！”

“哈哈，你是该请客了！咱皇帝和大统领，都很帮你呢。”唐求笑嘻嘻说道。

“是该谢谢。”一向冷着脸的天雪皇长子，听了唐求这句话，也忍不住流露出笑意来。

这时候，整个议事厅中的幽州官员幕僚们，也全都忍不住欢腾起来。在他们眼里，虽然华夏国派来的只是区区十数人，好像实际也起不了什么大作用；但这只是战术层面的。

华夏此举，更重要的意义是，在战略上他们表明跟天雪皇长子站在一起；将来若真有事时，他们会站在幽州城这一边。

这一点，对现在四面楚歌的雷冰梵和幽州城来说，太重要了！

别看天雪国素以武力闻名，但当今神州大陆上，若论人族第一强国，还得属华夏国。所以，华夏光武帝用这种非正式的方式表态，对失宠的雷冰梵来说，意义实在太过重大。

能在幽州城守府中和雷冰梵一起接风的大小官员，全都是坚定的大皇子派，所以不难理解为什么他们听到这个消息时，全都喜笑颜开，少数人甚至还老泪纵横了。

举共欢腾之际，唐求也不再啰唆，任由雷冰梵命人安排宴席。

庄严肃穆的城守府议事厅，很快便摆满了食案，堆满了美味佳肴，各种美酒轮番斟满。除了美味佳肴，雷冰梵还罕见地召来了一队歌女官伎，在宴席间往来歌舞，以助酒兴。

以前苏渐行事低调，但到这时，所有的幽州城官员，都知道了他是雷冰梵面前的红人，便不能免俗地按照官阶大小，争先恐后地跟他敬酒。

风暴之源

虽然苏渐在京华城中，也经常和三五知己喝酒，但其实都是小饮怡情式的聚会，酒力并不太好；今天幽州城守府中这一出，他还是头一回遇见，结果不胜酒力之际，他只好施展出玄武卫中训练的化酒之法，将酒力化淡，免得酩酊大醉。

推杯换盏之际，唐求还有意无意地跟他提起一事。

只听他说道："大哥，其实刚才雷皇子打岔，圣上的口谕我还没说完。"

"什么？"苏渐一愣，忙道，"快说！还有什么事？"

"其实没有什么事了，只是客套话吧，所以我才没说。"唐求醉态憨然地道，"皇上让大统领转告，说这次派了我们这些人，和你一起襄助幽州之事，预祝'诸君功绩，名震北国；苏卿新功，灿若天宸'——哎呀！'灿若天宸'呐！"

唐求一张胖脸忽然大放红光，兴奋叫道："大哥你说，皇上是不是在暗示我们，说我们将来有可能加入天宸阁？"

"哈哈！也许是吧，我们都要努力了！"苏渐不忍打击他，顺水推舟附和道。

不过他看着唐求一脸喜色，心中却道："唉，唐老弟啊，对不住了，你实在是想多了。皇上这口谕措辞，分明是暗示我，天宸阁已重新接纳我的身份了。"

苏渐这猜测，并非凭空想象。

宴席中，没过多久，就有个随唐求而来的玄武铁徽卫，凑到近前敬酒。

这位玄武卫同袍，样子十分不起眼，却借着敬酒之时，跟苏渐低低说道："大人，属下有一事相禀：临行前，京城中有个散骑常侍，说他是您的故友，求我给您捎个话。"

"哦？什么话。"苏渐不动声色问道。

"他说，京华城中他认识一个术士，前些时夜观苍穹之顶星辰，竟占卜出，恶龙之国已派出隐龙客隐藏于天雪国中；尤其是，这里面竟可能有隐龙客的大人物。"传此口信时，这名玄武卫声音竟有些颤抖。

这也难怪他。

龙族的特殊潜伏者"隐龙客"，与人族的龙血者针锋相对，可以称得上神出鬼没，幻化万形，其破坏力极其强大，对人族王国来说就如同噩梦。

当苏渐听得这口信时，心惊之余，也顿时明白了，那什么"苍穹之顶星辰"都是掩饰，这分明就是天宸阁在传信给他。

"隐龙客的大人物，究竟会是谁呢？"接下来的整个酒宴过程中，苏渐都在想这个问题。

虽然这情报提及的内容蕴含着巨大的危险，但对苏渐来说，反而激起了他无边的热血。

当然对他来说，还有件事值得高兴。

自从失忆，失去了原本的地位和武技，要弄清怪梦的秘密，救回为自己牺牲的圣龙公主，还要揪出那个寂灭林中残杀战友的奸细凶手，实在千难万难。

虽然自己发誓要不畏艰险，破除千难万险，但真正实施时，并不容易。

到现在，他也不过是机缘巧合之下，才救回了月歌之魂，离整个目标还差得很远。

于是觥筹交错之际，苏渐带着几分醉意地想，现在自己得到了天宸阁的重新接纳，那是不是离自己心中定下的目标，也更近一步了？

虽然华夏国授意苏渐，协助雷冰梵立住阵脚，但幽州城暂时风平浪静，没什么大事。

不过这时候，天雪城里，早已是风起云涌。

这风云突起的源头，就是图穷匕见的二皇子。

当盖世雄刺杀失败后，作为苦主的雷冰梵还没什么动作，那个陶俑还在书房私藏着，但二皇子雷冰烨在兄长的积威之下，已是惊惶不已、按捺不住了。

惊惧之下，他决定在朝政上再次抢先动手。

于是一夜之间，他培植多年的军政势力，开始在朝堂上对雷冰梵展开轮番攻击。

当二皇子决定开始全面动手后，那些中立的第三方天雪国官员，这才发现，这位表面仁厚温文的二皇子，竟然已经笼络到数量惊人的支持者了。

当二皇子一派开始攻讦时，朝堂上替雷冰梵说话的人，却是寥寥无几。

这样的结果，在很多人眼里，简直匪夷所思。

毕竟，按照“立长不立幼”的传统，即使当今皇帝还没有正式立太子，雷冰梵作为皇后所生的长子，生来便是皇位的继承者。

从这个角度，为了讨好将来的国君，即使雷冰梵没有特别笼络，双方的力量对比也不可能像现在这般悬殊。

但是如果往深一层想，这样的局面也并不难理解。

毕竟为朝廷做事，到底有多少人的终极目标是为了国泰民安？终究还是为了自己和家族的富贵名利。

从这个角度一想，结果就一目了然。那大皇子雷冰梵犀利冷峻，不仅嗜武，头脑还极聪明；碰上这么一个全能型的犀利君主，将来在他麾下做事的臣子，日子恐怕不太好过。

而二皇子却截然相反，表现出来的全是仁慈、温雅、宽容这类软和的性格。

说得通俗一点，碰上这样好相处的君主，将来自己做点手脚，恐怕也出不了多大事。

所以，两相对比之下，天雪国朝堂官员的选择，就非常合理了。

因为雷冰梵做事更遵从本心，现在二皇子一派的官员要找他的碴儿，易如反掌。

当雷冰烨在背后一安排,他皇兄这些年做过的“离经叛道”之事,一齐“东窗事发”了。

比如,违背父皇之意,执意外放,就算不是心存不轨,也逃不过一个忤逆不孝之罪。

又如,最近置皇命于不顾,对分派到的“星毒灵液”置之不用,暗中存入库房,不仅浪费资源,更是欺君罔上。

比这些更严重的是,雷冰梵还违背天雪国策,对皇帝强调的“纯血令”阳奉阴违,暗地解放了幽州的劳役营,让他们跟天雪国民一样生活和服役。

解放劳役营也就罢了,比这还严重的是,他甚至重用了石国王子昭武长风!

要知道石国已经灭国,但其遗民不断寻求复国,雷冰梵这么做简直是养虎为患,会对天雪国造成严重威胁!

在所有这些指控中,还有个别臣子上书,说雷冰梵很可能是天雪国反叛组织“雪杀组”背后的真正主使者。

这个攻击,非常接近真相,却没有得到他同党的支持,因为这实在太过匪夷所思——哪有很可能继承帝国的皇长子,要暗中建立一支起义军的?

所以即使二皇子一派的人,也都觉得,做人要有基本的良知,就算给政敌捏造罪名,也要有个最基本的限度。

于是这个无限接近真相的声音,很不幸地淹没在其他围攻者的口水海洋中了。

除了对军政方面的指控,还有臣子上书说,雷冰梵此人生性好武,不爱读书,将来继承皇位,难免成为不学无术、穷兵黩武的暴君。

这样的指责,就更接近这一轮围攻的终极目标。

对二皇子他们来说,雷冰梵做的那些坏事儿,有多坏有多多并不重要,最重要的反而是这种人身攻击。

二皇子一党,这次务必要将雷冰梵搞臭搞倒,肃清二皇子的太子之路。

根据这样的思路，还有曾出使过华夏国京华城的臣子说，据确凿传闻，雷冰梵品行败坏，明明知道有个美貌女子和自己的兄弟情投意合，热恋之中，却利用权势要生生拆散人家，达到自己霸占美人的肮脏目的。

在大量这样真真假假的如潮攻击中，雷冰梵长期清白的形象，终于开始变得不干净起来。

更不妙的是，当攻击雷冰梵的奏章潮水般上报时，天雪皇却没有第一时间驳斥，态度极为暧昧。

这一来，许多还在观望中的中立者，开始发挥天雪官场中“墙倒众人推”的优良传统，跳出来加入攻击者的队伍。

于是雷冰梵的罪行，变得更加五花八门，匪夷所思。有人甚至扬言，说雷冰梵在华夏国修学期间，曾深入龙境，惨无人道地奸污了一头当地的母兽龙！

这样的指控本就荒唐至极，但二皇子派一旦攻击，便是帮亲不帮理；于是立即有德高望重的朝臣，忧心忡忡地指出，假如那头受害的母兽龙怀孕，还生下男婴，那兽龙国很有可能借机提出对天雪国皇位的继承权。

到了这种地步，对雷冰梵的攻击，已经到了失控的程度。

众口铄金，到了这阶段，许多人已经觉得，就算个别指责没道理，但现在摆出这么多罪证来，至少能证明，雷冰梵绝对有问题。

如此众口一词之际，在最后天雪皇召集大朝会决议此事时，却有一人挺身而出，力排众议，用自己的权位和荣誉担保，说大皇子一身清白，绝无问题。

这位如此不合群之人，并不是一般人物，而是天雪军中第一人，护国大将军雷华晖。

当朝会上群议汹汹之时，须发皆白的大将军针对主要的指责一一驳斥。

他最后说，皇长子雷冰梵为人公平正直，自愿去边陲为国守土，用这些捕风捉影之事攻讦，不免寒了天雪将士之心。

听他说出这样的话来，朝会上的汹汹物议，忽然偃旗息鼓。

这倒不是说,二皇子派就这么放弃了,而是雷老将军威望极高,数次于天雪国危难之际,身先士卒,力挽狂澜,甚至朝堂上许多官员亲族的性命,都是他救的。

所以当他一站出来,别说那些话本身就义正词严,光他威严的目光一扫,这些官员便都泄了气。

这时虽然他们心里不服气,却谁也不敢先站出来反驳了。

见此情景,二皇子固然心急,玉阶帝座上的雷烈心,看着这场面也是默然无语。

于是刚才声浪喧天的金殿朝会上,竟变得一片死寂。

正当这样的寂静让有些人尴尬和着急时,有一人越众而出,站到雷老将军的近前,一拱手,恭敬有礼地说道:"雷老前辈,末将有一事不明,还望您为晚辈解答。"

众人闻声一看,便看见出头打破沉默之人,正是玄霜城的守将,壮武将军盖世雄。

一见他出现,许多知道他和二皇子关系的人,便心里有数了。

果然,便见壮武将军虽然态度恭敬,说出口的话却是不太客气;当雷华晖抬手示意他讲时,盖世雄便道:"老将军,您刚才说的,都挺有道理。只是末将还有一事不明,幽州城并非军情紧急,那些劳役营中的石国之民进入雪狼骑怎么解释?

"和其他被大皇子殿下征用的劳役不同,这些石国民进的可是'雪狼骑'啊! 他们可是和雪熊军、雪豹骑、雪彪军并称天雪四大精锐之师啊。

"所以末将认为,其他事或可商榷,此事大皇子殿下做得可真是大大不妥啊。"

"唔……"听他之言,雷华晖手抚颔下白须,看着盖世雄,并未立即回答。

一时沉默,并不表明他无言以对,而是现在老将军十分痛心。

他眼前这盖世雄,本来是他极为看好的军中人才。

和其他军将不同,雷华晖早就发现盖世雄文武双全,并非一味崇尚武力的莽夫,这一点就注定他将来一定会成为天雪军中的栋梁人物。

作为天雪国的老军头，雷华晖是非常爱才的，也从来不会为了一己之私，就挡别人的上进之路。

所以，当初盖世雄要被提拔为玄霜城守将时，虽然有人指出盖世雄此人私德不太检点，但雷华晖依然力排众议，亲自将他擢升为玄霜城守将。

这一次的升迁，对盖世雄可谓极为重要。

玄霜城可是天雪国第二大城池，甭管盖世雄以前当过多少座天雪城池的主将，也不及玄霜城守将这个位置来得重要。

可以说，这次擢升，让他的军中之路上了一个最为重要的台阶；从此刻开始，只要他不出问题，将来坐上天雪军中第一人的位置，也并非完全不可能。

所以无论从哪个角度来看，雷华晖都应该是盖世雄的恩人和贵人。事实上到今日之前，盖世雄也一直对雷老将军感恩戴德，逢年过节都以子侄辈的身份送礼。

只可惜，世事难料，军中这一段佳话，却在今天的金殿上中断了。

就在雷华晖老将军最需要有人支持，或者说，别人只要保持沉默就行时，盖世雄却第一个跳出来，毫不遮掩地对他提出质疑。

雷华晖一生戎马，早已看淡了名利，一生助人从不计得失，但这一刻，他的内心还是被盖世雄的举动给刺痛了。

但他表面依然不动声色，只是眯起了老眼，盯着盖世雄看了好一阵。

正当盖世雄被看得心里发毛、有些恼羞成怒时，却听得雷华晖淡淡地说道："世雄，你是将军，更应知道，将在外君命有所不受的。"

听到这句话，盖世雄还没说什么，御座上一直没什么表示的天雪皇雷烈心，却看了老将军一眼。

盖世雄确属当世雄才，否则万马齐喑的节骨眼儿上，他也不会"挺身而出"，对自己的老恩公侃侃诘问。

但"虎老雄风在"，何况雷华晖现在还是护国大将军，所以威望深重的老将军只是一句恬淡的答话，就好像把盖世雄所有的勇气都耗光了。

此后盖世雄脸色尴尬，含糊地说了几句台面话，就灰溜溜地逃回到班列中去了。

眼看德高望重的老将军一句话，就把二皇子发动的汹汹朝议给浇熄了，二皇子一党不免大为着急。

正在这时，却又有一人排众而出，站到雷华晖的旁边，环顾四方朗声说道："吾皇陛下，诸位同僚，今日所议颇多，但还似忽略了一件事。"

众人闻声一惊，定睛一看，却见此人身披一件血色大氅，除了颜色刺眼，袍袖飘飘，倒也像个世外高人。不用说，此人正是新近得宠的"护国圣师"夏侯怒风。

还别说，夏侯怒风这人，虽然高居国师之位，同时又是血义盟盟主，实力不可小觑，但偏偏自打来到天雪国朝堂后，行事极为低调，类似这样的朝会很少发声。

所以，见他继盖世雄之后挺身而出，众人都对他将要说的话十分好奇。

这时候，即使二皇子一派，心里也没有底，因为夏侯怒风行事低调，平时好像哪一派都不沾，十分超然，所以现在他突然开口，也不知到底会为哪一派出头。

"夏侯爱卿，你有何言？"天雪皇对他也非常客气，主动开口问道。

"也并非大事。"夏侯怒风拱了拱手，态度雍容地说道，"微臣想说的是，大家可能忽略了，大皇子殿下曾是灵鹫学院生员，颇亲华夏。否则上回太庙山之战中，也不会违抗圣命，自行前往救援。"

"这！"听得夏侯怒风之言，所有在场议事朝臣，全都倒吸了一口冷气！

要知道，别看这位血义盟盟主、天雪国国师，只是陈述了一个事实，做了个简单的推论，但这里面引人联想的东西太多了。

他这番话，对二皇子一党而言是绝好的启示！霎时间很多人再次争先恐后地发表意见，说大皇子前后种种表现，难逃里通外国、挟边自重的嫌疑。

见场面闹成这样，刚刚替雷冰梵庄严辩解的雷老将军，气得白须乱颤，手脚发凉。

他有心跟那些人辩驳，无奈势单力薄，他一张嘴哪说得过这么多人？事实上朝会开到这时已经完全乱了，许多人只顾张口狂喷，根本不听别人的解释。

正乱成一锅粥时，御座上的雷烈心忽然喝道："众爱卿，都肃静！"

马上皇帝中气十足的一声大吼，整座金殿立时变得鸦雀无声。

"众卿之意，朕已知之。"雷烈心高居帝座，威严地说道，"冰梵乃朕之子，其性情为人朕实知之。今日诸君固然广开言路，但颇多捕风捉影之言，不足为准。今后还请众卿明心正意，不可妄议大皇子。今日朝会，就此结束。"

说罢，雷烈心也不等众朝臣谢恩顶礼，便起身飘然而去。

见他如此，阶下众臣全都面面相觑。

这时替大皇子说话的雷老将军，听闻皇帝陛下的话，不免心中欣慰，面露喜色。

心情大好之际，他转脸看向刚才进了关键谗言的夏侯怒风，想看看他的窘状，却见这位血义盟的巨擘，只是一脸冷笑。

看到夏侯怒风这个表情，雷老将军一愣，不是很能理解。

不过他这时也没往心里去，便轻蔑地哼了一声，径直走掉了。

朝会上夏侯怒风的冷笑，雷华晖老将军直到三天后，才知道那里面的真实含义。

就在大朝会结束的第三天，雷烈心便颁下密旨，命令幽州城守雷冰梵制造与华夏国北疆守军的摩擦，通过一步步的挑衅，伺机控制整个星降高原。

虽然是密旨，没经过雷华晖，但事涉军事行动，作为天雪军中的第一人，雷华晖怎么会不知情？皇帝的密令刚一离开天雪城，雷华晖就在帅府中知道了。

听到这个消息，立在帅案后的雷老将军，霎时变得呆若木鸡。

这时夏侯怒风那张阴阴冷笑的脸，蓦然在他的眼前浮现。

"是我太天真了！"回过神来后，雷华晖痛心疾首，心痛得甚至去揪自己头上的白发。

不过痛心疾首只是雷华晖的第一反应。

当冷静下来后，见过无数风浪的老将军，立即就明白了皇帝的如意算盘。

那星降高原，处于华夏、天雪两国交界，由两国共有，其地理位置十分重要，本身又是高原，居高临下，天然具备军事要地的特性。

更重要的是，神州十大晶海之一的“幻之晶海”，就在星降高原上，现在大部分为华夏国控制。

所以星降高原不管从哪个角度来说，都像一块肥肉，虽然两国共有，但精华大都在华夏一方。

对这一点，天雪皇帝雷烈心早就不满，以前大家维系着联盟的架子还好说，但现在雷烈心“励精图治”，一心要唱主角，心态就发生了变化。

所以雷老将军一看便明白，自己的皇帝陛下正是想通过此举一箭双雕，既试探了皇长子是否有异心，还能对争夺联盟领导权进行试探。

毕竟，甭说雷烈心自己了，就连朝堂上那些攻讦大皇子之人，也知道雷冰梵虽然性子冷，不好相处，本身却如同一柄利剑一般，谁碰上都不好受。

雷烈心这如意算盘倒是打得叮当响，十分聪明，但雷华晖看穿之后，却只觉得四肢发凉，十分心寒。

作为戎马一生的大将军，让他最心惊的，不是跟华夏国的摩擦；毕竟乱世之中，没有永久的敌人，也没有永恒的盟友，实在不行，打呗，他雷华晖怕过谁？

让他整个身心都如坠冰窟的，是看到了自己的皇帝陛下，竟然真个对自己的大儿子产生了猜疑。

雷华晖是见过大风大浪的，他深刻地知道这究竟意味着什么。

在那一瞬间，老将军的视野里，竟恍惚呈现出了一片血海的颜色……

当天雪皇把这个连护国大将军都害怕的密旨发出去之后，所有得知内情的人，都在静观事态的发展。

在密旨发出去后不过三天，幽州城的回音已经用快马传了回来。

很多人第一时间就知道了幽州城那位大皇子的回答。

这个牵动很多人注意的回复主要是：

“冰梵伏乞父皇得知：今东方边境，咫尺之地，恶龙强敌虎视眈眈。

困境之下，我族宜团结一心，共抗恶龙。然冰梵亦知父皇宏图伟略，心实崇服，只是西幽州地处荒僻，城弱民贫，难免兵源不足，武备未修，不足以完成父皇雄伟上命。”

雷冰梵这封回信，不仅是委婉的推拒，同时还是一封谏书。

他回书中所体现的观点，自然和天雪皇雷烈心完全相悖，对这一点很多知情人倒是觉得十分惊奇。在他们的印象中，像大皇子那样的人，应该比他父亲更加好斗才对。

观点相左，抵抗上命，天雪皇雷烈心已经十分不快；当他再看到“兵源不足、武备未修”八字时，更是忍不住冷笑了起来。

他想起了自己收到的情报，以及大朝会上忠臣的攻讦，心中便说道：“梵儿啊梵儿，违抗君命且先不谈，就你这八个字，还不坐实你‘阳奉阴违’?”

虽然心中已经极度不满，但雷烈心这次竟然并没有发作。

不过下一封对幽州城的圣旨，便接踵发出了。

出人意料的是，天雪皇雷烈心并没有纠缠上次的密令，而是换了内容。

这一回，他命令幽州兵出兵西南方的大漠国边境，理由是那里马匪不断袭扰天雪军民，天雪城数次行文要求大漠国剿匪，但对方屡教不听，大漠国边军只是敷衍，以至于边境匪患愈演愈烈。

故此，天雪皇让雷冰梵出动同在南方的幽州军，自行去帮大漠国剿匪。

这次的令谕，比上次的密旨更加冠冕堂皇。

在那些围观的知情人眼里，都觉得这一回大皇子殿下，总该给他父皇一个面子；毕竟出兵理由有理有据，就算大漠国较真，也有扯皮辩解的余地。

但这一次，众人终于看到了雷冰梵犀利坚决的一面。

在别人眼中冠冕堂皇、留余地能扯皮的上谕，到了雷冰梵那儿，却被毫不留情地戳穿本质。

虽然这一次的回复，依然言辞委婉，却比上回更加直露鲜明；他在回奏中指出，如此假托剿匪之名，攻击友邻，则人族王国团结抗龙的大好局势，恐有一夕崩溃之虞。

见到这次的回书，天雪皇终于勃然大怒，立即下旨召雷冰梵回天雪城接受质询。

有趣的是，这对父子颇有相似之处；这回轮到天雪皇愤怒时，召回的谕旨诏书却写得同样委婉亲切。

这封诏书中只说，雷烈心思念皇儿，便召他回京城叙叙家常。

这一次的诏书，可谓无懈可击，还打出了亲情牌，几乎所有人都认为，雷冰梵这次即使心中不愿，也不可能明着反对了。

但幽州城的银发皇子，就是这么桀骜不驯和出人意料。在所有人的等待中，幽州城传来的依旧是一封回绝的奏疏。

在这奏疏中，雷冰梵说自己感念亲恩，早就归心似箭，无奈就在接到诏书的前一日，和久别重逢的兄弟练剑时，一时不敌，被对方偶然刺中大腿，因此不良于行。所以尽管他归心似箭，询问过军医大夫后，却说短则两月，长则一年，才能重新走远路。

不得不说，雷冰梵这样拒绝的理由也太过拙劣；紫衫银发皇子的剑技，在天雪国中谁人不知？现在却说被个什么兄弟一剑刺中大腿，不能走路，骗鬼呐？

可想而知，雷烈心接到这封回书时，心中有多愤怒。

不过这一次，他并没有立即做出反应，而是将自己关在卧雪殿中，认真思索。

这时候，满朝文武百官，看到天雪皇如此，全都品出了点味道，一反之前群起攻击的姿态，变得十分安静。

虽然表面没什么动作，但暗地里的心思和动作，却是一直没停。

有人甚至想，只晓得直来直去的犀利大皇子，什么时候变得这样无赖和狡猾？难道他那个所谓的“兄弟”不是虚拟的人物，还真有这么号人，从而带坏了他？

于是号称“不落王都白玉城”的天雪城里，一时间暗流涌动，宛若风暴之源。

山雨欲来之时，那位一直回护雷冰梵的老将军，得知他拒绝回京的消息时，心中反倒有几分安慰——

因为明眼人一看便知，倘若这次雷冰梵应召而回，就算不死，等待他的也将是漫长的禁足。到那时，哪怕雷冰梵再是头猛虎恶狼，也被关入笼中，没了任何施展余地。

而雷华晖的内心，还有个不能说的想法。

通过这几次事情，他发现，自己果然没有看错雷冰梵。作为皇子，能前后几次拒绝皇上的圣旨，可不是一般人能做到的。

这不仅显露出雷冰梵远超常人的勇气和毅力，更重要的是，这几次选择表明，大皇子殿下在大是大非的问题上，有着十分明智的判断和果敢的坚持。

所以，尽管雷冰梵冒天下之大不韪，但一生循规蹈矩的雷老将军，反而对此十分欣喜。

只是，正当他暗自欣喜时，却有一封圣旨自卧雪殿中传出，到达他的帅府里。

怀着不祥的预感，老将军接过圣旨一看，发现是天雪皇帝封他为“平乱招讨使”，让他三天内点齐五万精兵，旌麾南指，征讨幽州城中的乱臣贼子！

看到这样的委任，雷华晖沉默良久，最后一声叹息。

世事就是这般无奈。

虽然雷华晖心情悲愤，内心抗拒，但还要遵守自己一生坚持的职业操守，开始整饬兵马，于圣旨下达后的第三天准时出发。

当他率领千军万马，从天雪城层叠的关隘城门出城时，依旧旌旗蔽日、号炮喧天，天雪城的民众也按传统夹道相送。

但经验丰富的老将军，分明已从道路两边百姓脸上的微妙表情中，敏感地看出，和以往任何一次出征不同，许多百姓脸上的笑容，已变得虚假和僵硬。

说实话，对雷华晖这样南征北讨的老将军而言，看到自家老百姓这样的表情，简直比打了败仗还难受。

即使观感这般难受，雷华晖老将军也还得打起精神，率领天雪大军直往南方幽州城杀去。

毕竟是替人父亲征讨儿子，雷华晖并未将事情做绝。

虽然负责征讨，但一路上，他不断派出斥候探听幽州城的动向，看看有没有什么转圜余地。

按照他的分析，天雪城五万精锐大军压境，还由自己这样能征善战的老将指挥，雷冰梵和幽州城的将官们只要不是疯子、傻子，肯定要自下台阶，向天雪城求和。

作为南征北战、战无不胜的老将军，其本身就是个战略家和心理学大师，按理说这样的分析完全没错。

但很快，银发皇子的做法再次出乎所有人意料。

雷华晖派出的探子斥候，络绎不绝地回报。

探子们先回报说，幽州城及其附近属地，全都开始紧急动员，厉兵秣马，进入战争状态。

听到这消息，雷华晖虽然意外，但也不以为然，还叹息一声，说"峣峣者易折"，冰梵侄儿太过犀利，正在做以卵击石之事。

不过探子们后续传来的一个消息，却让他遽然动容，心里开始变得不安起来。

原来，探子们回报，当幽州城派出的骑兵带着雷冰梵的檄文，传遍乡野时，人人轰动，众口一词，支持他们爱国爱民的大皇子。

乡野中，无论七八旬的蹒跚老汉，还是五六岁的黄口小儿，全都说天雪皇被奸臣蒙蔽，竟派兵来抓自己忠义无双的儿子，简直是千古未闻的荒唐冤案、人伦惨剧。

如果说这还没什么，当雷华晖听到，幽州城征兵官所到之处，所有青壮年踊跃应征，老弱病残箪食壶浆，老将军便知道有些事已不可为。

多年的戎马生涯告诉他，即使自己手握五万精兵，也未必打得过这样的仁义之师。

况且，就算现在用强能打过，但不仅会把他自己，更会把他忠心侍奉的天雪皇雷烈心，给彻底地推到民心的对立面。

当然这时候，雷华晖还有些犹豫，毕竟皇命在上，幽州城即使是现在人人拥戴的情况，也未必打得过他。

不过当另一个重大消息传来时，一直犹豫的雷华晖，终于下定了决心。

原来，类似于“西幽州”“新杭州”这样的侨置郡县，就在幽州城往东三百里，也有个侨置的关隘要塞，名为“西虎牢关”，平时都简称虎牢关。

虎牢关的位置接近风暴之墙，正是人龙交界处风暴之墙后，天雪国境内的第一个防御要塞。

人龙之争是涉及种族存亡的生死大事，虽然有风暴之墙挡在前面，但天雪国虎牢关的城防武备，不可谓不强。

别的不说，光虎牢关中的天雪国驻军，人称“虎牢军”的“骑、步、法”三军混合的军队，人数就达到了两万人。

两万人，对于看惯了小说戏文的人来说，好像并不多，因为那里面动不动就说百万大军杀来。但那只是小说家言，现实中军队达到万人以上，就是黑压压无边无际的重兵了。

所以，作为风暴前沿的虎牢关驻军，不仅骑兵、步兵、法师三军齐全，人数还达到两万人，这支力量的实力可想而知。

本来，虎牢军根本就不在天雪国朝野的考虑之内，但谁也没想到，还在雷老将军指挥大军杀向幽州城的半道上，虎牢关守将孙天翰就出乎意料地响应了幽州城发来的号召，宣称他麾下的两万虎牢军将士，不会坐视幽州城被攻击。

乍听到这消息，天雪朝野一片哗然！

雷华晖更是十分震惊，因为虎牢关守将孙天翰他太了解了。

可以说，孙天翰当年是他一手带出来的青年将领，因为成熟稳重，屡立战功，刚到中年就被任命为天雪国最重要要塞的主将。

十分讽刺的是，和盖世雄一样，当初作为孙天翰跃入天雪国主流将帅行列的虎牢关这一步任命，还是雷华晖极力推荐的。

现在倒好，这位好徒弟，竟然也跟他针锋相对了。

当然雷华晖震惊的并不是这个。

孙天翰的为人他太了解不过了，其人稳重、冷静，判断大事极为准确，而且向来的作风，对一个指挥千军万马的将军来说，还有些过于偏向保守。

正因这样的性情，一张蜡黄脸的孙天翰还有个外号，名叫“金面狐”，曾一度和华夏国的玉面狐阮天择并称“南北双狐”，不过当阮天择身败名裂而死后，这说法就没人提了。

所以当雷华晖听到如此保守谨慎的中年将军，也发出和朝廷截然相反的声音时，便真的震惊了。

要知道，往深里再想一层，这还不仅仅是性格的事情；作为一个中年将领，正是将来能再上一个台阶、争夺天雪国大将军之位的关键时期，居然做出如此决定，那背后一定有着非常深刻的原因。

第九十二章

白刃丹心

如果说，雷华晖听到幽州之地男女老少、老弱病残，都对雷冰梵的势力箪食壶浆、一呼百应时，还只是稍有动容，但听到虎牢关和幽州城站到一起时，老将军终于开始认真反思自己的这次使命。

就算无关对错，无关正邪，雷老将军也深深地知道，武装到牙齿的两万虎牢军将士，不是他能完全忽略的。

原本五万对两万幽州军，他觉得稳操胜券；但现在加入两万虎牢军，即使他们措辞暧昧，但战争乃生死凶险之事，雷华晖完全不能寄希望于侥幸。

雷华晖老将军本就心不甘情不愿，现在看到双方势均力敌，自己又是劳师远征，胜算不大，便终于下定决心了。

当他到了离幽州城还有二百多里的绛雪城时，便命令大军停住，不再向南方的幽州城进军。

对这个决定，军中有许多部将并不太理解，但更多的人却暗中松了口气，因为他们也并不想打这一场没来由的内战。

大军偃旗息鼓之际，雷华晖老将军并没闲着，而是连夜挑灯写就一封奏折。

在这封奏折中，他一方面摆明当前的军情，询问主上的意思，同时更是情辞恳切地劝谏君王，恳求雷烈心重新考虑整个事情，不要闹到父子相残的地步。

虽是武夫，但作为朝中老将，这样劝谏的奏疏，雷华晖措辞还是十分有分寸的。

全篇中，他主要在询问自己下一步该如何做，一切事情都由圣心独裁。他只是在询问之余，稍稍流露出劝谏的意思而已。

对这样的谏书，雷老将军十分有信心，因为在他看来，雷烈心虽然在下令征讨大皇子之事上有些糊涂，但总的说来，还是个明主，应该会给出明智的回应。况且他的奏疏又是极有分寸的，就算不成，也绝不会引火烧身。

于是雷华晖就在绛雪城中安心等待，和绛雪城太守仲思源整日下棋闲谈。

天雪城对老将军的回应，出乎意料地迅速。

大概在奏疏发出后的第三日上，便从绛雪城北城门外疾驰来一队人马。

简单应对了城守军的关防查问后，这队锦衣劲服的骑兵便一路疾奔，冲街串巷，毫不停留——

最后他们竟然径直冲进了太守府，当着目瞪口呆的仲太守的面，把护国大将军雷华晖一把掀翻在地，五花大绑！

可叹雷华晖老将军，没等来预想中的明旨，却等来了帝王的怒火和缇骑。

当负责抓捕的天雪缇骑首领向雷华晖宣读他种种罪状时，老将军根本一个字都没听进去，只是冷笑连连。

他笑的只是自己。

他笑自己太天真，居然忘了他的“好”皇上，早就对他军权在握不满了，这一次终于能借题发挥了！

嘲笑自己之余，雷华晖忽然想到一种可能性，立时悚然而惊：

以雷烈心的城府心机，很可能这次命自己出征，本身就是一石二鸟；因为雷烈心太了解他这位老臣子了，知道以自己的性格，定会做出止步不前的选择，于是便趁机来夺自己的兵权。

从这一点想开去，很可能这次征伐的真正将帅，在雷烈心心中早就有其他人选，很可能就是那位……

想到这个人选，雷老将军忽然对整个事情都豁然开朗。

于是他再没有了任何侥幸和幻想。

他凛然喝止了自己蠢蠢欲动的副将和随从，跟他们叮嘱几句，便老老实实地跟随天雪缇骑回返京城了。

天雪缇骑，全称为"天雪皇朝雪狐缇骑卫"。和华夏国用四灵神兽命名主力军不同，天雪国一向有用雪原兽类命名军队的传统。

有别于雪豹骑、雪熊军、雪彪军和雪狼骑，雪狐缇骑卫乃是天雪国的侦缉力量。它类似于华夏国的玄武卫，只不过直属于天雪皇，平时由有智谋有武力的皇宫内监统领，封号为"雪狐缇骑卫将军"。

同样，雪狐缇骑卫的成员来源，也和华夏国广纳各阶层贤才不同，主要来自官宦子弟阶层。

从这一点看，民风尚武的天雪国统治，其实偏近保守，并不如华夏国开明。

当然，这样的机制也让雪狐缇骑卫变得极为可靠。

就拿眼前的缉拿对象来说，护国大将军啊，天雪国军中第一人，甚至在朝野已经成为某种传说，但皇帝一声令下，让雪狐缇骑卫将他打翻在地就打翻在地，绝无二话。

虽然如此，雪狐缇骑卫在押解雷华晖回京的路途中，对他还是十分客气。

雪狐缇骑卫虽然冷酷无情，但雷华晖毕竟是他们从小听到大的传奇人物，所以实际执行皇命时，还是尽量态度友好。

雷华晖被押解到京城后，就立即被投入天牢之中。

雷大将军的威望也极高。在他出事初期，听说雷老将军被皇帝捉拿回京，朝野顿时震惊，不用说老将军的同情者了，就连他的政敌，也都纷纷上书，力辩老帅无罪，还请皇帝三思。

只可惜，紧接着的大朝会上，天雪皇雷烈心却爆发雷霆之怒，历数雷华晖十大罪名。

"贪恋军权"就不用说了，皇帝最严重的指控是，雷华晖为雷冰梵一党，双方早就眉来眼去，勾结在一起，要趁这一回联合起来彻底谋反，谋取雷烈心的帝位。

一见雷烈心这说法这架势，不管众朝臣心里服不服，却再也没人敢替老将军求情了。毕竟，这时候的人族王国，都是皇帝说一不二的“帝国”政体。

而雷华晖一直同情大皇子，这时候二皇子就不用客气了。

他立即在背后指使自己的党羽，联合新近得宠的夏侯怒风一派，开始在朝堂上兴风作浪。这伙人不仅附和天雪皇颁下的大将军罪状，还添油加醋，要把雷华晖往火坑里推一把。

于是，雷烈心非常愉快地顺水推舟，颁下最终的判决，以雷华晖欺君罔上、意图举兵谋反为由，判他满门抄斩！

看到这个裁决，很多起初还有些稀里糊涂看不明白局面的朝臣，顿时豁然开朗、如梦初醒。

他们都知道，自己的皇上绝对不是个糊涂昏君，从来都不是个任人利用的主；要说这事情中他是被二皇子和国师一伙人蒙蔽，怎么可能？

所以，到这时，几乎所有天雪国臣子都知道了，原来天雪皇早就视老将军为眼中钉，欲除之而后快了。

看清这一点，帝国朝堂中，便几乎没人出头帮老将军说话了。

这样的局面真不能怪他们，皇权至上的帝国时代，这种时候没人跳出来落井下石，就已经算积了大德了。

当然任何时代，都是有几根硬骨头的。雷烈心的圣裁颁下时，颇有几个正直的言官和雷华晖的旧部，出来替他喊冤。

只可惜圣意早决的天雪皇，立即把这些人打成雷华晖反贼一党，将他们一样下到大狱天牢，让他们到时候陪雷华晖一家一起掉脑袋。

这样一来，顿时万马齐喑，偌大的天雪国朝堂，没有人再敢替雷华晖说话了。

面对这样的结果，一生戎马倥偬的雷华晖，在牢狱中陷入最浓重的悲伤。

对自己这样的结局，他真的从来没有料到。

要知道当年雷烈心初登帝位时,正是内外交困,风雨飘摇。

那时的天雪国,虽然幅员辽阔,却强敌环伺。东方的龙族虎视眈眈,不断骚扰;西域边疆的大漠国和一众蛮族,也多有异动。

这样的险局中,是他雷华晖挺身而出,带着众将士出生入死,奋力搏杀,才让四边宁静,让雷烈心坐稳了天雪皇位。

没想到,到最后,却是这个自己一生扶保之人,亲手将他送上了断头台。

如果只是自己一人身死那还罢了,他还没那么伤心;但他万万没想到的是,那雷烈心竟然把事情做得这么绝,不仅将他下了大狱,还祸及妻儿,要让他断子绝孙,满门皆亡。

一想到这个,雷老将军哪怕心肠再硬,也忍不住老泪纵横。

但即使如此,雷华晖一生忠于皇权,到了这个地步,还是忠直无比,坐在大牢中等死。

不过无论他怎样,在天雪皇的眼中,他已经是头死老虎了。

下了裁决后,天雪皇立即把目光,再次投向南边那个桀骜犯上的不肖子身上。

他立即发出了新诏书,委任二皇子为"监国",再带五万兵马赶赴南方,统领整个征讨之事。盖世雄则由壮武将军,紧急拔擢成"代护国大将军",带着亲兵轻骑赶往绛雪城,接手雷华晖扔下的那五万大军。

新近得宠的国师夏侯怒风也有任用,雷烈心命他带着血义盟的力量,辅佐二皇子和盖将军的征讨行动。

除了这三人,雷烈心还发出了多达数十个任用命令,一方面替换雷华晖原先在军中的旧势力,另一方面也把降服南方后,幽州城和虎牢关中的军政官位必然产生的空缺,给预先安排好人。

看到他这一番指挥若定,各种人选任命流水般发布出来,满朝文武更是心中如明镜似的。

他们进一步确定,上回任命雷老将军前去讨伐,只不过是障眼法,故意下个套儿让老将军钻而已。

想通这一点,有人心惊,有人心寒,更多的人则是心生恐惧,不敢再对当今圣上有任何异议。

而这一点效果，也完全在雷烈心的算计之中。

现在他很满意。原先被雷冰梵搅得有些浮躁的天雪朝堂，现在局势一肃，帝王权威再次树立，所有心思浮动的文武官员，全都重新凝聚在他天雪皇的麾下。

雷烈心志得意满，二皇子春风得意，老将军就愁容惨淡了。

困于囚牢，只等秋后问斩，雷华晖至此已了无生意。但即使愚忠，心底那一点不平之气，终究还是要发泄出来。

于是入狱后的几天，他开始终日念诵前人的《忠臣传之谏争篇序》。

尤其当念到"沥血抽诚，披胸见款，赴焦烂于危年，甘灭亡于昔日。冀桐宫有返道之明，望夷无不言之恨。而九重悬远，百雉严绝；丹心莫亮，白刃先指"，老将军每每就老泪纵横，浑身战栗，激动不能自已。

情绪激荡时，他还在墙上用指甲刻下一诗，曰：

一生戎马已成翁，
白发天牢泣晚风。
匣中藏剑无人问，
闲抛闲置野坟中。

这样的狱中吟诗，自然很快就传到了相关人等的耳中。

那天雪皇听了，彻底放心，冷笑一声评价道："华晖老儿，死志已萌矣，不复为虑。"

相比老子，那位二皇子殿下，评论却刻薄得多："这老儿，不识相，若从我，哪至今天辗转烂草泥中？还吟诗呢，他一个大老粗，懂诗吗？格律根本不对嘛！"

不管怎么评论，总之曾经的护国大将军雷华晖，对很多人来说已经是过去式了。

但有些人，并不这么看。

就如同一首诗的评论，在某些人眼里，就和天雪皇、雷冰烨完全不同。

"匣中藏剑无人问"，光这一句，就让个别人第一次听到时就笑了："老将军这是胸中仍有不平之气呢……这就好，这就好！”

雷华晖这首狱中诗写成后的第七天晚上，狱卒按常规，进得牢房给他送饭。

这样的待遇，便和一般县衙的牢狱不同；那些地方的狱卒哪会服务得这么周到？随便把饭菜从牢门栅栏缝里往里面一推，就算完事儿了。

当然，这样的差别，除和囚犯身份有关之外，和整个牢房的安全水平也有关系。

像这天雪城的天牢，高高的围墙里三层、外三层，最外面还环绕着一条深沟，里面注满了水，就如同一座孤堡一样，犯人插翅也难逃。

这种情况下，根本不用担心囚犯会借机抓住送饭的狱卒，当成人质逃出去——笑话，能有资格被关进天牢的，哪个不是身娇肉贵？想抓住狱卒一起跑？人家会毫不犹豫地把两人一起射死！

而对这样的牢狱生活，雷华晖这些天已经习惯，见有人进来送饭，本不以为意。

只是多年沙场生涯锻造出来的敏感直觉，让他在接过食盒时，本能地一愣，多看了这位狱卒一眼。

“咦？”这一看，斜倚在墙上的老将军脱口说道，“你这人，很面生啊，莫非今夜当值的换人了？”

“是的。”新来的狱卒恭恭敬敬道，“今晚轮到小的给您送饭。”

“嗯，好。”雷华晖随口应了一声。

本来对话到这里，也就差不多了。

但雷华晖总觉得心里有点不踏实，便借着微弱的烛光，又多看了新狱卒一眼。

即使多看一眼，他也看不出任何可疑，因为这位新当值的狱卒，长相实在太普通了。

当时雷华晖就有个感觉，就算有个文豪来到眼前，也完全没法形容出这狱卒有什么相貌特征。

“这么普通啊……”按理说这样不会引起任何怀疑，但雷华晖心里的不踏实感，却越来越强烈。

“我说，你叫什么名字？”雷华晖看着眼前人，又忍不住多问了一句。

“小的名唤‘雷之幽’，字‘南归’。”新狱卒低声回道。

“哈，你一个小小狱卒，还取什么字？你……啊？！”雷华晖忽然反应过来，低低惊呼一声，睁大了眼睛，死死盯住眼前之人！

“看来老将军已经想明白了。”这位自称雷之幽的狱卒微笑说道。

“你们怎么会……”雷华晖下意识地站起来，轻轻地走到牢门边，朝外看去，却见整个走道里，和往日没什么不同。

那里，墙壁上的火把依旧昏暗，负责巡狱的狱卒依旧走来走去，其他牢监中的囚犯们，也和往常一样发出或癫狂或无意识的叫嚣和抱怨。

只是，虽然看起来和往常没什么两样，但雷华晖丰富的经验告诉自己，今晚眼前的天牢里，一定已经发生了某种隐秘的变化。

不知道是否是他的错觉，他总觉得过道里来回巡游的狱卒，姿势比往常稍显懒散；隔壁牢房里住的那位自称蒙冤入狱的前太守，以前这个点儿经常发狂大叫，但今晚不知是不是吃了什么药，竟变得十分安静。

察觉出这样的微妙差别，雷华晖忽然间倒吸了一口冷气。

雷华晖的心态变得很奇怪。

猜出是南边幽州城派人来救自己时，他的第一反应不是喜悦，而是忧心；他忧心，贵为京城的天牢，防范怎么如此松懈，这般轻易就让奸细混了进来。

不过很快他被自己这个想法，给弄苦笑起来。

“你是幽州城的人？”他看着眼前狱卒，神色凝重地问道。

“可以说是，也可以说不是。”狱卒脸上浮出一缕神秘的笑容，顿了一下，忽然没头没脑地道，“老将军啊，‘雪剑丹心，杀尽奸邪’。”

“你是雪杀组的人？！”雷华晖惊道。

“大将军明鉴，正是。”狱卒垂首肃然说道。

“好好好！”雷华晖苦笑一声道，“没想到往日我对你们雪杀乱党网开一面，竟然得了个因缘，今日被你们救了。”

“大将军宅心仁厚，上天必定垂怜。”狱卒恭敬赞了一声道，“既然大将军如此说，那便是愿意跟小人走了？”

“这我可没说。”雷华晖面无表情道。

“这样啊。”狱卒好不惊奇，笑了一笑道，“其实来此之前，我们的大头领有一番话要小人带给您，请老将军您听好了——

“晚辈伏请大将军得知：当今之世，举国沸腾，民心怨怼；主暴臣奸，星毒乱政。若将军能早识凶机，翻归有道，岂只图形长乐、刻像钟鼎？时事易差，相思勉励，但明珠暗投，昔人为诫；龙困囹圄，今宜早归，诚望老将军三思而后行。”

不得不说，狱卒带来的这一番话，不仅形式正规，字里行间流露出的含义，也显然出于至诚。若换成一般人，都到了这个地步了，哪还不立即答应拔腿就走？

只可惜，到了雷华晖这种程度的人物，不会这样思考问题。

听完狱卒这番话，雷华晖在心中说道：“冰梵让人带的这一番话，倒是文辞绉绉，古雅含蓄，还一语双关。只可惜优雅典丽的文辞之下，说白了就是要我一起当反贼嘛。

“可我雷华晖，世代忠良，也属天雪雷氏皇族，怎可能置一生清白于不顾？要我贪生惜命，从此竖起反旗，一并从贼，实属千难万难。唉，冰梵世侄的厚情，老夫也只能来生再报了。”

想到此处，他便满含歉意地跟救援者说道：“抱歉，大殿下的盛情，我心已知。只可惜我雷华晖忠诚一世，就算蒙冤身死，也绝不会屈从乱党反贼的。

“所以麻烦阁下回去跟大殿下带句话，就说雷叔很抱歉，今世无法与大殿下并肩南征北战，唯有来生轮回，再替他赴汤蹈火了。”

“这样啊……”自称雷之幽的雪杀组狱卒，听了他的话好像并没有什么惊奇。

“老将军，恕晚辈无礼，想再次确认下，”雪杀组之人看着雷华晖问道，“您是说，不准备接受我们的救援，只想在这里引颈待死了？”

“是这样的。老夫誓死不会从贼的，真的很抱歉。”正义凛然的老将军，有些伤感地答道。

“好，那小的得罪了。”狱卒说此话时，原本平淡的眼眸中，忽然间精光闪烁！

“你想干什么?!”雷华晖直觉有些不妙，立时喝问道。

“没什么。”狱卒微笑一声道，“只是要委屈大将军了……”

“你！不可——”雷华晖一句话还没说完，那狱卒便从背后抽出一根大棒，“砰”的一声砸在老将军额头上！

这一击，砸得极重，即使老将军再是头硬，也被这一棒子给当场砸晕了。

当然他功力深厚，饶是被砸晕，却在失去知觉前，还注意到了两件事：

一是这砸向自己的大棒头上，竟然还裹了棉花，显然匠心独运，不至于把他砸到流血，还能消音，最多只发出闷响，不会闹出多大动静；

二是听见这假扮狱卒的雪杀组之人，在打昏自己时，嘴里还在小声嘟囔：“唉，我家主上还不相信，还是那位小苏英雄说得对，以他对老将军的性格研究，如此愚忠之人肯定不可能因为晓以大义就顺从救援的，到最后，还不是一棒打晕最管用？

“嗯，万幸万幸，幸亏主上最后还是听从了小苏英雄的建议，让我多带了根棒子……”

听到这里时，已经开始失去知觉的老将军，在心中狂叫道：“那个什么小苏，不要让我看见你！太损了！老夫跟你没完！”

在这样愤怒的情绪中，老将军便两眼一黑，晕了过去，然后被麻袋一装，辗转运出天牢去了。

当雷华晖双目重见天日，已是四五天后了。

当然并不是说这些天他全都晕着，而是在半天多的工夫醒转后，对不起，发现自己还是被五花大绑着，两眼蒙着黑布条，根本不知道自己在哪里。

重见天日时，他才赫然发现，自己已经身在幽州了。

到了幽州地界，负责营救他的人，不怕他再出什么幺蛾子，便去掉了他的眼罩，但身上的绳索还在。

见得如此，雷华晖也懒得跟这些人啰唆。

他心中已经打定主意，跟这些虾兵蟹将无话可说，自己要憋足了劲儿,等见到了正主再开口狂喷。

怀着这样的心思,老将军坐上马车,穿过了幽州北城门,一路往城中的城守府而去。

当进了城守府议事大厅之门后,他身上所有的捆绑才全都被去掉。

老将军一口闷气已经憋了一路,无数大义凛然的言辞已经酝酿了四五天,所以一踏进城守府议事厅,他便张口大叫:“雷冰梵,你这个——”

中气十足的喝问还没说完,他却忽听得有人惊喜地叫道:“爹爹!”伴随着这声话语,暗影中就有个少女奔了过来,一把扑在他的怀里。

“女儿?”虽然刚从外面进来,还没怎么适应议事厅里的光线,但雷华晖已经从声音和身形上,判断出扑进自己怀里的,正是自己的小女儿雷小柔。

而这还没完。

紧接着他便听得熟悉的惊喜叫声此起彼伏,老将军凝神一看,只见自己一大家子人,竟然已经先于自己全都在幽州城守府议事厅里了!

看到这里,雷华晖狂喜之余,喟然一声长叹,满腹的“正义之言”再也无法说出口了。

但即使如此,对接下来雷冰梵的热情招降,他依然不从。

闷坐在给他临时安排的府邸中,本以为这样雷冰梵就拿他没办法,没想到没过两日,自己的儿女便从外面奔进来,告诉他一个惊人的消息:

大皇子殿下,已经命人假扮雷华晖的样子,远远地站在点将台上,和他一起点将阅兵了!

听到这消息,雷华晖整个人都傻了。

这消息太过匪夷所思,也太过突然,以至于他一动不动,呆若木鸡,只听见儿女争先恐后告诉他道:

眼看雷大将军登台阅兵,满城都轰动了!

人人都在奔走相告,说果然当今皇上听信小人之言,倒行逆施,连护国老将军都看不下去了!

所以雷大将军特地逃出天牢冤狱,奔来幽州城和大皇子殿下并肩作战,誓死要清君侧,跟把持朝政的小人斗到底!

除了这个，雷华晖的小女儿雷小柔，还含羞带怯地讲述了观看阅兵的百姓们另一个传言：

“大伙儿知道吗？为什么雷老将军会被下大狱？全是因为那个血义盟邪教新国师看上了雷老将军的小女儿，上门提亲，想让她当自己的第十八房小妾，结果被雷老将军严词拒绝。

“于是这邪教的奸臣国师跟皇上进谗言，这才把雷老将军下到大狱，还要满门抄斩！

“万幸咱的大皇子殿下看不下去了，请了天兵天将才将老将军救出来。

“听说那一晚老将军跟天兵天将们并肩作战，在天牢里杀了个七进七出，血流成河，整个京城都轰动了！

“他们一路向南，过了五关，斩了六将，这才到达幽州城啊。”

听到这里，雷华晖再也忍耐不住了，发狂般大叫道：“谣言！全都是谣言！这些刁民满嘴胡言，哪有什么‘过五关斩六将’？老夫分明是被——”

正想说出“被一棒打晕、两眼一抹黑”地到了幽州城，他却忽然闭口不言。

老将军这时忽然想起来，这件事并不光彩，眼前的儿女们还不知道真相呢。

好不容易平复了激动的情绪，雷华晖心中一动，便问儿女们道：“你们知不知道，这样假扮老夫、煽动百姓的缺德事儿，是谁搞出来的？”

“当然是那个小苏大人！”雷小柔脱口叫道。

提起“小苏大人”的名号时，秀丽的雷小柔还双眸闪烁，显然对口中所说之人仰慕得不得了。

这时旁边已经人到中年的雷华晖长子雷经武，却不屑地说道：“妹妹，请注意你的言辞，什么‘小苏大人’？‘孤胆屠龙’苏渐苏大人，是你这样的小丫头片子能乱叫的吗？”

“为什么不能？我可不是乱叫！”雷小柔立即不服气道，“就算他是屠龙大英雄，那年纪也很小，和人家……年龄正相仿！我就叫他小苏大人、小苏大人，怎么样？”

“什么乱七八糟的?!”听到这里,雷老将军只觉得脑仁子生疼,立即喝道,“都给我闭嘴！闹哄哄的,还有我雷门家教半点模样吗?”

“是……”见他发火,环侍膝前的子女们,不敢再啰唆。

当他们安静了,雷华晖的思绪也好像变得清晰了。

安静了一会儿,他猛然大叫道:“什么?! 你们说出这馊主意的人是‘小苏大人’?? 哇呀呀！又是他!!”

反应过来后,雷华晖一下子从太师椅上跳起来,仰天怒吼道:“我是绝对不会从贼的!”

话音刚落,忽然从附近的花园小道上,传来一个颤巍巍的声音:“什么贼不贼的? 老东西,你老糊涂了?”

雷华晖闻声扭头一看,却见是自己的老伴儿,正从花径小路上颤颤巍巍地走了过来。

“夫人你——”雷华晖连忙走过去,搀扶住自己的老妻。

“别碰我!”没想到老夫人满面怒容叫道,“你这个老糊涂,我们一家人差点黄泉相会,都亏了幽州这帮有情有义的人！你现在却口口声声说人家是贼,你到底有没有良心?”

“这……夫人啊,你——”雷华晖正要跟妻子解释,没想到这时大儿子见母亲来,也终于壮了胆气,不再忍气吞声,大声道:“父亲大人,人说‘子不言父、女不言母’,作为子女我本不该说什么。但到这时也实在忍不住了!

“爹爹,您从不从‘贼’,是您的事儿,儿子我可已经认定追随大皇子殿下了！从此我雷经武生是幽州的人,死是幽州的死人,铁了心跟大皇子和苏英雄一条道走到黑了。将来是登台拜将,还是命丧黄泉,儿子都认了!”

“好好好!”雷老夫人听他说出这样的话,不怪反赞道,“这才像话嘛！儿子,老母支持你,这才是将门虎子应有的气概!”

“你们!”见这母子俩竟然说出这样大逆不道的话来,还一唱一和,雷华晖气不打一处来。

正要喝骂,没想到旁边小女儿又叫了起来:“哥哥,你要登台拜将,妹妹我生为女儿身,这事儿是没指望了;但我听说,无论大皇子殿下还是小苏大人都没婚配，妹妹我就往这方面加油努力，将来无论做皇子之妃，还是做英雄侠侣，都不辱没我们雷氏将门！"

"好好好！"这一回是雷老夫人和雷经武一齐称赞。雷老夫人说道："小柔，你有此远大志向，真是可喜可贺！相信你自己，无论容貌女红还是琴棋书画，你都不输人；再加上我们一起帮你鼓劲，一定能成功的！"

"谢谢母亲，谢谢哥哥！你们人真好！"雷小柔听了满眼直放光，忙不迭地跟母亲和大哥行礼感激。

"都什么乱七八糟的！"雷华晖看了这场面，立即把怒火从长子身上转到小女儿头上。

当他正要怒骂"不要脸的东西"时，没想到已经站在同一阵线的三名家属，一齐把矛头转向他！

他们齐声控诉，如果雷华晖不听从大皇子的召唤，简直是忘恩负义、不知廉耻，要被千夫所指！

"唉！"见得这场面，前护国大将军只得长叹一声，满腹牢骚憋在肚里，无奈地做出顺应家人的选择。

不过就算如此，他还是很不情愿。

耐心地等兴高采烈的老妻和儿女都走远了，他嘟囔了一句"家门不幸"，慨叹自己的一生清名，竟老来沦丧。

雷华晖接受了招降，雷冰梵顿时大喜，立即宣称天雪皇之前对老将军的处罚，乃是受奸佞小人的蛊惑，才做出错误决策。因此他和幽州城全体军民都不接受，雷华晖老将军，还是他们天雪国的"护国大将军"！

不仅如此，雷冰梵还宣布，大将军雷华晖，不仅官复原职，还兼领幽州牧，并将北方的绛雪城作为封地封赏给他——要知道，这时绛雪城还在天雪皇朝的控制中，那里还屯着盖世雄接掌的五万大军。

这样超前的封赏，绝非雷冰梵的狂妄。

他正是用这样的举动，向各方势力表明，他雷冰梵志向并不局限于幽州城。

这样的表态，十分必要。

在已经打出自己旗号的情况下，那就要让潜在可能的追随者，看到足够的想象空间。

在对雷华晖封赏的同时，雷冰梵也对主动支持自己的虎牢关城主孙天翰，毫不吝啬地送去大量的军资，还封他为镇国大将军。

虽说一国之中有许多将军封号，但大部分都是杂号将军，说白了只是小圈子里叫起来开心，或者去糊弄不知情的老百姓，真正上得了台面的将军封号，其实并不多。

而无论雷华晖的“护国大将军”，还是孙天翰的“镇国大将军”，都是排得进前几的重要将军封号，可以说对全天下的武人来说，这两个封号都是他们一生可遇而不可求的终极梦想。

所以，当雷冰梵这一出手封赏后，天雪国中不少实权派，尤其是军中的人士，心思都不免开始活络起来……

但即使心思活动，现在也基本没人看好雷冰梵。

很多人都在暗地嘲笑虎牢关的孙天翰，说他还号称“金面狐”，现在一看也是水货；就算不提强弱分明，他表态的时机也过于急切了，一切几乎都还没开始，他却早早地绑在了大皇子的战车上，实在太不明智。

接下来的战局发展，也印证了这种看法。

当盖世雄接管了停驻绛雪城的五万大军，没过几日，二皇子雷冰烨就率领着五万大军与他会合。

很快，绛雪城这座在天雪国中仅次于幽州的第四大城池，瞬间变成一座巨大的军营。

这年头的战争，都讲个名正言顺；因此雷冰烨发出的劝降战书，很快就到达他大哥的案头。

这封战书，与其说是宣战的，还不如说是一封家书，其中大部分篇幅，都在叙说兄弟之情，以非常谦卑的姿态，恳求雷冰梵“迷途知返”。

不过其中有些词句，表面彬彬有礼，却暗藏傲慢杀机。比如：

“父皇德洞九幽，功贯二曜，匡拯家国，提敏苍生。若贼子妄窥神器，人子当誓众奋戈，灭此朝食。

“若自延过听，迷途未远，千旗伏倒，万众受降，则罪酋自缚上京，历陈过失，生死皆由圣皇自处。”

比暗藏杀机的劝降战书更过分的是，雷冰烨根本不等雷冰梵的回信，就已经迫不及待地命令盖世雄，会同自己一齐对幽州城发动攻击。

十万大军，一旦出动，真叫铺天盖地，攻击力十分恐怖。

而这回雷冰烨分明下了死手，为确保攻击效果，不仅请来了雪狐缇骑，还让夏侯怒风发动血义盟的徒子徒孙，务必获取最详尽的敌情。

在这样双管齐下面前，幽州城北方的外围城镇村庄，血流成河，损失惨重。

大军过后，许多村镇一夜之间沦为废墟，百姓村民被掠为奴隶壮丁，承担极为繁重的军中苦役。

而这时幽州城中，雷冰梵嫡系的部队，再加上虎牢关孙将军派来的五千援兵，总共也就两万五千多人，和对方十万大军一比，显得势单力薄。

女服之舞

兵力对比如此悬殊，如果幽州军贸然出动，和天雪城来的大军在野外决战，那正中了雷冰烨下怀，幽州军必死无疑。

所以当二皇子的大军在幽州城外围肆虐之时，雷冰梵也只能采取收缩固守的方式，不敢贸然出击。

当然，虽说许多村镇一朝失陷，但雷冰梵对此早有预计，早就传令四乡八野，让当地百姓坚壁清野，人员全部向幽州城会集。

所以别看天雪大军大肆攻击，也抓了不少壮丁，但实际造成的人员伤亡，数量并不太大；倒霉的主要是本就腿脚不便的老弱病残，还有那些不相信幽州城的村民。

但即使如此，二皇子开战的动作如此之快，也大大出乎幽州城的预料。因此当天雪大军推进到幽州城外五十多里的地方时，终于触及人烟稠密、还没来得及撤退的村镇。

这种局面下，外冷内热、重视子民的雷冰梵，不得不迅速派出手下干将，四处救援。

人手不足之际，苏渐和他的伙伴们，也锐身自任，前往幽州城西北一个叫羊角镇的地方救援。

羊角镇，因西边是羊角山而得名；当然还有一种说法是，羊角镇生产好羊，肉质细嫩多汁，经常吸引周边城镇的食客前来，几乎家家户户门头上都挂着吃过的羊头羊角，故此得名。

因为有这项特产，羊角镇十分繁荣，全镇有一万五千多人，在地广人稀的天雪国中，甚至比不少城池的人口还多。

就因为人多，还相对富庶，所以这些天虽然幽州城来的安民官不断催促，却也只撤离了一半左右。

当从绛雪城扑出的大军杀到时，羊角镇还逗留了七千多人，在各自家中磨蹭。

“穷家值万贯，富户更难离”，当这些磨蹭的羊角镇百姓发现凶狠的大军已经包围了镇子时，这才如梦初醒，下定决心要逃跑。

只可惜到这时，天雪大军已经将镇子外围围得水泄不通，他们已是插翅难逃了！

当然，有两件事值得庆幸：一是以苏渐为首的幽州城援兵，在大军合围前就冲进了镇子里；二是因为羊角镇十分富庶，因此镇子周边建起的防御匪盗的墙圩，也比其他村镇的围墙要高大坚实得多。

所以，现在攻击羊角镇的天雪军，还没能冲进镇子里来。

不幸的是，现在羊角镇军民面临的另一件事，却足以抵消这两个幸运——

不知道是不是羊角镇名声在外，还是盖世雄这厮爱吃羊，无巧不巧，包围羊角镇的敌军，正由这位天雪征讨大军中最强悍的主将统领！

所以，虽然盖世雄只带了一千多人马围困羊角镇，但都是他的精锐中军。

很快羊角镇的围墙上，就爆发了无数次血战。

类似的战斗，苏渐并不是第一回参加。

上回在太庙山前的人龙决战中，他见识到的场面要比这宏大、神幻得多。

但现在他发现，即使是这样规模小得多的战斗，在局部生死拼杀时，那激烈悲壮程度，并不亚于太庙山决战。

天雪军雪亮的刀剑，在两丈高的土墙上高高扬起，下一刻就会带起羊角镇军民的鲜血。

此时天日高悬，阳光正烈，当无数羊角镇军民的鲜血，呈弧线状喷洒时，被日光一照，便如同一道道血虹，在呈现一种奇异美感的同时，又显得那么的惊心动魄。

随着血腥气越来越浓重，苏渐这一方的形势越来越不利。

虽然围镇的天雪军人数并不多，但实力实在强大。

作为盖世雄的亲卫军，他们大多饮用了星毒灵液，战力已是十分强大；更何况盖世雄本身就号称“天雪第八好汉”，还追加饮用了特殊的精华星毒灵液，武力更上一层楼。

在这样的悬殊战力对比下，很快苏渐带来的两百多名幽州城士兵，就死伤过半。

剩下的人虽然实力都不弱，但毕竟要防守的地方太多，很快就到了山穷水尽的地步。

到了这样的田地，任何实力的保留都毫无必要。苏渐立即奋起“神焰朱雀”，唐求发动“撞山野猪”，两人以炫丽神幻的星流化形，翱翔奔跃在羊角镇防线的上方。

这时红焰女也没闲着，她将天生的火灵之力激发到最大限度，在所有的御敌围墙上部烧起熊熊的烈火，暂时阻挡住敌军的凶猛攻势。

有了他们这三位的奋力反击，本来就快攻进镇内的天雪军，攻势顿时一滞。

而苏渐三人施展神术时的形象，瑰丽玄奇，宛如神人，便让本已经陷入绝望的羊角镇军民精神一振。许多老弱妇孺，停住了绝望的悲号，重新燃起求生的希望。

只可惜，这样的想法，只是外行人的美好错觉。

作为当事人，苏渐和唐求、红焰女极为清楚，现在三人已经拿出了压箱底的本事。一旦灵力耗尽，自己依仗一身功法或可逃脱，这还剩五六千人的羊角镇军民，立即会陷入一场惨烈的屠杀。

但到了这时，也别无他法。

很快，在横扫一片敌军之后，苏渐几人的灵力几乎消耗殆尽，十分虚弱地落在了围墙后方的空地上。

见他们如此，刚刚燃起希望的羊角镇军民，再次陷入巨大的恐慌之中。

到此时，苏渐只能压抑住满腔愤懑怒火，朝围墙外大叫道："盖将军，且听我一言：我等争霸天下，生死由天，但这羊角镇百姓只是本分小民，实属无辜。将军人如其名，英雄盖世，一世之雄，为何要与他们计较？不如就放他们一条生路吧。"

"哈哈哈！"盖世雄雄壮的身躯，出现在围墙之上。

武力已经强大到惊人的猛将，此刻高踞围墙上，夺命金骨镗横于胸前，傲慢无比地朝围墙下方横扫一眼，看到墙内一片狼藉惨状，不仅脸上毫无怜悯之色，反而仰天狂笑。

"哈哈哈！你在说笑吗？"盖世雄盯着苏渐，面色狰狞地叫道，"尔等叛贼已是山穷水尽，还敢跟我求饶？哪有这么便宜的事！小子，告诉你，从贼者，全都该死！"

盖世雄这话，说得极为凶狠，若按苏渐往日脾性，定然仗剑而起，和敌人血战到底。不过这时羊角镇百姓的凄楚哀声，尤其是一些孩童恐惧的哭叫，传入他的耳中，让他重新冷静下来。

"盖将军，"苏渐压住怒火，尽量礼貌地叫道，"您给个话，究竟要我们怎么做，才肯放过这一镇生灵？"

"哈！"盖世雄毫不留情地叫道，"小子，别做梦了，这羊角镇，今天注定要变成一座大坟场——"

恶毒无情的话语刚说到这儿，忽然盖世雄手下的旗牌官奔到近前，压低声音禀报道："将军，夏侯国师派人传二皇子殿下之令，让我军速与他会合。他们现在正在此地东北三十多里处遇到强敌，需要我军助战。"

"这样啊……"盖世雄嗜血地舔了舔嘴唇，跟旗牌官不情愿地低声道，"这羊角镇，有好几千号人；要是将他们全部屠尽，定是对幽州叛军极好的威慑。对了，皇子殿下说是必须立即起程吗？"

"这倒没说，"旗牌官道，"不过夏侯国师叮嘱了一句，说西南方向有一股叛军正朝这里来，意图不明，将军宜速回师会合，一来免生不必要的麻烦，二来也不会误了皇子殿下的事。"

"可惜了。"虽然心不甘情不愿，盖世雄只得遗憾地道，"今天只能放过这些人了。”

面对旗牌官时，他是一副意犹未尽的样子，但当他转过脸来，重新面对墙圩里的羊角镇军民时，却又换成了一副凶神恶煞的嘴脸。

“叛贼！”他冲着苏渐大叫道，“算你运气好，今天老子心情好，就对你们网开一面。”

“什么？”苏渐一脸震惊地看着他。

其实对刚才的请求，苏渐自己都不抱任何希望，所以忽然听盖世雄口风松动，他十分吃惊。

相比于他，围墙内那些羊角镇百姓，听到这话喜出望外，简直不敢相信自己的耳朵。

“不过，我有个条件。”盖世雄慢条斯理地冷冷说道。

“什么条件？快请说！”苏渐立即道。

“这条件嘛，是……”说到关键处，盖世雄却止住不言，只是目光森冷地盯着苏渐。

见他如此，其他人都莫名其妙，但苏渐的心里已经有了数。

“看来这厮认出我来了。”苏渐心想道，“上回意图刺杀雷皇子的刺客，正是此人。那回是我坏了他的好事，想必他现在正在琢磨用什么恶毒法子报复我。”

对盖世雄的心理，苏渐猜得十分准确。

在刚才的激战之中，盖世雄早已认出苏渐是谁。

当然他并不好意思跟身边人说，一来丢脸，二来上回刺杀行动，乃是二皇子交代的秘密任务，根本无法宣之于众。

正因为如此，他对苏渐才更恨得牙根直痒痒。

正好现在可以提个对方无法拒绝的条件，盖世雄本来可以直接说，臭小子，那你就拔剑自杀在我面前。只可惜，就算这样，他也觉得太便宜了苏渐。

冷眼凝视苏渐，盖世雄忽然心里一动，想道：“对啊，要报复此人，让他自杀便宜他了。人常说‘士可杀不可辱’，这家伙显然不是一般人物，那如果我想个主意羞辱于他，还不是比杀了他更让他难受？嘿嘿，这个主意好,就这么办!"

一想到这里,盖世雄立即思路大开,立即回头道:"小的们,你们手边有女子衣裙吗?"

"女子衣裙?"他的手下先是一愣,然后立即领会了主将的意图,顿时爆发出一连串的大笑。

很快便有亲卫士兵,从刚抢来的战利品中,挑出了一套水绿色的少女衣裙,嘻嘻哈哈地上前呈给了盖世雄。

拿到衣裙,盖世雄端详两眼,还举到鼻子前闻了闻,然后一脸阴笑,将衣裙挑在金骨镗的刃尖上,伸到墙圩里。

他将女人衣裙朝苏渐晃了两晃,便阴恻恻地叫道:"小子,本大将军佩服你是条汉子,所以呢,我答应你的请求。只要你能穿着这套女人的衣裙,在阵前作女子舞,跳得好了,老子看高兴了,就下令解围,放整个城镇一条生路。"

听得这话,墙圩内鸦雀无声。

刚才还挺喜悦的羊角镇军民们,心情顿时跌到谷底。

安静了片刻,镇内百姓人群中猛然间爆发出响亮的叫骂声!

所有人都在愤怒大骂,说就算是自己死,也不能让小苏英雄受此奇耻大辱!

要知道,在当时的礼教之下,让一男子着女装,作女子舞,那真是奇耻大辱,更别说苏渐也是个有头有脸的人物,盖世雄开出这条件来,还真比直接杀了苏渐更可恶。

所以,此时镇内的众乡亲和众将士,皆说不可,言明若让苏渐受此大辱,还不如让他们去死。

这时候数红焰女的情绪最为激烈;纵然灵力将近枯竭,她也纵步向前,想跟盖世雄一决生死。

只是这时唐求却出手拉住了她,跟她低声劝道:"红焰,咱的苏老大,从来就没让我们失望过。他无论怎么做,我都支持;在他做出决定前,我们都不要轻举妄动。"

听得唐求此言,虽然怒火都把红焰女的脸憋得通红,但她还是点点头,暂时按捺住冲动。

眼看墙内众人怒意沸腾之时,盖世雄却高踞墙上,一脸冷笑地看着这一切。

此刻他脸上几乎每一道笑纹都舒展开来,表明他此时极为快意。

在众人的瞩目中,苏渐沉默了一会儿,终于做出了自己的决定。

“我穿。”他仰脸看向盖世雄,冷静地说道。

“哈,好!”盖世雄手中金骨镗一扬,那女子绿衣裙就落在了苏渐的面前。

见女子衣裙落在自己面前,苏渐默不作声,弯腰捡起。

他的动作并不匆忙,将衣裙仔细地套在身上后,便在两军阵前,回环纵跃,真的跳起了女子之舞。

见此情状,围墙外天雪兵将尽皆放声大笑,指指点点,发出刺耳的嘲讽叫嚣。而墙内的幽州众军民,却尽皆流泪,一片死寂。

沉默之中,猛然间有人大叫道:“今后谁敢因此事小看了苏英雄,我便亲手揍死他!”

当苏渐跃舞已毕,依然女裙加身时,仰脸朝盖世雄叫道:“怎样?盖将军,你所说的条件,我都已做到,这就请盖将军信守诺言,撤去围兵吧。”

“嗬!”盖世雄拿金骨镗指着他,大笑叫道,“还以为你这人多有本事,却也只是个贪生怕死的软骨头。人常说‘大丈夫能屈能伸’,放在你头上,简直得说成,为了苟且偷生,‘能男能女’哇!”

听得此言,墙内众军民再次一阵骚动,都在大叫苏英雄不必为他们受此之辱,大不了放手一搏,一死而已。

感受到身后的怒火,虽然苏渐也愤怒无比,却抬起手,做了个下压的手势,示意众人不要轻举妄动。

然后他朝墙上一拱手,冷静地说道:“盖将军,你也是天雪名将,怎么着?难道要反悔吗?呵呵,也罢也罢,人也说了,‘君子一诺千金’,恐怕我误会将军了。好吧,好吧,那我等就鱼死网破,放手一搏吧!”

“小贼,胡说什么?”盖世雄怒吼道,“你个乳臭未干的小娃娃,还想激我?老子杀过的人比你吃过的糖还多!不过有一条你说对了,本将军还真就是一诺千金的君子，小的们，给我撤！”

盖世雄大手一挥，一声令下，还真个就下令撤军了。

不过，临行前，他却回过头，故意给苏渐一个极为淫亵的眼神，大笑叫道：“嗯，你的姿色，还不错！”

如此故意淫亵相视，在一长声极度轻蔑的笑声中，盖世雄挥手率军离去。

见他如此，苏渐身后唐求等人，都气得双目如同喷火！

但这时苏渐，却没有其他任何表示。

他只是一边脱掉女子衣裙，一边自语道：“盖世雄，好，我记住你了。”

说此话时，少年语气平常，但他身边的红焰女，纵然是万年焰灵，听了他这句话，感受到内里蕴含的那种不同寻常的意思，忽然间竟打了个寒战。

苏渐对此事能“君子报仇十年不晚”，但并不代表别人也忍得住。

当解了羊角镇之围，以一人之辱救了六千人之命后，他便立即收拢残军，保护羊角镇的百姓撤回到幽州城。

只是才到城门，就看见旌旗招展，人喊马嘶，城门洞前的居中王旗下，正是自己那好兄弟雷冰梵。

阳光下，他看得分明，雷冰梵此刻正一身银甲紫袍，端坐在那匹“踏雪乌骓驹”上，点兵阅将，似要出征。

苏渐见状有些奇怪，连忙上前相问。

这一问才知道，原来雷冰梵已经从前线探马口中，得知了羊角镇之事，气得立即点齐大军，要和盖世雄决战！

得知此情，苏渐感念兄弟深情厚谊之余，却立即阻止了雷冰梵的出兵举动。

只见城门洞前，猎猎风旗下，他拦住雷冰梵的战马，大声说道：“殿下，诸位，且先暂息征尘。

“羊角镇之事，想必各位都已知道。其实以我苏渐一人之辱，救下全镇军民，这买卖怎么看都划算。

“而我幽州城，并未完全做好战争准备，如果今日出城决战，正中敌人下怀！”

“可我的兄弟受辱了！被贼子嘲笑了！”银发皇子仗剑马上，愤怒大叫。

“此时让他们笑笑又何妨？”苏渐凛然说道，“须知笑在最后，才是笑得最好。此时就让他们先笑笑。终有一天，要让他们都哭回来！”

听他凛然说出此言，雷冰梵才好不容易平息下满腔沸腾的愤怒之情。

当大部分外围的村镇百姓都逃生后，幽州城就开始筹划反攻了。

苏渐撤回来的第三天头上，幽州城守府的议事厅里，雷冰梵就和雷华晖、昭武长风、苏渐等人开始仔细定计。

这一次，他们的战争计划十分细致，甚至议定了让敌人一支支部队溃灭的地点和时机。

虽然幽州城中的名将并不多，严格来说其实只有雷华晖一人，但幸运的是，无论雷冰梵、苏渐还是昭武长风，都是从生死杀场中摸爬滚打出来的。

就算履历相对平淡的唐求，也和苏渐、雷冰梵一样在灵鹫学院中，受过精良的军阵战策训练。

在整个幽州城的反攻策略筹划中，最惹人瞩目的用兵原则，还是苏渐提出来的。

当时，他看到大家都在按常规的思路排兵布阵，总觉得有些不大妥。

一开始，他也不明白为什么自己会有这种感觉，但过了一会儿，他忽然眼睛一亮，赶紧打断大家道：“诸位，天雪讨伐军势大，若是按眼下这般排兵布阵，或可争一时之胜，但整个战局必定旷日持久，无论幽州城还是虎牢关都难以承受。

“所以，我等还需以奇兵制胜，争取毕其功于一役，彻底将他们打趴下！”

“这老夫也知道。”雷华晖闻言，抚着颔下白须，看着他道，“只是小苏大人，此战本就是以弱胜强，能够争胜，已属不易，想毕其功于一役，谈何容易？简直不可能。莫非小苏大人有什么好主意？”

“具体的好主意也没有。”苏渐恭敬道，“只是，老将军，所谓‘提纲挈领’，若是我们定好整个作战立意，不可能之事，也就可能了。”

听他说得这般玄乎，雷华晖并不抱希望，甚至都不太想听下去。

在他的心目中，这位少年或有奇术在身，但毕竟只是一个华夏中低层的玄武卫，于这种大开大合的大军团作战，能有什么好主意？

不过，他察言观色，发现雷皇子殿下竟然神色凝重地听着少年说的每一个字，便忽然觉得，最好还是听听苏渐说什么。

于是他耐下心，对苏渐温言说道：“那小苏大人，你有什么好立意，请尽管道来。”

“好！”苏渐得了鼓励，更加自信地道，“在说出立意前，我想问的是，在敌军主将的想象中，这次大皇子殿下会怎么应对他们的大军？”

听他问出这问题，大伙儿都不太明白他葫芦里卖的什么药。

雷冰梵也不大明白，愣了一下，便把自己的整个想法说了说。

众人一听，整个作战计划的风格，果然如同银发皇子的性情一样，犀利得如同一柄出鞘的利剑。

说完自己的想法后，雷冰梵便问苏渐道：“苏兄，对我这个作战方略，怎么看？”

“没什么看法。”苏渐的回答出乎所有人的意料。

“此话何意？小苏大人，我等正议军国大事，可非同儿戏！”雷华晖的语气已经变得有些重了。

老将军现在可真的有些恼火了。如果不是碍于大皇子的面子，按老将军的往日做派，都要按军纪责罚苏渐了。

“老将军莫急，”苏渐见状也不敢再卖关子，连忙道，“冰梵殿下的方略，我不说好，也不说不好。我是说，咱们要议的作战方略，请按他说的相反来。”

一听此言，众人全都一愣，整个议事厅鸦雀无声。

不过很快，包括雷华晖在内的所有人，眼睛全都亮了……